궁

합

宮合

궁합

백금남 장편소설

책방 꼬즈넉 이엔티 GOZKNOCK ENT

궁합

초판 1쇄 발행 2018년 2월 28일

지은이 백금남
펴낸이 방미정
펴낸곳 도서출판 책방

출판등록 2013년 8월 12일 제300-2013-89호
주소 서울시 종로구 필운대로 40, 2층
주문전화 02-2264-6954 **팩스** 02-2272-2428
문의전화 010-3734-8166(영업) **팩스** 02-6269-8166(편집)

이메일 realfan2@naver.com

ⓒ 백금남, 주피터필름, 2018
ISBN 979-11-950962-6-8   03810

차례

분명 용이었다. 용이 하늘에서 벼락 치듯 내려오더니 송화옹주를 물고 하늘로 올라갔다.

용은 구름을 타고 앉아 송화옹주의 옷을 입과 발톱으로 갈기갈기 찢어발겼다. 송화옹주가 울며 몸부림을 쳐대자 그대로 지상으로 내던져버렸다.

발가벗겨진 송화옹주가 땅에 떨어졌는데 사방에서 궁녀들이 온갖 약물을 가지고 나와 그녀를 꾸미기 시작했다.

의관이 침을 놓자 옹주의 모습이 점차로 변하기 시작했다. 궁녀들이 향탕수로 씻기고 지압을 하자 몸이 기막히게 아름답게 변해갔다.

그 모습을 넋 놓고 바라보다, 유모 으아리는 기겁을 하고 말았다.

아름답게 변모해가던 송화옹주의 모습이 너무 기괴했기 때문이었다. 그녀는 여자가 아니었다. 어느새 아주 잘생긴 멋진 사내로 변해 있었다.

'옹주마마!' 하고 외쳐 부르는데 갑자기. 궁에서 나온 금군들이 몰려왔다.

으아리가 '왜들 이러시오?' 하고 달려들자 금군위가 눈을 부라렸다.

'옹주 신분으로 사가에서 자숙은 못할지언정 사내 복장을 하고 세상을 어지럽혔으니 어찌 전하께서 노하지 않을 것인가. 당장 잡아들여 참하라는 분부시다. 이년! 비키거라.'

금군위가 사정없이 걷어찼다.

그 바람에 으아리는 진창에 엎어져 허우적거리다 간신히 꿈에서 깨었다.

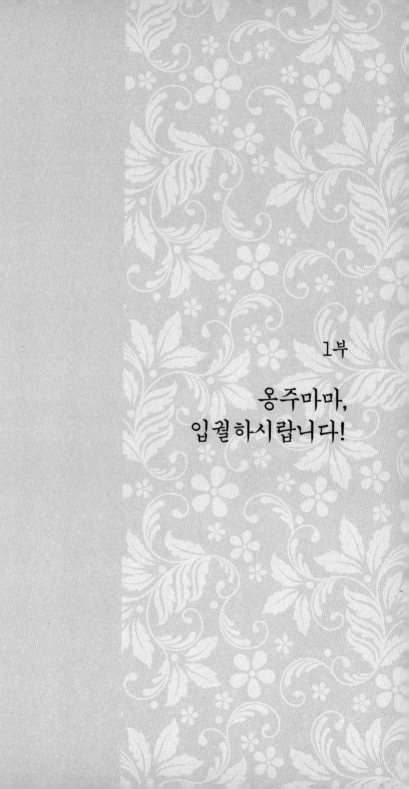

1부

옹주마마,
입궐하시랍니다!

1

어젯밤 꿈이 참 요상해 잊히지가 않았던 으아리는 오늘따라 옹주가 여간 신경 쓰이는 게 아니었다. 집 안으로 들어서자 만이가 반색을 하고 달려 나왔다.

-어딜 그렇게 하루 종일 갔다 와요? 옹주마마가 얼마나 찾았는지 알아요?

으아리가 섬돌에 털버덕 주저앉았다.

-옹주마마는?

-좀 전까지 힘없이 계시다가 개울에 나가셨어요.

-홀로?

-아랫것들이 따라갔지요. 그런데 이상해요. 오늘이 원빈마마 기일이잖아요. 올해도 부르지 않으시네. 그나 저나 요즘은 통 소식도 없잖아요. 정말 전하도 무심하다니까.

으아리가 화들짝 놀라 만이를 쳐다보았다.

-이것이, 경을 치려고…….

-옹주마마가 불쌍하잖아요.

만이가 눈을 흘기며 말했다.

-그래도 그렇지, 누가 듣기라도 하면 어쩌려고…….

-들으면 들으라지 뭐. 나도 이제는 사가 생활이 지겹다고요. 맨날 나물 반찬에 보리밥이나 먹고…….

궁에 있을 때 먹어보았던 쌀밥과 고깃국을 아직도 못 잊는 만이를 으아리는 기어이 쥐어박았다.

-호강에 바친 소리 하고 자빠졌네. 이것아, 피죽도 못 먹는 사람들을 생각해봐라. 이것이 일진 사납게 날구지를 떨어.

일진이란 말이 나오자 만이가 히잇, 하고 웃었다.

으아리가 이것이 미쳤나 하고 쳐다보다가 물었다.

-너 오늘 따라 왜 그러냐?

-아침에 역관이 그랬다니까요. 오늘 좋은 일 있을 거라고. 뭐, 남방에서 복풍이 불어온대나. 복풍이라면 복바람 아니어요. 남방은 어디예요. 남쪽이지요. 그럼 남쪽이 어디냐? 바로 궁이랍니다.

-그 역관 개시 놈 어디 있냐? 아침나절 보이지도 않더니…….

-몰라요. 아침에 술이 덜 깨 눈이 시뻘겋더라고요. 그래 오더니…….

-헛소리를 하더라?

으아리는 그만 웃고 말았다.

송화옹주 나이 어느새 19살. 그날까지도 궁에서는 그녀를 불러들일 생각은 꿈에도 하지 않았다. 그런데 아침에 관상감 역관 개시가 일진을 살펴보고는 송화옹주에게 예를 올리며 이렇게 말했다고 한다.

-옹주마마, 감축 드리옵니다. 곧 주상 전하의 부르심이 있을 것이옵니다. 곤룡포를 문 푸른 용이 마마에게 오고 있으니 이보다 더한 일진이 어디 있겠습니까. 용이 곤룡포를 물고 마마에게로 온다는 것은 곧 왕명이 있어 전하 곁으로 갈 수 있다는 뜻이옵니다.

-그러니까 내가 나간 사이 역관이 와서 그런 말을 했단 말이지?

-네, 그렇다니까요.

-그 화상 내가 찾을 땐 없더니 뭘 보았기에 그런 점괘를…….

으아리는 알다가도 모르겠다는 생각이 들었다. 행복이나 불행은 어깨동무를 하고 다닌다는데 혹 궁으로 불러들여 흉한 꼴을 당하는 건 아닐까 싶었다. 역관의 말을 생각하면 뭔가 희망이 보이기도 하고 꿈을 떠올리면 불행이 눈을 붉히고 있는 것 같기도 하고.

옹주가 태어나자마자 궁에서 쫓겨날 때 궁인들 몇이 따라 나왔다. 옹주를 모실 이들이었다. 그들 중 한 명이 으아리였다. 그때 관상감의 역관도 하나 따라 나왔다.

옹주가 비록 사가로 쫓겨났다 해도 여전히 왕족이었다. 본시 왕족에게는 누구에게나 그날의 일진을 관리하는 관상감의 역관이 붙기 마련이었다. 관상감 역관이 아침마다 왕족들의 문안을 살피고 그날의 일진을 봐 액운을 관리하게끔 되어 있었다. 이개시라는 이름을 가진 역관이 옹주의 일상을 관리했다.

역관은 그날의 일진을 살펴 액살이 보이면 그 액살을 어떻게 쫓을 것인지를 역학으로 풀어 송화옹주에게 도움을 주었다.

하필이면 오늘이었다. 아침에 으아리가 꿈자리가 하도 이상하여 역관을 찾았으나 개시는 보이지 않았다. 으아리는 종일 꿈 생각에 잠겨 불안에 떨었다.

마침 송화옹주가 들어서고 있었다.

올해도 궁에서 연락이 없어 심란한 마음에 물가에 나갔다 오는 길이었다.

으아리가 들어서는 송화옹주를 측은하게 바라보았다.

-만이에게 듣긴 했사옵니다만 제가 나간 사이 역관이 이상한 말을 했다고요?

-그렇다니까.

송화옹주는 역관에게 들은 내용을 다시 한 번 으아리에게 풀어놓았다. 으아리가 연신 고개를 갸우뚱거리며 들었다.

아침 내내 송화옹주도, 으아리도, 만이도 다들 싱숭생숭해져 마루에 걸터앉아서는 문만 바라보았다. 정말 전갈이라도 올까 싶어 자리를 뜨지 못했다.

늦은 점심 수라를 막 물렸을 때였다.

그때까지도 설마 했는데 느닷없이 도승지가 옹주의 처소로 찾아들었다.

으아리의 머릿발이 곤두섰다.

-옹주마마, 전하께서 찾으시니 어서 행차하시지요.

으아리는 자신의 눈과 귀를 의심했다. 그것은 송화옹주도 마찬가지였다.

-도승지, 전하께서 소녀를 찾는다고 하셨어요?

송화옹주가 자신의 귀를 의심하듯 물었다.

-그러하옵니다.

-왜요? 왜 갑자기 소녀를?

도승지가 대수롭지 않게 말했다.

14

-가보시면 아실 것이옵니다.

송화옹주가 으아리를 돌아보았다. 이게 무슨 일이야, 하는 표정이었다.

으아리도 정신이 없었다. 지난 밤 꿈자리. 그리고 역관의 예언…….

-전하의 명이 아니옵니까. 일단 입궁해야 하옵지요.

으아리는 불안한 기운을 감추지 못하면서도 송화옹주에게 말했다.

-어쩐 일인지 모르겠네.

-그러게요. 별일이야 있겠사옵니까. 어서 차비하옵소서.

설마 싶었다. 으아리는 허둥대면서도 정성을 다해 차비를 차렸다. 송화옹주도 고개를 갸웃거리면서 별 수 없이 몸을 움직였다.

입궁 준비를 마치고 나서야 으아리와 송화는 왕이 왜 부르는지 그 이유를 들었다. 밤사이 왕이 급성 해소병이 들어 자리보전 했다는 것이다.

도승지를 모시고 온 이에게 좀 더 자세히 말해 달라고 했더니 그의 말이 묘했다.

일기가 고르지 못해서인지 갑자기 왕이 앓아누웠다고 한다. 어의가 즉시 진맥을 하고 약을 썼는데 도무지 차도가 없었다. 이상타 하여 왕은 마침 고뿔로 자리보전한 관상감 총책임자 영사(領事) 대신 관상감 정(正)인 윤현을 불렀다.

관상감 정은 관상감 영사와 함께 관상감 내에서 역관 전체를 통괄하는 이였다.

책임을 떠맡게 된 윤현은 관상감의 우두머리에 속하는 서찬윤 부정(副正)을 불러 질책했다고 한다. 왕의 일진과 일진운을 살폈던 판관을 제대로 관리하지 못했다는 게 이유였다.

　-어찌 관상감의 판관이 전하의 일진도 제대로 살피지 못한단 말인가. 내 일진을 뽑아보니 병환에 시달릴 것이라고 나오는데 그걸 짚어내지 못했다니, 응당 책임을 져야 할 것이다.

　그리고는 모든 것을 서찬윤 부정에게 맡겨놓고 그 역시 고뿔을 핑계로 퇴궐해버렸다.

　결국 서찬윤 부정이 그들 대신 어전으로 들고 말았다.

　-관상감 영사와 정이 있는데 왜 그대가 드시었소?

　왕이 물었다.

　-전하, 갑자기 두 분께서 고뿔이 들어…… 전하께 고뿔을 옮길까 들지 못하고 있나이다.

　서찬윤 부정이 이 모든 게 자기 책임인 양 허리를 낮추고 아뢰었다.

　-도대체 무슨 병이오?

　진맥을 하고 난 서찬윤 부정에게 왕이 힘없이 물었다.

　-급성 기관지염이옵니다.

　-그게 무슨 병이오?

　-전하, 기관지는 그 성질이 수(水) 기운으로 이루어져 있사옵니다. 그런데 뜨거운 화(火) 기운이 북받쳐 수 기운을 말려버린 것이옵니다. 그래서 기침이 나고 가슴에 변열이 생겨 답답한 것이옵니다. 물을 자주 마셔야 하옵고, 화 기운의 사람들을 멀리 해야 할 것이옵니다. 대신……

　-수 기운이 강한 사람을 곁에 두라?

말을 알아들은 왕이 부축을 받으며 일어나 앉았다.

-그러하옵니다, 전하.

-허허, 그럼 수 기운을 가진 인물이 누구란 말이오?

잠시 생각하던 서찬윤 부정이 아뢰었다.

-제가 아는 사람 중에는 송화옹주가 제격이옵니다.

왕이 눈을 크게 떴다.

-죽은 원빈의 옹주?

-그러하옵니다. 소신은 지금도 그분이 태어나던 날의 밤하늘을 잊지 못하고 있사옵니다. 그날 밤 유독 수성(水星)이 가까이 다가와 있었사옵니다.

-그게 어쨌단 말이오?

-송화옹주가 사가로 나가기 전 그분의 체질을 분석해보았사옵니다. 확실히 수 기운이 강한 체질이었나이다.

왕이 고개를 내저었다.

-짐은 그대가 무슨 말을 하는지 모르겠소. 좀 쉽게 말해줄 수 없겠소?

-전하, 송화옹주가 바로 수의 체질이옵니다. 옹주마마를 궁으로 들이시어 곁에 두시면 도움이 되실 것이옵니다.

왕이 눈살을 찌푸렸다.

-허허, 갑자기 송화라니? 원빈은 내가 총애하던 사람이었소. 그 사람이 그 아이를 낳고 죽지 않았소. 그래, 액운 덩어리를 사가로 내보낸 걸 모르고 하는 말씀이오?

송화옹주를 낳다가 유명을 달리한 원빈. 그래서 그 원망으로 옹주를 출궁시켰는데 이제 불러들이라고 하다니.

-전하, 전하의 옥체는 이 나라의 성신(聖身)이시옵니다. 어찌 사사로운 감정으로 성신을 해치겠나이까. 그리고 원빈마마께서 그리 유명을 달리하신 것은 송화옹주 때문이 아니옵니다. 그 해에 원빈마마의 사주에 천파(天破)가 치고 있었기 때문이옵니다.

-천파라니?

왕이 어이가 없는지 서찬윤 부정을 노려보았다.

-그럼 짐으로 인해 원빈이 죽은 것이다 그 말이 아닌가?

그제야 서찬윤 부정이 아차, 했다.

-전하, 그런 뜻이 아니오라…….

-허허, 이런 인사가 있나? 그럼 왜 그때는 그런 사실을 아뢰지 않고 이제야 아뢰는가?

서찬윤 부정이 벌벌 떨었다. 덫에 걸린 형국이었다. 대답을 해도 죽고, 하지 않아도 죽을 수 있었다. 서찬윤 부정이 마음을 가다듬었다.

-전하, 그때 전하의 일진을 보던 이는 여구의 부정이었사옵니다. 저는 그분을 시봉하는 첨정(僉正)에 불과했사옵니다.

-그러니까 여구의 부정이 그걸 몰랐다? 여봐라. 여구의를 부르라.

왕이 노한 음성으로 명령했다. 읍하고 있던 내관이 나섰다.

-전하, 여구의 전 관상감 부정은 작년에 돌아가셨사옵니다. 그 후 뒤를 이어 서찬윤 부정이 그 자리를 잇지 않았사옵니까.

-허허, 그렇구나. 그런데 저자의 말을 들어보라. 내게 천파액이 있어 원빈이 죽었다고 하지 않는가. 그래서 송화옹주를 사가로 내보냈는데 불러들여 곁에 두라니. 내 얼마나 원빈을 아꼈는데, 그 어미를 잡아먹은 것을 궁으로 들여 곁에 두라는가.

왕은 어이가 없어 내관에게 하소연하듯 말하고는 다시 서찬윤 부정을 노려보며 고함쳤다.

-이보시오, 서 부정. 그대가 실성을 않고서야 어찌 짐에게 그런 말을 할 수 있단 말인가?

-전하, 목숨이 아까워 진실을 아뢰지 않는다면 전하의 생명이 위태롭기 때문이옵니다.

이미 목숨을 각오한 서찬윤 부정은 물러나지 않았다.

-전하, 송화옹주의 수 기운은 여느 이와는 다르옵니다.

-다르다? 무엇이 달라?

-전하께서는 오행상으로 토 기운이 강한 분이시옵니다. 수의 기운이 강한 원빈께서 토의 기운을 이기지 못하신 것인데, 그 해에 천파액이 상충했기 때문이옵지요.

-그래서 지금은 수 기운의 송화를 데려와 곁에 두라? 그럼 말이 안 되는 소리가 아닌가?

-전하, 그것이 사람의 운명이나이다. 그것이 궁합이옵지요. 수 기운이 곁에 있을 때 토 기운의 전하께서는 건강하셨사옵니다. 언제나 그 물기에 의해 토 기운이 메마르지 않았기 때문이옵니다. 그런데 수 기운의 원빈께서 돌아가시자 수 기운을 받지 못한 토 기운이 메마르기 시작한 것이옵니다.

-그럼 송화가 아니더라도 수 기운이 강한 이를 옆에 두면 될 것이 아니겠는가?

-전하께옵서는 토성이 밝게 빛나던 날 태어나셨으므로 누구보다도 토 기운이 강한 것이옵니다. 그럼 수성이 밝게 빛나던 날 태어난 이가 누구이겠사옵니까? 그것은 천에 하나 만에 하나이옵니다. 그냥 수 기운을 타고난 이는 많으나 수성이 가장 가까이 다가오는 시

각에 태어난 이는 그리 많지 않기 때문이옵니다.

-그러니까 수성이 가장 가까이 다가온 시에 태어난 아이가 송화다?

-그러하옵니다. 그래서 송화옹주는 수의 기운을 타고난 다른 이들과는 다르다고 하는 것이옵니다.

왕이 눈을 감았다. 곰곰이 생각하는 듯했다. 문득 무언가 떠오른 듯 물었다.

-그럼 송화는?

-예?

-그대는 방금 천파액이 상충하여 원빈이 죽었다고 하지 않았는가. 그럼 송화와 짐은?

-전하, 전하와 송화옹주는 상충살이 보이지 않사옵니다. 송화옹주의 사주에 천파가 없기 때문이옵니다. 송화옹주를 불러들이옵소서. 수의 기운이 전하 속으로 스며들어 건강해질 것이옵니다.

왕은 손으로 이마를 짚고 눈을 감았다. 그러다가 눈을 뜨고 서찬윤을 노려보았다. '만약!' 하고 이를 갈 듯 말을 뱉고 잘랐다.

-만약 송화를 불러들여 짐의 건강이 나아지지 않는다면 그땐 어떡할 것이오?

서찬윤 부정이 흠칫하다 이내 시선을 들었다.

-전하, 열흘의 말미를 주옵소서. 송화옹주를 불러들여 열흘 안에 전하의 병환에 차도가 없다면 어떤 처벌도 감당하겠나이다.

-약은 무용하고, 수 기운이 강한 송화를 곁에 두어야 약을 쓰지 않고도 내 병이 나을 수 있다 그 말이 아닌가?

왕이 어이없어 하다가 다시 물었다.

-열흘이라고 했겠다? 여봐라, 도승지를 들라 하라.

도승지가 들자 득달같이 명령했다.

-사가로 나가 송화옹주를 데려오너라.

그렇게 말하고 왕은 참았던 기침을 내뱉었다.

-열흘 후에 봅시다. 병에 차도가 없다면 짐을 능멸한 것이니, 곧바로 내 그에 상응하는 대책을 강구할 터!

비로소 모든 것을 알고 난 으아리와 옹주는 할 말을 잃고 서로 쳐다만 보았다.

잠시 후 먼저 입을 연 것은 송화옹주였다.

-만약 아바마마의 병환이 낫지 않는다면 관상감 부정은 화를 당한다는 말이 아니냐?

-그뿐만이 아니옵니다. 옹주마마에게도 그 여파가 미칠 터인데…….

그렇게 말해놓고 으아리는 아이고, 싶었다. 그래서 그런 꿈을?

불길한 예감이 곤두섰다. 으아리는 제풀에 질려 옹주의 표정을 살폈다. 그녀는 그러다가 내가 이러면 옹주마마는 오죽 불안할까 싶어 슬며시 시선을 돌렸다.

2

검은 구름장이 빠르게 서녘으로 흘렀다. 구름 그늘도 산등성이로 따라 흘렀다. 여기 저기 피어난 꽃무리들이 결 좋은 바람에 몸을 흔들었다.

불명사 주지스님의 방에 두 사람은 찻잔을 앞에 하고 마주 앉았다.

한 사람은 주지 서능스님. 한 사람은 사하촌에 살고 있는 관상감 서찬윤의 아들인 사헌부 감찰 서도윤. 그는 이제 막 산을 올라온 참이었다.

-학궁 일은 어떠십니까?

주지스님이 도윤에게 물었다.

-강의를 맡긴 했지만, 요즘 애들 역학을 관상이나 궁합 정도로만 생각하는 터라…….

-세태가 그렇지요 뭐.

스님이 미소 지으며 말했다. 육십대답지 않은 건강한 얼굴이다.

그 얼굴이 맑다.

　도윤은 시선을 떨구었다. 그의 영롱한 눈이 젖었다. 산그늘 같은
슬픔이 어려 있었다.

　주지스님과 생각에도 없는 말을 나누면서도 그는 생각하고 있었
다. 백화. 이름 그대로 흰 꽃송이 같은 사람. 그녀가 열다섯 살 때 운
명을 달리한 후 도윤은 기회 있을 때마다 불명사로 올라 그녀의 명
복을 빌었다.

　스님이 도윤의 심정을 눈치 챈 듯 말을 이었다.

　-이제 놓으십시오.

　도윤이 말을 알아듣고 주지스님을 그윽한 시선으로 쳐다보았다.
그 눈에 슬픔이 가득했다. 주지스님이 왜 그 마음을 모르겠느냐는
듯 고개를 주억거렸다.

　-연정을 너무 길게 가지면 가신 분도 편치 않는 법입니다.

　-스승님도 그러시더군요. 이제는 놓으라고. 품고 있는 것도 죄 짓
는 것이라고. 그렇겠지요. 그 마음이 연정일까요? 어릴 때 뭘 알았
겠습니까. 그냥 그 애가 좋았어요.

　스님의 눈이 여전히 문 밖의 연못에 붙박여 있었다.

　-그게 인연이지요. 그만하면 이생의 인연을 잘 대접하셨습니다.
보내 드리세요. 저 바깥의 꽃들 보십시오. 다 세세생생 인연에 의해
생겨난 것입니다. 멀리 있다고 생각하지 마세요. 저렇게 꽃으로 곁
에 피어 있다고 생각하세요.

　도윤이 시선을 거두고 고개를 숙였다.

말을 타고 산을 내려오는 도윤의 얼굴이 한껏 밝아졌다.

바람이 불어와 그의 도포자락을 흔들었다. 초록으로 물든 대지. 여기 저기 지천으로 피어 있는 꽃들. 울묵줄묵한 산정의 풍광.

석양빛 속으로 나비 한 마리가 팔랑거리며 날아와 도윤의 주위를 맴돌았다.

도윤의 얼굴 앞으로도 오고 머리 뒤로도 날고 그러다 잠시 어깨에 앉아보기도 하다가 팔랑거리며 언덕 너머로 날아가 버렸다.

도윤은 나비가 날아간 언덕으로 올라섰다. 마상에 앉아 사하촌을 내려다보니 정겹다. 옹기종기 모여 있는 마을에서 저녁 짓는 연기가 여기 저기 피어오르고 있다.

그래, 모든 것 털어버리고 이제 사람처럼 살아봐야 하겠지. 그녀를 위해서라도.

그런 생각을 하니 마음이 한결 더 가벼워졌다.

막 언덕을 내려서는데 숲속에서 가마 하나가 나타났다. 등성이를 이제 막 지나친 모양이었다.

가마 행렬이 예사롭지 않았다. 도윤은 천천히 말을 몰았다. 두 갈림길이 점차 외길로 합쳐졌다.

그리 빨리 말을 모는 것이 아닌데도 가마꾼들이 걷는 것에 비하면 그래도 빠른 편이었다. 어느 사이에 그들의 꽁무니를 따르는 꼴이 되었다.

도윤은 앞서기 위해 길모퉁이로 말을 몰았다. 그때였다. 문득 가마 주위에서 팔랑거리고 있는 나비를 발견했다. 분명 좀 전에 자신의 주위를 날다가 사라진 그 나비 같았다.

그제야 도윤은 가마의 문이 열려 있다는 걸 알았다. 언뜻 가마 속

사람이 보이는 듯했다. 창을 열어 바깥 풍경을 보고 있는 여인. 여인이 분명했다.

옷차림이 예사롭지 않았다. 옆모습이기는 하였으나 머리 모양새하며 얼굴을 비단 천으로 가린 것 같았다.

잠시 후 가마 속에서 섬섬옥수가 살며시 내밀어졌다. 나비는 신기하게 기다렸다는 듯 그 손끝에 가 앉았다. 나비는 날개를 접었다 폈다 하다 다시 날아올랐다.

손이 가마 안으로 들어가고 그 대신 잠자리 날개처럼 얇은 비단 조각으로 얼굴을 가린 여인의 머리가 가마 밖으로 반쯤 내밀어졌다. 날아가 버린 나비를 찾고 있는 것이 분명했다. 그때 바람이 더욱 사납게 불어왔다. 한순간이었다.

휘리릭 그녀의 얼굴에서 벗겨진 가리개가 바람에 날려 말을 탄 도윤의 가슴에 달려들 듯이 들러붙었다.

자신도 모르게 도윤은 그녀의 가리개를 손으로 벗겨들었다.

향긋한 향기가 콧속으로 스며들었다. 가리개 문양이 아름답다. 모란꽃이 구석에 수놓아졌고 나비 한 쌍이 어우러졌다.

도윤은 가리개를 들고 가마 곁으로 다가갔다.

좀 전부터 도윤을 의식하던 가마꾼들이 그제야 사태를 짐작하고 발걸음을 멈추었다.

은은하게 푸른색이 감도는 두루마기가 기막히게 어울리는 잘생긴 사내였다. 그의 수려한 모습이 한눈에 신분을 말해주고 있어서 누구 하나 범치 못하고 고개를 숙였다.

도윤이 천천히 가마 곁으로 다가가자 가리개가 벗겨진 송화는 어쩔 줄 몰라 하며 두 손으로 눈 밑을 가렸다.

도윤은 가마 창으로 다가들었다. 순간 가슴이 쿵하고 내려앉았다. 이상도 하지.

눈을 내려감은 얼굴. 눈 밑을 가렸으나 박색이다. 아무렇게나 생겼을 것 같다. 검은 머리. 손가락 사이로 얼핏 보이던 불거진 광대뼈……

그런데 이상하다. 어딘가 모르게 기품이 있어 보여 사람을 끌어당기는 힘이 있다. 도대체 이 기분은 무어람?

그녀가 천천히 시선을 들었다.

아, 도윤은 갑자기 전신이 오그라드는 느낌에 눈을 감았다 떴다. 그녀의 눈이었다. 그녀를 감싸고 있는 감히 범치 못할 기운. 그 기운이 눈에서 나오고 있었다. 참으로 맑고 영롱한 눈이었다.

두 사람의 눈빛이 한동안 서로를 더듬었다.

송화의 눈에 비친 사내. 귀골이다. 뭉툭 먹으로 그려 놓은 것 같은 눈썹, 시원한 눈. 높은 콧마루. 선명한 인중. 다문 입술이 고집깨나 있어 보이지만 그 모양새가 천근처럼 무거울 것 같은 가슴을 대변하고 있다.

툭 튀어나온 목젖을 보는 순간, 강렬한 사내 내음이 느껴져서 송화는 주먹을 쥐고 말았다. 그제야 자신의 다리가 떨고 있다는 걸 알았다. 송화는 마음을 들키지 않으려는 듯 한 손으로 허벅지를 꼭 잡았다.

도윤이 말없이 검은 천을 내밀었다.

그제야 송화가 시선을 내리깔고 손을 들어 가리개를 받았다. 그녀는 천천히 가리개로 얼굴을 가리고 도윤을 다시 올려다보았다.

늠름하다. 마상에 앉은 모습이 늠름하여 차라리 아름답다. 그 뒤에 석양이 원광처럼 빛났다.

　도윤이 그녀를 지그시 내려다보다가 말없이 말머리를 돌렸다.

　석양 속으로 사라지는 도윤을 송화의 시선이 따랐다.

　집으로 들어선 도윤은 신경이 쓰였다.

　대문을 열어준 행랑아범이 눈으로 자꾸 아버지가 계신 사랑방을 가리켰다. 이제 어스름이 슬금슬금 내려앉는 시각이었다.

　-왜 그러느냐?

　목소리를 낮추고 물었다.

　-어르신 심기가 좋지 않습니다. 궁에서 돌아온 후 지금까지 말 한마디 없으셨답니다.

　도윤이 집사를 불러 물어보니 대충 알 것 같았다.

　-그러니까 전하와 그런 약속을 했다 그 말입니까?

　-송화옹주 어머니 원빈과 아버지의 관계가 돈독지 않았습니까.

　-그렇다고 그런 약속을?

　-송화옹주를 언젠가는 궁으로 불러들이는 것이 도리라고 언제나 말씀하시더니…….

　-그래도 그렇지요. 전하와 그런 약속을 하실 것까지야.

　도윤이 사랑채로 들었다. 아버지가 심드렁하게 아들을 맞았다.

　아버지의 경지를 알고 있으면서도 도윤은 물었다.

　-왜 그런 약속을 하셨습니까?

　-관상감의 영사와 정이 책임을 회피하고 있는 마당이다. 그리고 그렇게 하지 않고서야 어찌 송화옹주를 구할 수 있겠느냐? 기회이

지 않느냐.

-왜 자꾸 돌아가신 원빈에게 아직도 염을 두고 계신지 모르겠습
니다. 아버지, 그 바람에 목숨을 걸었다면서요.

아버지가 고개를 끄덕였다.

-그랬느니라. 원빈마마, 그분의 마지막 말을 지금도 기억하고 있
느니라. 이렇게 죽어 가면 내 딸이 성치 못할 것이니 부디 보살펴
달라던. 그 후 음으로 양으로 도왔다만…….

잠시 생각에 잠겨 있던 도윤이 시선을 들어 아버지를 쳐다보았다.

-송구합니다.

아버지가 머리를 내저었다.

-네가 내게 송구할 것이 뭐가 있겠느냐. 두고 보아라. 필히 송화
옹주가 금상의 심병을 다스리고도 남을 테니.

-아버지, 토화의 기운이 가장 강한 이가 전하시고 수성의 기운이
바로 옹주마마라는 말씀인 것 같은데, 그렇다고 꼭 전하의 심병이
낫는다고 어찌 보장하겠습니까.

-내 예감이 맞을 것이다. 전하께서는 아직도 원빈을 못 잊고 있는
것이야. 그리고 송화옹주를 원망하고 있고. 생각해보아라. 자신이
아끼고 사랑하는 사람의 자식, 그 자식마저 미워할 수밖에 없는 아
비의 마음을…… 어찌 심화가 나지 않고 배기겠느냐.

그제야 도윤이 시선을 떨구었다.

궁궐 마당으로 가마가 들어섰다.

가마에서 내리는 송화를 멀리서 누군가 바라보고 있었다. 바로

세자의 어미 영빈이었다.

그녀의 곁에 관상감 주부 박인이 허리를 굽히고 있다가 운을 뗐다.

-너무 심려치 마옵소서.

-그대로 넘어갈 일이 아니다. 일단 들어가 상의해보자.

처소로 돌아온 영빈은 비단 병풍을 뒤로 하고 금빛 보료 위로 앉았다.

-그러니까 관상감 서찬윤 부정이 송화를 끌어들였다고?

영빈이 자세를 잡으며 수하 박인에게 물었다.

-그렇사옵니다. 본시 그 사람 원빈 쪽 사람 아니었습니까.

박인이 마주 앉으며 대답했다. 그는 관상감 주부로, 영빈의 최측근 인물이었다. 사주 조작은 물론이고, 영빈의 사주로 탈세에 관여해 온갖 비리를 밥 먹듯 저지르고 있었다.

-내 말은 저주 받은 송화 년이 제 어미를 잡아먹고 세자에게 누를 끼칠까 해서 그렇잖소.

-그러니 내쫓아야지요.

-묘안이라도 있소?

그때 자고 있던 세자가 갑자기 몸을 뒤채었다.

유모가 안았지만 세자가 울음을 그치지 않았다.

-왜 그러느냐?

영빈이 놀라 물었다. 유모가 세자의 이마를 짚었다. 그녀의 안색이 이내 하얘졌다.

-마마, 열이 있는 것 같사옵니다.

영빈이 놀라 두 손을 벌렸다.

-세자를 이리 다오.

유모가 세자를 영빈에게 넘겼다.

세자의 이마를 짚어보다가 영빈이 화들짝 놀라며 어의를 부르라고 소리쳤다. 상궁들이 우르르 달려 나갔다.

그 사이에 세자가 눈을 뒤집으며 사지를 버둥거렸다. 영빈이 갑자기 넘어가는 아들을 안고 흔들었다.

-세자! 아가야! 왜 이러느냐!

이내 어의가 달려 들어왔다.

-경기입니다. 무엇을 먹이셨는지요?

어의가 묻자 영빈이 유모에게 눈으로 물었다.

-별다른 건 먹이지 않았습니다.

유모가 대답했다.

어의가 세자의 인중에 침을 박자 사지를 떨며 경기를 일으키던 세자가 점차 안정을 되찾았다.

유모가 어떻게 달래어 잠이 들자 영빈이 박인을 매섭게 노려보았다. 그녀의 입에서 저주스런 말이 터져 나왔다.

-송화 년이 저주를 몰고 왔어. 이 일을 어찌하면 좋은가?

박인이 심각하게 생각하다가 시선을 들었다.

-마마, 세자마마의 안위를 위해 어떡하든 서둘러 궁에서 내보내야 할 것 같사옵니다.

-어떻게 말인가?

-방법이 있사옵니다. 혼례를 시키는 것이옵니다.

-혼례?

-나이가 차지 않았나이까.

영빈이 무릎을 쳤다.

-빨리 시행해야 할 것이옵니다. 전하와 선왕들, 공주마마와 옹주마마들의 모든 사주를 세자마마의 사주와 풀어보았나이다. 혈육 간에 살과 충이 부딪치면 기가 약한 쪽이 액을 맞게 되고, 황송하오나…… 충살이 심하면 목숨까지 위태롭게 되오니 먼저 누구와 충살이 끼었는지 알아보는 게 급선무이옵니다.

-그래, 그년이 송화옹주다! 그렇지 않고서야 태어나서 무탈하게 잘 컸던 세자가 갑자기 이리 될 리 없다. 그럼 이제 어찌해야 한단 말인가?

-송화옹주의 기운이 더 이상 강해지지 않도록 하는 방도 외에는……. 송화옹주를 도우며 강성하게 하는 사람, 옹주와 합이 좋아 마마의 운세를 강하게 만드는 이들을 떼어놓아야 하옵니다. 그래야 옹주의 기세가 꺾일 것이옵니다.

그녀의 눈빛이 사납게 빛났다.

-그럼 그들을 제거하면 될 것이 아니겠는가.

-그렇사옵니다. 그러나 눈치 채지 못하게 제거해야 할 것이옵니다.

-은밀히 그리할 수 있겠는가?

-맡겨주시옵소서.

-그리고 요즘 들어 정빈 소생 여희공주에게 전하께서 신경을 무척 쓰는 것 같던데, 아무래도 기미가 심상치 않아. 그것이 정빈의 소생만 아니더라도 신경이 덜 쓰일 텐데 워낙 전하의 정이 깊으니 말일세.

-그렇다고 무슨 일이야 있겠사옵니까.

그녀가 고개를 내저었다.

-아니야, 정빈을 따르던 무리들이 예사로워야지. 그년을 신주 모

시늇 한다니까.

　-수를 강구해보겠나이다.

　박인이 절하고 교태전을 물러났다.

　커다란 나무 욕조에 온천수가 넘쳐흘렀다. 수증기가 자욱하게 피었다.

　미리 준비한 붉은 꽃잎을 만이가 탕에다 뿌렸다. 꽃향기가 욕조 안에 퍼졌다. 속곳 치마만 걸친 송화의 나신이 욕조 속으로 내려앉았다.

　-마마, 몸이 더 늘씬해지신 것 같사옵니다.

　-얘는……

　-어머, 아니옵니다. 허리가 더 잘록해지시고 그리고…….

　그런 만이에게 송화가 물을 탁 튀겼다.

　-물이나 좀 끼얹어라.

　그렇게 말하고 송화가 낯을 붉히자 그게 귀여운지 만이가 헤헤헤 웃다가 어깨에 물을 끼얹었다.

　나무 창살 안으로 나비 한 마리가 팔랑팔랑 날아들었다. 나비는 물기 어린 송화 주위를 돌며 나풀거렸다.

　-마마, 나비이옵니다.

　나비가 펄렁 날아 송화 앞으로 날아가자 송화의 시선이 나비를 쫓았다.

　-정말 나비네.

　나비가 탕 속의 꽃잎에 앉았다가 팔랑거리며 날아올라 주위를 맴돌다가 그녀의 어깨에 다시 앉았다.

   -아이, 간지러. 어깨에 앉았니?

   송화가 그렇게 말하고 까르르 웃었다.

   -그러하옵니다. 너무 너무 예쁘옵니다. 아이고, 이 무늬 좀 봐.

   이내 만이가 따라 웃었다. 나비도 따라 웃듯 날아오르더니 팔랑 팔랑 맴돌다가 창살 밖으로 날아갔다.

3

어전으로 가려는데 이슬비가 내렸다.

햇살이 창창한데 비가 오자 만이가 소리쳤다.

-정말 좋은 일 있으려나 봐요.

만이가 그런 반면에 송화는 긴장하여 자신도 모르게 손톱을 물어 뜯었다.

으아리가 뒤를 따르다가 걱정스럽게 송화를 쳐다보았다.

이내 비가 그쳤다. 햇살 속에 나뭇잎에 맺힌 빗방울들이 영롱하게 빛났다. 정원수 사이로 햇살이 어리고 새들이 여기저기서 재잘댔다.

송화는 상궁의 뒤를 따라 걸었다. 유모 으아리, 여종 만이가 뒤를 따랐고 그 뒤를 역관 개시가 붙었다.

역시 낯설다. 언제나 그리던 곳이었으나 그리기만 하던 곳이었다. 사정전을 돌아가자 향오문이 나왔다. 문을 통과하니 푸른 하늘 밑에 강녕전의 엄청난 자태가 드러났다. 이곳이 바로 아바마마가 거

처하는 침전이었다.

침전 문 앞에 읍하고 있던 내관이 닫힌 문 안으로 아뢰었다. 이내
뭉툭한 사내의 음성이 들려왔다.

-들라 하라.

안으로 들자 금관조복을 벗고 자리에 들어 있던 왕이 시선을 돌
렸다. 송화는 그 자리에 엎드렸다.

왕이 상체를 세우고 지그시 바라보았다. 고개를 숙인 딸을 보니
많이 자랐다.

-이리 가까이 오너라.

송화는 꼴깍 침을 삼켰다. 그녀는 머리를 조아린 자세로 몇 발짝
앞으로 기어갔다.

-더 가까이 오라.

다시 송화가 몇 발짝 다가들었다. 여전히 고개를 숙이고 있자 왕
이 답답해 물었다.

-왜 얼굴을 가린 것이냐?

-…….

-벗어보여라.

어릴 때 모습을 떠올리며 왕이 말했다. 송화는 주춤했다.

-전하, 아뢰옵기 송구하오나 옹주마마는 피부질환을 심히 앓으시
어…….

그녀를 인도해온 한상궁이 읍하며 아뢰었다.

왕이 한상궁을 쳐다보다가 다시 송화를 보았다.

-그래도 벗어보아라. 얼굴도 보지 않고 옹주인 걸 어찌 알겠느냐.

송화가 더 버티지 못하고 천천히 천을 벗었다.

고개를 들지 않자 왕이 다시 명령했다.

-고개를 들라.

그제야 송화는 고개를 들었다. 왕의 시선이 송화의 얼굴로 와 붙박였다. 읍한 내관들이나 상궁들이 송화의 얼굴을 흘끔거렸다. 정적이 감돌았다.

핏덩이나 다름없는 자식을 내보낸 아버지의 눈에 눈물이 어리기는커녕 점점 커졌다.

정말 가관이구나. 내 속에서 어이 저런 자식이 나왔단 말이냐?

송화의 얼굴에 붙박였던 왕의 눈이 스르르 감겼다. 반듯하기는커녕 울퉁불퉁한 이마, 터질 듯한 양 볼, 뭉툭한 코, 여기저기 난 화농성 종기…….

하지만 많이 자랐다. 어떻게 저런 아이가 내 병을 낫게 한단 말인가. 왕이 시선을 떨어뜨리자 송화가 가리개를 다시 썼다.

-되었다. 나가보아라.

어전을 나와 낭하를 걸어가는 송화의 눈에서 눈물이 흘러내렸다. 자신의 핏줄을 보고도 어쩌면 저렇게 냉정할까 싶었다.

그토록 어머니를 사랑하셨다는 분이.

그날 밤 관상감 부정 서찬윤이 송화옹주의 방으로 찾아왔다.

-옹주마마, 부디 전하의 심기를 거스르지 마옵소서.

그렇게 당부하고 물러갔지만 송화는 내내 마음이 편치 않았다.

송화의 거처는 사가에서 살던 곳과는 비교가 되지 않았다. 넓은 방, 고풍스런 내장들. 일상의 용품들도 하나같이 고급스럽다. 그래도 송화는 마음이 불편했다.

반면에 유모 으아리나 여종 만이는 제 세상 만난 듯 들떠 어쩔 바를 몰랐다.

-아이고, 이제 좀 살겠네. 우선 잠자리나 먹는 것이 달라요, 달라.

잠자리도 달랐다. 검은 무명베가 아니라 비단 금침이다. 부드럽다. 따뜻하다. 깨끗하다. 그런데도 이 화려함이 왜 이렇게 낯선 것일까. 차라리 사가의 누추함이 정겨웠다는 생각마저 들었다.

송화는 새벽까지 잠을 이루지 못하다가 잠시 졸았다.

해가 중천에 떠오를 때까지도 어지러운 심사를 달랠 길 없던 송화는 일어나 하릴없이 궁을 거닐었다. 잘 다듬은 화단가에는 꽃이 지천이었다.

송화는 꽃들 중 소박한 것만 꺾어 방으로 가져다놓았다. 그래서인지 방이 좀 아담해졌다. 다시 정원으로 나갔다. 꽃이 좀 더 필요하다는 생각에서였다.

그사이 만이가 옹주의 방으로 들어와 보니 소박한 꽃이 소반에 가득하다.

-에이, 옹주마마도. 좀 더 향기롭고 예쁜 꽃들을 놔두고…….

그러면서 그 꽃들을 모두 치워버렸다.

송화가 돌아와 보니 자신이 가져다 놓은 꽃은 없어지고 그 대신 화려한 꽃이 소반 가득이다.

-누가 이랬어?

만이가 달려오더니 자랑스럽게 아름답고 향기로운 꽃으로 꺾어다 놓았다고 했다. 송화는 화가 났다. 사가에서 어렵게 살다 궁으로 들어와 마음이 들떴다고 하지만 자신이 꺾어다 놓은 꽃을 치우다니.

-나는 그 꽃이 좋아. 이 천박한 종년아, 내다버린 꽃을 찾아와. 아니면 널 가만 놔두지 않을 거야.

마침 왕이 여희공주의 혼인날을 정하기 위해 영빈을 만나러 가다 들렀는데 그만 그 소리를 들었다.

만이가 소반을 들고 나오다 왕을 발견하고는, '전하!' 하고는 그 앞에 엎어졌다.

송화가 나와 보고는 황급히 예를 올렸다.

왕이 넌지시 송화를 보다가 일렀다.

-따라오너라.

어전으로 송화를 데려온 왕이 물었다.

-자초지종을 알고 보니 여종의 심정이 갸륵한데 웬 심통이냐? 네가 아름답지도 않고 향기도 없는 꽃을 꺾어다 놓았다면서…… 네 생긴 모양새가 그러니 여종이 꽃이나마 예쁘고 향기로운 것으로 바꾸어 놓은 것이 아니냐. 생긴 그대로 마음도 그렇게 비뚤어진 게냐? 에이, 관상감 서부정 그자가 뭘 보고 너를 궁으로 들이라 했는지. 그런 꼴 계속 보이려거든 오늘이라도 궁을 나가 사가로 가거라.

왕이 역정을 내자 엎드려 있던 송화가 그제야 고개를 들었다. 손톱을 물어뜯던 송화는 갑자기 가슴이 타는 듯했다. 송화는 그 열기를 내뿜었다.

-이름 없이 피는 꽃이라고 어찌 꽃이 아니겠어요.

송화의 느닷없는 말에 왕이 의아한 표정을 지으며 눈을 크게 떴다.

-뭣이?

-본시 이 세상은 저 산야에 이름 없이 피는 꽃향기에 의해 정화된다고 알고 있습니다. 비록 아름답지 않지만 꾸밈없이 순수하고,

비록 향기롭지 않지만 속으로 그 향기 감추었으니 세상에서 그렇게 아름다운 꽃이 어디 있겠어요. 어떻게 그 꽃을 천박한 꽃과 비교할 수 있는지 모르겠어요. 그래서 나무랐던 것이옵니다.

그제야 왕이 흠칫했다. 생긴 것답지 않게 그 말이 예사롭지 않았다.

그놈 참 생긴 거랑 딴판이네. 어딘가 마음이 소박하면서도 꾸밈이 없고 여린 것 같으면서도 독한 면이 있는 것 같았다. 허허, 참! 문득 관상감 부정의 말이 생각났다.

왕이 그녀의 지혜로움을 다시 본 것은 그로부터 이틀이 지난 뒤였다.

내관에게 은밀히 송화의 일거수일투족을 살피라 했더니 돌아와 이런 말을 했다.

그날도 송화는 꽃밭에 나가 있더라고 했다.

벌 나비가 꽃송이를 찾아 나는데 여종이 꽃향기에 취한 듯이 꽃송이 속으로 코를 갖다 대었다. 그러다가 웽, 하고 놀란 벌에게 쏘여 비명을 질러댔다고 했다.

송화가 깔깔 웃으며 이렇게 말했다는 것이다.

-이것아, 천박하게 꽃송이에 코를 갖다 대니까 그렇지.

송화의 그 말이 잊히지 않았다. 꽃송이에 코를 갖다 대어서 그렇다? 그런데 천박하다? 향기를 맡으려고 코를 갖다 대었는데 천박하다고?

왕은 아무래도 이상해 송화를 부르라 했다. 송화가 와 엎드리자 왕이 물었다.

-향기를 맡으려면 꽃에다 코를 갖다 대야 하는 것이 아니냐?

왕이 묻자 송화는 이렇게 대답했다.

-아바마마, 향기는 듣듯이 맡는 것이옵니다.

-그게 무슨 말이냐?

-아바마마, 향기를 듣지 않고 억지로 맡으려는 것은 영혼이 메말랐기 때문이옵니다. 바로 그것이 탐심이옵니다.

-향기를 맡으려는 것이 탐심 때문이라고? 그래서 영혼이 메말랐다니, 도대체 무슨 말이냐?

-무릇 인간이란 존재는 욕심의 그릇이옵니다. 넘쳐도 넘치려 하는 것이 인간이기 때문이옵니다. 아무리 좋은 것이라도 넘치면 해가 되는 법이옵니다. 향기가 좋다고 하나 듣듯이 맡아야 하는 이유가 거기 있는 것이옵니다. 천박한 자는 향기를 소유하려 코를 박는 것이옵니다.

허허, 참. 어이가 없다. 어찌 저런 모습을 하고 공자 같은 말만 할 수 있나.

왕은 순간 자신도 모르게 아아, 하고 신음을 터트리고 말았다.

그 심성이 참으로 고상하다는 생각이었다. 터무니없는 편견에 결코 휩쓸리지 않는 지혜로움. 그 지혜로움을 옹주는 천성적으로 가지고 있는 듯했다.

손톱이나 물어뜯는 못난이 천덕꾸러기인 줄만 알았는데 사가에서 뭘 배웠는지 때로 당차게 일어나 할 말은 하니 참 신기한 일이었다.

그때부터 왕은 송화옹주를 곁에 두었다. 무엇보다 관상감 부정의 말대로 해소병이 멈추었다는 것이 여간 신기하지 않았다.

더욱이 대화의 시간이 길어지자 왕은 점점 그녀의 지혜로움에 감탄하게 되었다. 못생기고 어미를 잡아먹은 아이지만 하늘이 자신을 위해 내려 보냈을지도 모른다는 생각까지 들기 시작했다.

관상감 서찬윤 부정의 말처럼 그녀와 함께 말을 나누고 있으면 편안해졌다. 답답하던 가슴팍의 옹이가 점차 풀려나갔다. 그런데 좀 예뻤으면 좋겠구나. 그렇게 생각한 왕은 어의를 불러 들였다.

그에게 송화를 살피게 한 다음 어떻게 송화의 얼굴을 고칠 수 없겠느냐고 물었다. 어의의 말이 뜻밖이었다.

-전하, 그렇지 않아도 한 번은 주청을 올릴까 하였나이다.

왕이 뜨악하니 어의를 내려다보았다.

-무슨 말이오?

-사실 요즘 대국(中國)에서 침술을 배워온 변강수라는 자가 북촌에 의원을 차려놓고 이상한 짓을 하고 있다 하옵니다.

-이상한 짓이라니?

-장안의 규수들을 상대로 침으로 얼굴을 고친다 하옵니다.

-얼굴을 고쳐?

-전하, 실은 소신도 대국에서 그 침술을 배운 적이 있긴 하옵니다. 하오나 시간이 오래 걸리는 일이옵고 관리가 치밀해야 해 대부분 중도에서 포기하기 일쑤라…….

왕의 눈이 반짝 빛났다.

-그러니까 의지만 있다면 옹주의 얼굴도 아름다워질 수 있다 그 말이 아니냐?

-그래서 장안의 규수들이 요즘 그 변강수라는 의원을 만나지 못해 안달을 한다는 말이 있사옵니다. 소신이 조사한 바에 의하면, 넙덕이는 그의 침을 맞고 얼굴이 주먹만 해졌고, 우는 인상은 입술 끝

의 근육을 침으로 끌어올려 웃는 얼굴로 만들었고, 어지러운 눈썹은 가지런히 해줘 얼굴에 조화를 주었고, 머리 또한 그러함은 물론이요, 몸은 지방이 빠지는 물질로 매일 지압을 하고 운동을 시켜 자태를 뽐낸다고 하옵니다.

-어허, 우리의 몸을 그대로 놔두지 않고 가꾼다는 말인데. 변강수라 하시었소? 그자가 그리 신묘하다고 하니 짐이 한 번 만나보고 싶구려.

다음 날 어의가 금부도사를 데리고 북촌으로 떴다.

왕이 데려온 자를 보았더니 오십을 넘긴 중늙은이다. 수염이 없다. 코가 대쪽처럼 가늘고 눈이 동글다.

-요즘 북촌에서 장안의 규수들 얼굴을 고치고 있다고…….

-전하, 용서하시옵소서. 신체발부수지부모의 뜻을 모르는 바 아니오나 목구멍이 포도청이라…….

-그러니까 대국에서 배워온 기술로 어떤 추녀도 미인을 만들 수 있다?

왕이 넌지시 물었다.

-전하, 어찌 곰보를 멀쩡하게야 만들 수 있겠나이까. 토순(언청이)을 바늘로 이어 붙여 고치는 경우를 보았사오나 완전하지는 않았나이다. 그러나 얼굴이 큰 이는 침으로 살을 빼는 지방분해술이 있기는 하옵니다.

-그래?

-지방이라는 세포는 한 번 생기면 십 년을 사옵니다. 그것을 침술로 조정하는 의술이나이다. 식사량을 조절하면서 활동량을 늘이고 혈을 잡아 지압으로 혈액순환을 유도하면서 얼굴과 몸을 변형되게

42

하는 것이옵니다.

　-그게 사실인가?

　-단시간에 그리되는 것은 아니옵고…….

　왕은 자신도 모르게 들떠 벌떡 일어났다.

　-좋다. 그대를 오늘자로 내의원 의관에 명하노라. 궁 안에 머물면서 옹주의 미용에 주력하라. 여봐라. 송화옹주를 들라 하라.

　변강수가 황송하여 납작 엎드리며 아뢰었다.

　-성은이 망극하옵니다. 소신 심력을 다해 옹주마마를 보살피겠나이다.

　그 길로 송화의 거처 부송각에 세안실(細案室)이 만들어졌다.

　부송각 곁에 옹주의 옷을 보관하는 의상각이 있었는데, 그 건물을 개조했다. 그 속에 송화의 미용에 필요한 물건들이 들어차기 시작했다.

　물건들이 자리를 잡자 뒤를 이어 의녀들이 들이닥쳤다. 역군들에 의해 장롱도 들어왔다. 반닫지는 물론이고 서랍장이 달린 대농까지 들어왔다.

　의녀들은 서랍과 옷가지를 정리하고, 반닫지 위로는 부드러운 천으로 만든 수건이 가득 쌓였다.

　그렇게 변의관의 지휘 하에 세안실이 완성되었다.

　영문을 모르는 관료들이나 궁인들은 세안실(細案室)이라는 현판 앞에서 갸웃거렸다. 얼굴을 씻는 곳. 그런데 그런 글자가 아니었다. 세안(細案)은 글자 그대로 자세하고 빈틈없는 안건이란 뜻이다.

그러니까 변의관이 세안이라고 한 것은 송화의 얼굴을 빈틈없이 자세하게 고치겠다는 의지의 표현이었다. 그는 그 안건의 개요부터 송화에게 인식시켰다

　-옹주마마, 먼저 큰 얼굴이 문제이옵니다. 그 얼굴을 작게 하여야 하옵고, 탄력 있는 피부와 주름 없는 얼굴이 되어야 할 것이옵니다.

　-저도 그렇게만 된다면 얼마나 좋겠어요. 사람은 생긴 대로 살아가는 존재라고 알고 있는데 가능키나 한 일인지?

　-부정한 마음을 버리소서. 긍정하는 마음부터 가지셔야 하옵니다. 꾸미는 것이 곧 사는 것이라 생각하옵소서. 그러면 옹주마마의 모습은 그 누구에게도 비유할 수 없을 정도로 아름다워질 수 있을 것이옵니다.

　-그렇게만 된다면 내 무엇을 마다하겠어요.

　-그러하옵니다, 옹주마마. 앞으로 마마의 적극적인 도움이 필요하옵니다.

　-내가 어떻게 도우면 되겠어요?

　-별것 아니옵니다. 하오나 그 기대치는 클 것이옵니다. 약물처방과 함께 옹주마마가 하실 행동은 큰 효과를 기대할 수 있을 것이옵니다.

　그렇게 말하고 그는 감히 옹주에게 손은 대지 못하고 먼저 의녀들에게 송화의 머릿결부터 만져보게 하였다.

　-머릿결의 느낌을 말해보아라.

　변의관이 수의녀에게 명했다.

　-기름기가 느껴지지 않고 뻣뻣하고 처진 감이 있사옵니다.

　옹주의 머릿결을 만져보고 난 수의녀가 대답했다.

-마마, 머리카락의 색을 보면 그 사람 피의 상태를 알 수 있사옵니다. 지금 마마의 혈행 상태가 그리 좋지 않사옵니다. 피가 부족해잘 돌지 않다 보니 머리카락에 윤기가 없고, 더욱이 피가 열을 받으면 위로 올라쳐 머리카락이 누렇게 되옵니다. 머리카락을 그대로두면 이제 빠지기 시작할 것이옵니다. 그래서 주사요법을 쓸 것이옵니다.

-방금 주사라고 했는데 주사가 무엇이에요?

말이 이상해 송화가 물었다.

-피처럼 보이는 붉은 물감이옵니다. 흔히 점집에서 지방을 쓰는 향내 나는 물감이옵지요.

-그러니까 그 물감이 머리카락에 좋다는 말인가요?

-그러하옵니다. 메밀과 섞어 사용할 것이옵니다, 옹주마마.

변의관은 다음날로 메밀꽃 주사물을 옹주에게 가져와 머리카락에 발랐다.

그런 다음 침을 놓을 혈을 잡았다.

-눈썹 오른쪽, 왼쪽 축이 끝나는 눈썹 끝자리에 침을 놓아 지방을 빼낼 것이옵니다. 그럼 눈이 커지면서 길어지고 눈썹 끝이 반월형으로 휘어져 보일 것이므로 사나워 보이지 않을 것이옵니다.

그렇게 말하고 변의관은 숙지황환 등을 주재료로 써 약재를 지어 올렸다.

눈의 치료가 얼추 끝나자 그는 송화에게 이렇게 말했다.

-특별히 의녀들이 피부를 위해 하루에도 몇 번이고 약초를 개어전신에 바르고 지압과 안마를 통해 몸을 만들어 나갈 것이오니 그리 아시옵소서.

변의관의 말이 떨어지기 무섭게 의녀들이 바구니를 들고 들어와 송화를 이부자리 위에 눕히고 옷을 벗겼다.

송화의 몸이 얼마나 눈부시게 아름다운지 놀라지 않는 의녀가 없었다. 그 눈부신 모습에 하나 같이 입을 벌렸다.

-완전히 딴판이네. 얼굴과 어찌 이리 다를꼬.

의녀 하나가 옹주의 안전인지도 잊고 넋두리를 해댔다.

변의관이 차막 뒤에서 들어보니 송화의 몸은 손댈 곳이 없을 것 같았다. 그렇다고 얼굴만 손볼 수는 없다. 나이가 들어갈수록 몸도 변할 것이다.

수의녀가 건너오더니 옹주의 몸은 얼굴과 너무 다르다고 했다. 눈이 부실 정도라고 했다. 조금 군살이 붙긴 하였으나 오히려 그것이 더 아름다워 보인다고 했다.

변의관은 고개를 내저었다.

-바로 그것이다. 살결이 희어 눈이 부실 정도로 아름다워 보이나 건강한 피부는 아니다. 그대로 두면 이내 군살이 붙어 비만을 불러 올 것이다. 지금의 군살을 약초와 지압, 안마로 빼내야 한다. 물론 운동도 겸하게 될 것이다.

그날부터 의녀들의 손길이 송화의 몸 여기저기를 안마하기 시작했다.

-보기와는 다르긴 하네. 이렇게 아름다운데 만져보니 뭉치지 않은 곳이 없네.

의녀들 중에서도 가장 윗사람에 속하는 수의녀가 말했다.

의녀들이 안마와 지압을 겸하면서 호호호, 웃어댔다.

-도대체 무엇을 이리 바르는 거예요?

의녀들이 자꾸 무엇인가를 발라대자 송화가 물었다.

-피부에 좋다는 약초이옵니다. 옹주마마는 지성피부라 염증이 잘 생기는 것이옵니다. 먼저 피부를 건강한 중성피부로 돌려놓는 것이 급선무라 생각되옵니다.

딱 하루 치료를 받았는데 벌써 효과가 나타나는 것 같았다. 피부가 촉촉했다. 세수도 약초 물로 했다. 그러자 진피층이 깨끗해지면서 살결이 그렇게 부드럽게 느껴질 수가 없었다.

자고 일어났는데 피부가 매끈거리자 송화는 날아갈 것 같았다.

4

송화옹주의 언니, 여희공주의 부마 간택이 본격적으로 시작되었다.

송화옹주를 궁에서 내쫓으려면 여희공주 먼저 시집을 보내는 것
이 순서였다. 그래서 영빈은 시도 때도 없이 여희공주의 부마 간택
을 주청해온 것이다.

왕은 은근히 관상감 윤현의 아들 윤시경을 마음에 두고 있었는데
요즘 들어 소문이 좋지 않았다. 젊은것이 기방 출입을 자주 한다는
것이었다.

관상감 영사 아래, 정의 자리는 시경의 아버지 윤현이 맡고 있었
고, 그 아래 부정의 자리는 도윤의 아버지 서찬윤이 맡고 있었다. 평
소 부정 서찬윤을 신임하던 왕의 편애와 모난 성격 때문에 윤현의
시샘이 상당히 심했다.

여희공주의 부마 간택이 본격적으로 진행되자 왕이 영사 신기수
에게 물었다.

-경은 어떻게 생각하시오. 지금의 관상감 정 윤현의 실력이 낫다고 생각하시오, 부정 서찬윤의 실력이 낫다고 생각하시오?

평소 둘의 실력이 막상막하라고 생각하고 있던 영사는 이렇게 대답했다.

-윤현 정은 자운사 선봉대사의 수제자이옵니다. 그 실력이 천하제일이옵지요. 부정 서찬윤은 천황사 법학선사의 제자였는데, 선왕 때 궁중 혼례에 관여하다가 선봉대사의 문파에 밀려나고 말았지요. 그 후 법학선사의 문파는 일어나지 못하고 뿔뿔이 흩어져 은둔자들이 되거나 저잣거리에서 상수역이나 붙잡아 사는 음사들이 되고 말았다고 합니다. 서찬윤 부정 역시 그렇게 음사로 지냈으나 저잣거리에서 직접 쌓은 그 실력이 출중하옵니다. 그러니 자웅을 겨루기 힘들 것이옵니다. 그 둘을 함께 불러 궁합을 보게 하시옵소서.

왕이 눈을 감고 고개를 끄덕였다.

-이번 송화옹주 일도 부정의 도움을 받았소만 그러면 좋겠구려. 둘을 불러 궁합을 한 번 보라 해야 좋을 것 같소이다.

왕의 부름이 있다고 하자 두 사람이 입시했다.

그들에게 부마로 점찍어 놓은 사주단자와 여희공주의 사주단자가 전해졌다.

두 사람이 거침없이 궁합을 보아나갔다. 왕이 두 사람이 본 궁합의 결과를 보고는 먼저 서찬윤에게 물었다.

-궁합이 좋지 않다고 하는데 설명해보시오.

서찬윤이 읍하고 있다가 시선을 들었다. 훌쩍하니 큰 키. 육십대의 늙은이지만 꼬장꼬장한 몸에서 일어나는 서기가 예사롭지 않았다.

-전하, 여희공주 마마보다 부마가 될 분의 사주부터 먼저 말씀 드

리겠사옵니다. 공주마마와 부마 후보의 사주를 보니 기가 막히옵니다. 병진(丙辰), 을묘(乙卯)이옵니다. 병진은 용을, 묘는 토끼를 뜻하는 말이옵니다. 이런 천적이 따로 없사옵니다.

-용과 토끼라, 짐이 생각해도 뭔가 맞지 않는 거 같긴 하구만.

-그러하옵니다. 용과 토끼가 서로 눈을 붉히는 격이옵니다. 공주마마에게 기미(己未)가 들었으니 시기가 충천하다고나 할까, 그러하옵니다. 본시 양은 순해 보여도 시기가 많은 동물이옵니다. 그렇기에 여름에는 붙어 자고 겨울에는 떨어져 자지요. 그게 시기 아니겠사옵니까. 그런데 뒤늦게 말 한 마리가 달리고 있사옵니다. 그 달리는 말을 어이 따라 잡을지. 괴강살이 있어 부드러움이 필요한데, 삼목(三木)으로 금수(金水)를 불러 용신을 잡으니, 연운과 대운이 삼형(三刑)에 해당되어 대주(大主) 비명횡사할 사주이옵니다.

왕이 말을 알아듣지 못하고 뜨악하게 서찬윤을 내려다보았다. 비명횡사라는 말 때문일지도 몰랐다.

신하들이 서찬윤의 성질을 알면서도 눈을 크게 뜨고 서로 마주보았다.

-어허, 비명횡사라니! 말을 삼가시오.

영사가 기어이 서찬윤을 향해 한마디 했다. 서찬윤의 시선이 그리 향했다.

-영사 나리, 그럼 거짓을 아뢰리까. 그리하여 불행이 시작된다면 영사 나리가 책임질 수 있겠소이까.

왕이 잠시 생각하다가 고개를 주억거렸다.

-옳다. 무슨 말인지 확실히는 모르겠으나, 개의치 말고 할 말은 하시오.

-황공하옵니다, 전하. 역에 종사하다 보니 용어들이 입에 발려 소신도 모르게 흘러나옴을 용서하시옵소서. 좀 더 쉽게 아뢰겠나이다. 납음오행으로 말씀 드리겠사옵니다. 먼저 여희공주 마마의 사주를 보겠나이다. 이 사주를 보면, 진(龍), 해(亥), 미(未), 자(子)이옵니다.

-그렇지.

그 정도는 안다는 듯이 왕이 고개를 끄덕였다.

-진은 용이요, 해는 돼지요, 미는 양이요, 자는 쥐옵니다. 단층에는 용과 돼지가 있고, 그 위층에 양과 쥐가 있다 그렇게 설명을 드려야 쉽겠나이다.

서찬윤은 잠깐 기다렸다가 말을 이었다.

-사주가 겉으로 보기에 용과 돼지의 본능이 보이고 그 속을 파고들면 양과 쥐의 본능이 숨겨져 있사옵니다.

-어허, 그래서 그것이 좋은 것이오, 나쁜 것이오?

왕이 다급하게 물었다.

-한마디로 말하겠나이다. 처음은 좋으나 결과는 그리 좋다고 할 수 없사옵니다. 의지가 박약하여 홀로 일을 처리하지 못할 사주이옵니다. 대운(大運)이 어린 나이에 들었으니 최길이옵니다만, 남자를 철저하게 골라 만나지 않으면 과부가 되어 평생을 번민할 사주이옵니다.

왕이 이맛살을 찌푸렸다.

-난 해가 병진년이라 합궁(合宮) 운이 있으니 합궁은 할 것이옵니다.

-합궁은 이루어질 것이란 말인가?

-배필이 맞사옵니다. 그러나 여희공주 마마의 운이 너무 세옵니다. 서로의 궁합을 보면 운세가 막상막하이옵니다. 여자는 성의 머

리요, 남자는 큰 계곡의 물이므로 궁합을 볼 필요가 없사옵니다. 그런데 이 경우는 그렇지 않사옵니다. 바로 묘(卯)가 문제입니다. 을묘는 물 즉 수이옵니다. 이때 용띠가 문제가 되옵니다. 병진은 토이옵니다. 사중토. 바로 바위 같은 모래이옵니다. 물길이 뚫을 수 없는. 그래서 사주를 짚어보면 묘가 천파로 작용합니다. 깨어지는 사주가 된다는 말이옵니다. 여자가 용이요, 남자가 토끼라. 잡아먹히는 사주다 그 말이옵니다. 죽사옵니다.

-죽어?

죽는다는 말에 왕이 다시 화들짝했다.

-부마가 말이옵니다. 이럴 때 합궁의 일자가 이들의 운명을 좌우할 수 있사옵니다. 하지만 아무래도 끝이 나빠 궁합이 좋지 않사옵니다.

서찬윤의 말을 들어보고 난 왕이 이번에는 윤현을 내려다보았다.

-그대도 그렇게 생각하시는가? 여기 보니 그대는 의견이 좀 다른 것 같은데?

윤현이 읍하고 아뢰었다.

-전하, 관상감 서찬윤 부정의 궁합은 납음오행에 의거한 것이옵니다.

-납음오행? 좀 쉽게 말해보시오.

-물론 일간과 사주를 곁들여 보지 않았다고 할 수는 없으나 띠를 주로 해 궁합을 보았다는 말이옵니다. 그러나 궁합은 일간과 사주의 조합이 맞아야 상극을 피할 수 있고 형충파해를 피할 수 있는 것이옵니다.

-그러니까 경의 의견을 말해보란 말이오.

-서찬윤 부정은 둘의 궁합이 좋지 않다고 하나, 다행히 부마가 될 분의 사주에 토(土)를 다스릴 목(木)이 있사옵니다. 여희공주 마마 사주에 토 기운이 강해도 큰 변고로 보지 않음이 옳을 것이옵니다. 여자에게 있어 괴강살은 살로 보지 않는 경우가 바로 이런 경우이옵니다. 오히려 대귀, 대부할 수 있는 살이옵니다.

-그래요?

왕이 구원병이라도 만난 듯이 반갑게 되물었다.

더욱이 그의 아들 윤시경을 송화옹주의 부마로 점찍고 있는 마당이다. 이번에는 영사가 나섰다.

-전하, 그리 근심하지 않아도 될 듯하옵니다. 부정 서찬윤의 풀이는 양자시에 의미를 두려다 보니 억지인 듯하옵고, 윤현 정의 풀이는 가장 근본적 풀이에 의한 것이 분명하옵니다.

-그렇지 않사옵니다.

서찬윤이 다시 거침없이 나서자 영사가 미간을 찌푸렸다.

-전하, 둘의 혼사를 치름에 이의가 없다고 사료되옵니다.

서찬윤은 다시 나서려다 눈을 감고 말았다.

관상감 최고 우두머리 영사는 바로 우의정이다. 우의정이 그렇게 간하자 여기저기서 통촉해 달라는 소리가 이어졌다. 은근히 부마를 마음에 두고 있던 왕이 용기를 얻어 음성에 반가움이 묻어났다.

-오호, 영사도 그렇게 생각하시오? 그렇지, 그렇고말고.

왕의 시선이 서찬윤을 향했다. 이래도 할 말이 있느냐는 눈빛이었다.

서찬윤은 눈을 감으며 속으로 머리를 내저었다. 뻔히 부마가 될 자의 급살이 보였지만 이미 글렀다는 생각이었다.

그렇다면 혼례 날짜라도 바꾸어야 할 것이다. 그나마 부마의 급사를 막으려면.

그러나 아직은 혼례 날짜가 정해지지 않은 마당이다. 그럼 그때 가서 정할 일이다.

서찬윤의 마음이 무거웠다. 관상감 정 윤현은 스승이 원수처럼 여기던 상대 문파의 수제자다. 그러니 눈 밖에 날 수밖에 없다. 근본도 없이 장바닥에서 점이나 치던 것이 관상감에 들어와 물을 흐리고 있다며 눈을 흘겼고 중상과 모함을 일삼았다.

그런 와중에도 서찬윤이 부정의 자리까지 오른 것은 기적이었다. 그때마다 싸워야 했고, 저자 바닥에서 배운 지식으로 그들을 이겨야 했다.

왕은 그때마다 느꼈던 것이다. 비록 저자 바닥에서 배운 역이긴 하나 근본만을 내세우는 이들보다 그의 역이 한 수 위라는 것을. 자연히 왕의 편애가 더해질 수밖에 없었다. 그러나 그것도 이런 자리에서는 한계가 그대로 드러났다.

여희공주의 부마간택이 결정되자 혼례는 일사천리였다.

혼례 날짜가 정해지자 놀란 서찬윤이 입궁해 날짜라도 바꿔보려고 했으나 여의치 않았다. 또 윤현의 방해를 받았기 때문이었다.

서찬윤이 부마의 아비 되는 유부겸 참판을 일부러 찾아 혼례 날짜를 몇 달 더 미루라고 했으나 그 역시 말을 듣지 않았다. 어쩔 수 없는 일이었다.

그러다 보니 벌써 혼례 날짜가 내일로 다가왔다. 세월은 물과 같은 것이었다.

여희공주는 정빈의 소생이다.

정빈이 죽고 원빈을 후궁으로 들일 때 여희공주는 한 살이었다. 다음해 송화옹주의 어머니 원빈이 딸을 낳았다. 그래서 송화옹주에게는 한 살 터울인 이복언니다. 인물이 어머니 중전마마를 닮아 자로 잰 듯이 곱다.

혼례날, 예복을 입은 여희공주의 모습이 너무나 아름다웠다. 송화보다 훨씬 성숙해 보였다. 키도 크고 몸도 튼실하다.

부마는 여희공주보다 키가 더 컸고 얼굴색이 붉은 편이었지만 귀티가 흘렀다.

관상감 주부 박인이 그들 앞에서 축사처럼 궁합을 읽었다. 사십대라지만 박인의 모습은 그들에 비해 너무 늙어 보였다.

어느덧 예례가 끝나고 부마가 국왕에게 올리는 표문을 받들어 사신의 앞으로 나아가 꿇어앉았다.

그 모습을 보고 있다가 송화는 거처로 돌아왔다. 자신의 처지가 서글프다 싶었다.

공주, 옹주 등 내명부의 여인들이 서로 사이좋게 웃음을 주고받는 사이에도 송화는 그들과 뚝 떨어져 있었다.

그때 송화는 모르고 있었다. 왕이 손수 온갖 음식이 가득한 잔칫상에서 살구를 내려다보다가 내관을 향해 그것을 챙겨 송화에게 가져다주라고 하는 것을.

영빈이 눈치를 채고 못마땅한 시선으로 바라보았다.

세자가 곁에서 보고 있다가 뭣 모르고 생글생글 웃었다. 웃고 있었지만 어딘가 병약해 보이는 모습이었다.

5

　예식도 끝나고 어전의 불빛만이 함초롬했다.

　왕과 좌의정 허삼술만이 남아 술잔을 기울였다. 허삼술이 술잔을 받아 마시고 잔을 놓는데 왕이 침통한 어조로 말을 꺼냈다.

　-부모 마음이 그런 것인가 보오. 곁에 있을 땐 몰랐는데 이제 사가로 내보낼 생각을 하니 이리 편치 않으니 말이오.

　-어찌 그렇지 않겠사옵니까.

　-허나 그것이 부모자식 간의 도리이고 보면 어쩌겠소. 문제는 여희는 그렇다 하고 사가에서 돌아온 송화가 마음에 걸리더이다. 어젯밤에 그 애 어미 꿈까지 꾸었으니 말이오.

　이해한다는 듯이 허삼술이 머리를 주억거리며 수염을 쓸었다.

　-지금껏 사가에 내보내기는 하였소만 그 또한 이리 마음이 걸리니.

　-부모로서 당연한 아픔이 아니겠사옵니까.

　-변의관의 말로는 그놈의 생김이 점차 나아질 거라고 하지만 그

것이야 기다려봐야 할 것이고…….

왕은 말을 끝내지 못하고 나직이 한숨을 물었다. 그래도 옹주인데 출세에 눈이 먼 사내라도 하나 있었으면 싶은 것이 솔직한 심정이었다.

이제라도 짝을 찾아주어야 부모의 도리이지 싶다. 출세에 눈이 먼 사내를 만난다 하더라도 송화는 지혜로워 능히 남편을 제도해나가지 싶었다. 왕이 그런 생각을 하는 사이 좌의정 허삼술이 시선을 들었다.

-전하, 한 사람이 있긴 하옵니다.

-그래, 누굽니까?

왕이 솔깃해 눈을 빛내며 물었다.

-관상감 정으로 있는 윤현 대감 말이옵니다. 그에게 아들이 하나 있사옵니다. 윤시경이라고, 문무에 출중하고 인품까지 빼어나옵니다. 지금 사헌부에 나가고 있사옵니다. 소신도 몇 번 본 적이 있사옵니다. 인물이 아주 출중하옵니다. 그래서 사윗감으로 눈독 들이는 가문이 여럿 있다 들었사옵니다.

왕의 얼굴에 화색이 돌았다. 이미 그놈을 알고 있었고 점찍고 있었는데 좌의정이 그리 말해주니 벌써 그를 부마로 얻은 듯했다.

왕은 속을 숨기고, '그것이 정말이오?' 하고 물으려다가 입을 다물었다.

암! 윤시경이 정도면 괜찮지.

편전 문틈으로 오후의 햇살이 기웃거렸다.

기대와는 달리 계속 관상감 정 윤현은 엉뚱한 변명이나 늘어놓고 있었다.

좌의정이 어제 저녁 술자리에서 간할 때까지만 해도 옳다구나 했는데, 직접 불러 물어보니 썩 내키지 않아 보이는 표정이다.

왕은 납작하게 엎드린 윤현을 언짢은 시선으로 내려다보았다.

-그러니까 무엇이오?

왕의 물음에 윤현이 어쩔 줄 모르고 더욱 몸을 움츠렸다. 윤현의 체구가 그리 작지 않은데 잔뜩 움츠려서인지 더욱 작아 보였다.

-전하, 아뢰옵기 송구하오나 이미 말씀 드린 바와 같이 신의 미거한 자식 몸이 참으로 허약해 몹쓸 병에 걸리어 차도를 보이고 있지 않나이다.

왕이 이맛살을 찌푸렸다. 에둘러 말할 필요없이 송화의 인물됨을 알고 있는데 어디다 내 아들을 달라 하느냐 그 말이었다. 왕은 어금니를 지그시 물었다.

못난 자식 둔 죄로다!

왕은 그를 한 번 더 회유해보기로 했다.

-그러니 경의 아들이 상태가 호전될 때까지 기다리겠다고 하지 않소.

윤현의 난감한 언사가 다시 터져 나왔다.

-전하, 망극하오나…… 회복되는 시기조차 지금은 장담할 수 없는 상황이옵니다.

윤현의 속마음을 확실히 간파한 왕의 눈초리가 싸늘해졌다.

-한마디로 짐의 여식 송화옹주가 싫다?

-전하!

윤현이 몸을 떨었다.

-그 말인즉슨, 경은 과인과 사돈 맺기 싫다 그 말이로다?

윤현이 바닥에 이마를 대고 머리를 흔들었다.

-전하, 어찌 그런 말씀을. 당치 않사옵니다. 건강한 신체는 부마로서 마땅히 갖추어야 할 조건이옵니다.

-그래서?

왕의 음성이 더욱 싸늘해졌다.

-신의 아들놈이 몸이 부실해 그러하지 못함이 그저 송구스러울 따름이옵니다.

-그대 눈에는 짐이 바보로 보이는 게요? 내 아랫것에게 일러 경의 아들 일거수일투족을 이미 확인한 바요. 어젯밤 주막거리에서 술이 거나하게 취해 난전에 오줌을 갈기던 경의 아들이 누구란 말이오. 그 자식이 경의 자식이 아니란 말이오?

-저, 전하, 죽을죄를 지었나이다. 하오나 이 나라 종묘사직과 왕실을 위해, 목숨도 아깝지 않은 충심만은 오해하지 말아주시옵소서.

왕의 얼굴에 서글픔이 떠돌았다.

-이제 알겠구려. 어찌 자식을 생각하는 마음이 경에게만 지극하겠소. 짐의 마음이 이러거늘.

-성은이 망극하옵니다.

-그대의 충심을 모른다면 내 어이 아비의 자격이 있겠소. 허나 심히 섭섭하구려.

윤현을 내려다보는 왕의 얼굴에 서글픔이 다시 흘렀다.

-일어나 가보오. 하기야 몸이 아픈 것이 죄는 아니지.

윤현이 더욱 몸을 떨었다. 왕이 그런 그를 싸늘하게 노려보았다.

오늘도 송화는 변의관과 의녀들의 내방을 받았다.

한동안 눈과 코 치료를 하더니 이번에는 귀로 넘어갔다. 침을 좀 살살 놓으라는 말에 변의관이 웃으며 말했다.

-마마, 참으시옵소서. 지금은 귀를 다스리고 있사오나 얼굴에서 가장 많이 뭉쳐진 곳을 잡으면서 특히 코를 중점적으로 다스릴 것이옵니다.

만이가 칫, 하고 얼굴에 비웃음을 담았다. 도저히 그녀로서는 이해가 되지 않기 때문이었다.

-마마, 그러하오니 치료를 열심히 받으시고 운동도 열심히 하셔야 하옵니다.

-운동이라니요?

만이가 뜻밖의 말에 생뚱하게 물었다.

옹주마마나 되시는 분이 무슨 운동이냐는 물음이었다. 운동은 상것이나 하는 것이라고 알고 있었는데 운동을 하라니.

만이의 말뜻을 알아들은 변의관이 웃다가 말을 이었다.

-우리는 일을 하면서 근육의 어디를 어떻게 써야 그쪽의 살이 빠지는지 따져가며 일을 할 수는 없사옵니다. 하지만 운동은 팔의 근육을 어디에 붙이고 어디를 빼야겠다는 생각 아래 하기 때문에 원하는 곳의 군살을 뺄 수도 있고 붙일 수도 있는 것이옵니다.

비로소 말을 알아들은 송화옹주가 고개를 주억거렸다.

-그럼 저는 어떤 운동을?

-기회가 나는 대로 아랫것들 데리고 주위를 걸으시옵소서. 그 대신 복식 호흡을 하시는 것이옵니다.

-복식 호흡이라니요?

-매일 걸으시면서 숨을 코로 깊이 들이마시고 코로 천천히 내뱉는 것이옵니다.

-그럼 어떤 효과가 있나요?

-우리 몸속의 노폐물이 모두 빠져나가옵니다. 늘 걸으시옵소서. 피의 순환이 원활해지고 생기가 넘칠 것이옵니다. 땀이 나면 살이 빠지고 그럼 힘이 넘치게 될 것이옵니다.

-아니, 옹주마마의 체면이 있지 땀을 흘리라니?

만이가 또 어이없어 하다가 끼어들었다. 변의관은 개의치 않았다.

-마마, 식사량도 줄여야 하옵니다. 지금 드시는 밥그릇을 종지로 바꾸어야 하옵니다.

만이가 너무 기가 차 고개를 훼훼 내저었다.

-아이고, 우리 마마 살리려고 온 의관이 아니라 죽이려고 온 의관이 분명하네.

만이가 돌아서면서 쫑알거렸다. 그와는 달리 송화옹주가 몸을 돌렸다.

-무슨 말인지 잘 알겠어요.

-걷는 운동은 처음부터 무리하지 마시옵고 하루에 4각씩만 때를 가리지 말고 하시옵소서.

-알겠어요.

만이는 어이가 없어 할 말을 잃고 멍한데 결심을 굳힌 듯 송화옹주가 결연한 어조로 대답했다. 그녀의 의지를 읽은 변의관의 만면에 웃음이 번졌다.

-마마, 마마께서 소신의 말을 따라주신다고 하니 힘이 나옵니다.

송화옹주가 고개를 내저었다.

-다른 이들처럼 예쁘고 날씬해질 수만 있다면 무엇을 주저하겠어요. 점점 변해가는 나를 보면서 그렇지 않아도 감사해 하고 있어요. 해보겠어요. 죽기보다야 낫지 않겠어요.

송화는 변의관이 가고 난 뒤 당장에 걷기와 계단 밟기, 줄넘기를 시작했다. 만이가 크크, 웃어대고는 했다. 더위까지 겹쳐 땀이 비 오듯 쏟아졌다.

-마마, 체면이 있지 정말 계속하실 것이옵니까?

-저리 가거라. 같이 하지 않을 거면.

-제정신이 아니옵니다.

-네 이년!

그러자 만이가 저만큼 물러났다가 계속 송화가 운동을 하자 말리지 못하겠다는 생각이 들어 가까이 다가왔다.

-자꾸 치마에 새끼줄이 걸리지 않사옵니까.

그제야 송화가 피식 웃었다.

-이왕 하신다고 결심하신 것 같으니 저는 모르겠습니다.

이것이 사람 앞에서는 궁중에서나 쓰는 극존칭을 쓰다가도 사람이 가고 나니 슬쩍 말꼬리를 내려버린다. 송화는 그게 싫지 않아 정답게 눈을 흘기며 한 마디 했다.

-진작 그럴 것이지. 너는 내가 예뻐지는 것이 싫으냐?

-그럴 리가 있습니까. 하도 어이가 없어서 하는 말이지. 누가 보면 어쩌려고 이러십니까? 미쳤다고 곧 소문이 나고 말 것입니다.

-그러니 몰래 숨어서 해야. 지금까지 변의관이 헛소리 하는 걸

보았니. 이왕 이렇게 된 거 해보면 알 것 아니야.

　-저는 아무리 생각해도 납득이 되지 않습니다요.

　-그러니 해보자는 말이다. 그래, 네 말대로 치마가 걸려 안 되겠다. 들어가 노끈부터 하나 찾아와. 치마가 펄렁거리니 묶고 해야겠다.

　아이고, 나도 모르겠다는 듯이 만이가 노끈을 찾으러 종종걸음을 쳤다.

　-아이고, 다리야.

　-아니, 변의관이 무슨 짓을 저질렀기에…….

　더위 때문에 땀을 흘리며 밤새 끙끙 앓았다는 것을 안 한상궁이 눈을 새하얗게 떴다.

　변의관이 오면 가만 두지 않겠다는 말에 송화가 아픈 다리를 끌고 그녀를 불렀다.

　-한상궁, 그러지 말아요.

　-마마, 변의관이 미친 사람이지 어느 안전이라고 걷게 하시고 계단을 밟게 하고 줄넘기를……. 이런 법은 없사옵니다.

　-내가 하겠다고 했어요. 얼굴 살과 몸살이 빠진다고 하지 않습니까.

　-마마, 체면을 차리시옵소서. 그런 것은 천것도 하지 않는 것이옵니다.

　-그러지 않고는 얼굴 살과 몸의 군살이 빠지지 않는다니 어쩌겠어요.

　-옹주마마!

　한상궁이 눈을 뜨악하게 뜨다가 송화옹주가 방으로 홱 들어가 버리자 멍하니 바라보았다.

2부

국혼으로
하늘을 움직인다

6

저녁 무렵 검은 구름장이 북녘으로 밀리더니 밤새 흙비가 찔끔 내리다 말았다. 새벽부터 갈까마귀가 때 아니게 울어대었다.

훠어이, 사람들이 아침부터 웬일이냐며 새들을 쫓았지만 좀체 도망가지를 않았다.

-불길하게 저놈들이 왜 저런대……. 오늘도 무지 더울 것 같은데 비도 오지 않고, 넨장할.

왕의 명을 받은 금부도사가 금부 나졸을 데리고 여희공주의 시댁 유참판 댁으로 떴다.

금부도사가 도착했을 때 이미 관상감 우두머리 영사, 정 윤현, 부정 서찬윤이 나와 있었다.

신랑 되는 부마의 시체는 그들의 신방에 있었다.

금부에서 일차로 먼저 조사를 한 흔적은 있었지만 현장은 그대로 고스란히 보존되어 있었다.

복상사를 당한 부마는 몸이 새까맸다. 그대로 죽은 듯이 엎어져 있었다.

왕명으로 도착한 금부도사는 죽은 부마의 상태를 살폈다. 별 이상한 징후는 발견할 수 없었다.

그사이 관상감 영사와 정 윤현은 뒷짐을 지고 한숨만 쉬고 있었고, 관상감 부정 서찬윤은 마당을 서성거리고 있었다.

금부도사가 갑자기 아랫사람에게 눈짓을 했다. 금부들이 영사와 윤현을 에워쌌다.

-왜들 이러나?

영사가 놀라 소리치자 금부도사가 그들 가까이 다가갔다.

-그대들을 체포하라는 어명이오.

서찬윤이 영사와 정이 포승줄에 묶여 나가는 것을 멍하니 바라보는데 금부도사가 다가왔다.

-궁으로 입시하라는 전하의 명이 있었습니다. 같이 행차하시지요.

서찬윤이 궁으로 들자 왕이 상심하고 있다가 그를 맞았다.

-어서 오시오.

왕의 음성이 젖었다. 왕이 자신의 죄인 양 고개를 숙이고 읍한 서찬윤을 내려다보았다.

-참으로 묘하지 않은가. 짐이 경의 말을 귀담아 들었던들…….

한숨을 쉬고 난 왕이 말을 이었다.

-말해보오. 어떻게 이런 사실을 미리 알 수 있었는지……. 이미 늦었으나 진정 사람이라면 그럴 수 있는가 싶으니 말이오. 궁합의

이치, 참으로 신묘하지 않은가.

-전하.

-그러니 말해주시오. 어떻게 이런 흉액을 알고 있었는지.

-아뢰옵기 황송하오나 부마는 토의 기운이 강한 분이옵기에 물의 기운이 가장 강할 6, 7, 8월을 넘기자고 했던 것이옵니다.

-그럼 그것을 영사나 정이 모르고 있었다는 말이 아니오?

왕은 그렇지 않아도 윤현에게 송화옹주의 부마 문제로 유감이 있던 마당이다.

-모르고 있었다기보다는 늘 하던 타성대로 역법을 간과했다는 말이 맞을 것이옵니다.

왕이 고개를 주억거렸다. 서찬윤이 말을 이었다.

-소신이 부마의 시를 보니 조자시였고, 그래 날을 바꾸어보니 정반대의 괘가 나왔던 것이옵니다. 그들은 양자시를 무시하고 천파로 봐야 할 사주를 천간으로 봐버린 것이옵니다. 즉 토끼를 용으로 보아버린 것이옵니다. 그러니 어떻게 좋다고 하지 않겠사옵니까.

-이럴 수가! 여봐라. 영사와 윤현 정을 불러라.

비로소 말을 알아들은 왕의 명이 추상처럼 떨어졌다. 금부나졸에 의해 두 사람이 궁으로 끌려왔다.

-서찬윤 경은 방금 짐에게 고한 사실을 그대로 두 사람에 일러주시오.

왕이 싸늘한 어조로 명했다.

다 듣고 난 윤현이 그래도 할 말이 있다는 얼굴로 서찬윤을 향해 소리를 질렀다.

-무슨 소리인가? 그런 역법도 없거니와 설령 그렇다 하더라도 토

기(土氣)는 수기(水氣)를 머금을 수 있다.

-그래서 결과가 어떻게 나타났소? 토기가 밀려오는 수기를 머금었으나 감당치 못하면 응결해 나타나는 곳이 있소이다.

윤현이 눈을 뒤집었다. 그는 서찬윤을 무섭게 노려보며 소리쳤다.

-그런 법이 어디 있단…….

-내 증거를 보이리다.

서찬윤이 금부도사를 향해 시선을 돌렸다.

-갱초를 작성했소이까?

-장금사가 방금 올렸습니다.

금부도사가 장금사가 올린 갱초를 가져다 서찬윤에게 주었다. 부마의 시신 상태가 자세히 기록된 초초였다.

서찬윤이 부마의 몸 구석구석을 살핀 기록의 일부분을 읽기 시작했다.

-사건 현장에 도착해 시신의 몸을 돌려 눕히고 옷깃을 헤쳐본 바 흉추 부분에 이상 징후가 나타나 있었다. 푸른 멍이 주먹만큼 나 있는 것이 보였다…….

거기까지 읽고 서찬윤이 윤현을 쳐다보았다.

-바로 이것이오이다. 삼초기(흘러가려는 강력한 기운) 때 생긴 흔적이외다. 토 기운을 밀어내지 못한 수 기운의 무리가 뭉쳐진 것이다 그 말이외다. 그 파장이 흉추 부분에서 이상 징후를 보이다가 신경선을 타고 골반과 허리의 통증을 유도해 복상사 하고 만 것이외다.

왕이 눈을 크게 뜨고 윤현을 쏘아보았다.

꼬끼오!

닭 홰치는 소리를 들으며 여희공주는 일어나 앉았다. 아직도 어둑새벽이었다.

박명의 어둠 속에 빈 술병이 그대로 널브러져 있는 것이 보였다.

궁을 떠나와 그동안 사가 생활을 배우느라 고생깨나 했었다. 그런데 이게 뭐냐. 눈물이 주르륵 흘러내렸다.

여희공주는 소리 내어 울기 시작했다. 섦디 섦게 울었다. 전생에 죄를 지어도 아주 몹쓸 죄를 지은 것이 분명했다. 그렇지 않고서야 이럴 리 만무했다.

도대체 이 일을 어쩌면 좋단 말인가. 그래서인지 궁의 소식을 들으면 더욱 서러웠다. 특히 송화에 관한 말을 들을 때면 더 서러웠다.

송화가 침술을 통해 그 인물이 많이 달라졌다는 말을 들었을 때 설마 싶었다. 주먹코, 툭 불거진 광대뼈, 굵은 목, 그게 어디 가랴 했는데 그렇지 않다고 했다. 피부도 많이 좋아졌고 암튼 예전보다는 많이 예뻐졌다는 것이다.

그 소문을 듣자 이상하게 또 설움이 북받쳤다. 궁을 떠나와 이게 무슨 고생일까 싶었다. 남편이란 작자는 멀쩡한 여편네 놔두고 매일 술타령에 계집질이나 하다가 복상사했다. 더욱이나 날이 가물었다.

신음소리처럼 시작된 여희공주의 울음소리는 점차 통곡으로 뒤바뀌었다. 처절한 통곡소리가 울을 넘어가자 지나가던 사람들이 홰홰 고개를 내저었다.

하늘이 노한 것이여. 하늘이.

하늘에서 비가 내리지 않는 것이 그녀의 책임인 양 그렇게 말하고 있었다. 부정을 타 하늘이 비를 내리지 않는다고 하였다. 극심한 가뭄으로, 거북 등껍질처럼 갈라진 하천 바닥과 황폐해진 대지의 모습을 보며 그녀를 그렇게 원망했다.

　송화는 오늘도 만이와 함께 더위와 싸우며 운동을 열심히 했다.
　사람들의 눈을 피해 운동을 하자니 신경이 쓰였지만 끝나고 목욕을 하고 나면 날아갈 듯 몸이 가벼웠다.
　변의관이 늘 아침에 와 침을 놓고 갔는데 오늘로서 입까지의 과정이 기초적으로 끝났다고 했다.
　송화가 반듯하게 눕자 만이가 손가락으로 살구가루를 찍어 송화의 얼굴에다 발랐다. 이마와 눈두덩에도 바르고 막 입언저리에 바르려고 하는데 방문 밖에서 궁녀들의 말소리가 들려왔다. 아마 담장 너머에서 소곤거리고 있는 것 같았다.
　-못난이 옹주 요즘 예뻐졌다고 난리야.
　-흥, 호박에 줄 긋는다고 수박된대? 웃긴다니까.
　-못난이 송화옹주 말이야, 관상감 윤대감 쪽에서 송화옹주 혼담을 거절했다잖아.
　-아이고, 그 얼굴 보면 십 리는 도망가겠더라. 오죽하면 퇴짜를 맞았을까.
　말을 듣다가 송화가 벌떡 일어났다.
　-내 저것들을…….
　만이가 송화를 잡았다.
　-마마, 참으셔요. 이래 가지고 어떻게 나갈 것이라고……. 더 이상해 보일 것이 아닙니까요. 혼내는 것이야 둘째치고라도 또 소문

이 날 것입니다.

그제야 송화가 털버덕 주저앉았다.

그 사이에 만이가 문을 벌컥 열고 밖으로 뛰어나갔다. 그녀는 담장 너머를 넘겨다보며 고함을 질렀다.

-어떤 년들이 우리 마마를…….

궁녀들이 비명을 지르며 달아나기 시작했다.

-거기 못 서. 이 계집년들아!

송화의 눈에서 눈물이 흘러내렸다.

송화는 늘 그랬듯이 옆구리에 찬 향낭에서 박하엿 하나를 꺼내 입속으로 넣어 씹었다.

만이가 씩씩거리며 들어와 보니 송화가 울며 박하엿을 씹고 있었다. 만이가 울음이 북받쳐 엎어지며 마마, 하고 훌쩍였다.

-괜찮다. 엿이 달아. 싸한 것이.

그러면서 향낭에서 박하엿을 하나 꺼내 말없이 만이의 입에 넣어 주었다. 박하엿을 씹으며 슬픔에 겨워 훌쩍이다가 송화는 그만 피식, 웃었다. 만이도 따라 웃었다.

-울다 웃으면 여우비 온다더라.

7

여름의 상징이던 그 흔한 소나기조차 내리지 않았다.

부마가 죽은 지도 벌써 한 달이 지났다. 이상하게 여희공주의 혼례 전후로 비가 내리지 않았다. 요즘 들어 더욱 더위와 가뭄이 심해지자 사람들은 하늘이 노했다고 했다.

민심이 갈수록 흉흉했다.

-아이고, 하느님. 무심도 하시지. 저주 받은 거여. 저주 받은 거여.

왕도 계속되는 가뭄에 당황했다. 그는 관상감 관리들을 새벽부터 불러들였다. 더 이상 미뤄 놓다가는 안 되겠다고 생각했기 때문이다.

새벽부터 관상감 관리들은 물론이고 어의와 변강수 의관까지 도열했다.

누구 하나 고개를 든 이가 없었다. 가뭄이 자신들의 책임인 양 표정들이 침통했다. 종전의 영사 신기수와 관상감 정으로 있던 윤현이 유배를 간 후 영사는 영의정 박상인이 맡았고 서찬윤이 정을 맡은 참이었다.

영사 박상인은 젊은 시절 역에 있어 그 실력이 출중한 인물이었다. 여러 면에서 서찬윤과 뜻이 맞는 인물이었는데 근기가 죽창처럼 날카롭고 곧았다.

왕은 화를 삭이지 못한 표정을 짓고 있었다. 그는 관상감 관리들을 쭉 노려보다가 맨 앞자리의 영사를 향해 입을 열었다.

—영사, 아무리 기다려도 비소식이 없으니 이게 어찌된 일이오? 가뭄으로 고통 받는 백성들의 상소가 줄을 잇고 있지 않소. 그동안 공들여 지낸 기우제만도 수차례. 내 근신하며 음식 가짓수를 줄이고 죄인들을 사면하고, 궐 안에 음기가 강하다 하여, 궁인들까지 내보냈소. 더 이상 무얼 어찌해야 된단 말이오? 말을 좀 해보시오.

박상인 영사가 난처한 얼굴로 고개를 조아렸다.

—송구하오나…… 음양의 조화가 제대로 이뤄지지 않기 때문이라 사료되옵니다.

—그놈의 음양, 음양, 음양……. 그래, 이제 뭐가 맞지 않다는 거요?

—전하, 이 나라는 백성이 주인이옵고 그들의 주인은 곧 전하시옵니다. 그러니 용상에 계신 전하께서는 만백성의 어버이인 것이옵니다. 그러하온데 어찌 자식들 또한 하늘이 내려 보낸 것이 아니겠사옵니까. 용의 자제, 용자(龍子)들은 용의 자식들이기도 하지만 바로 만백성의 자식들이기도 하옵니다. 그런 용들이 음양의 조화를 제대로 받지 못하고 있으니 어찌 하늘이 노하지 않겠사옵니까.

왕의 표정이 더욱 어두워졌다.

—그러니까 그게 무슨 말이냔 말이오? 좀 알아듣게 해보시오.

-여희공주의 궁합이 틀어짐을 보시옵소서. 전하께서 선정을 베푼다고 하여 하늘을 원망하다 죽은 여희공주의 부마께옵서 그 원을 푸셨겠사옵니까.

-이건 또 무슨 말인가! 부마라니? 부마의 원이 하늘을 노하게 했다?

어떻게 말이 그쪽으로 돌아가느냐는 듯이 왕이 인상을 찌푸리며 말했다.

-이미 서찬윤 정이 여러 번 말씀 드린 것으로 알고 있사옵니다.

왕의 시선이 서찬윤을 향해 돌아갔다.

-경이 말해보시오. 그대는 이 일을 어찌 풀어나갈지…….

서찬윤이 읍하고 있다가 아뢰었다.

-전하, 위에서 음양의 조화가 흐트러진 마당에 수많은 혼기 찬 남녀들의 궁합이 맞는들 무슨 소용이겠습니까. 다시 용자로부터 음양의 조화를 이룰 혼인이 필요하옵니다. 혼인에도 예와 순서가 있으니 송화옹주 마마의 혼례부터 치르시는 게 우선인 줄 아뢰옵니다. 그럼 타의 모범이 될 것이옵니다.

-송화옹주의 혼인?

비로소 활로를 찾은 듯이 왕이 물었다.

-전하, 그리하여 아뢰는 것이옵니다. 그 사실을 만방에 알리는 의미에서 전국에 선포하여 부마를 선택하는 것이옵니다. 또 고래로 천상배필이 나타나지 않을 때는 전국에 선포하여 부마를 뽑는 예가 허다하였으므로 그만큼 좋은 방법이 어디 있겠나이까.

-그러니까 부마 선정을 전국적으로 하라?

-그렇사옵니다. 그러면 필시 송화옹주에게 딱 맞는 배필 또한 정

해질 것이옵니다.

우의정 천일정도 서찬윤을 거들고 나섰다.

-전하, 선왕들께서도 가뭄이 들었을 때 혼인령을 시행하셔서 비를 내린 바 있사옵니다.

왕이 잠시 생각하는 척하다가 입을 열었다.

-무릇, 나라가 어려움에 처했을 땐 모든 방도를 찾아 시행해봄이 마땅하다고 짐 역시 생각하오. 그러니 경들은 이번 옹주 혼례만큼은 그 뜻에 따랐으면 하오.

왕이 고개를 끄덕이며 명을 내렸다.

-부마에게는 특전으로 강화 땅을 하사하도록 하겠소! 예판은 그리 알고 준비토록 하시오!

-분부대로 시행하겠나이다.

예판이 읍하며 아뢰었다. 왕의 파격적인 포상에 대신들은 하나같이 놀라는 표정들이었다.

유명한 사주쟁이가 궁합을 보던 집이었는데 얼마 전부터 사람이 바뀌었다. 손님을 줄 세우는 계집아이도 바뀌었다.

-자, 이리 오세요.

예전 계집아이보다 나잇살이 갑절이나 많아 보이는 말년이가 개다리소반 하나를 앞에 하고 앉아 손님을 불렀다.

그 저쪽에 서안을 앞에 둔 개시가 점잖게 손님을 맞았다. 송화옹주가 사가에 있을 때 역관으로 지냈으나 옹주가 궁으로 들면서 그는 끈 떨어진 신세가 되어 여기 눌러앉았다.

마루에는 손님들로 꽉 찼다. 주로 처자들과 총각들이었다. 더러 중년 사내와 아주머니들이 끼어 있었다.

말년이 방으로 슥 얼굴을 들이밀며 오늘은 그만합시다, 하고 말했다. 그리고는 연이어 말을 이었다.

-참 이상하단 말이지. 이리 잘 되는 곳을 거저 넘기고 어딘가로 가버렸으니…….

-그 사주쟁이 영감 본시 좀 유별나기는 혔지. 뭐 이 자리에 갑자기 사기가 뻗쳐든대나. 그러면서 그 노인네 날더러 신수 조심하라고 그렇게 당부하더니 이렇게 팔자가 펼 줄이야, 헤헤.

개시가 만족한 얼굴로 고개를 주억거리며 웃는데 말년이 커다란 대추 하나를 개시 입에 쏙 넣어주고는 왼쪽 눈을 찔끔 감았다 떴다.

개시는 목에 대추가 걸려 캑캑거리면서도 말년의 눈웃음에 헤살헤살 풀어져 실룩대며 가는 말년의 뒤태를 감상했다.

-조것이 조것이 사람 죽인다니까.

그가 대추씨를 신방돌에 퉤! 하고 뱉어내는데 누군가 성큼 마루로 올랐다. 개시가 시선을 들어보니 눈부신 역광을 받은 사내의 모습이 늠름하다.

사내가 성큼 개시 앞에 앉았다. 잘생긴 사내다. 온화한 듯하나 눈초리가 여간 매섭지 않다.

-이름은 서도윤이라고 하오.

사내가 자신의 이름을 대기 무섭게 말년이 마루로 돌아오며 한마디 했다.

-아, 마쳤다는데…….

-궁합 보러 오셨구만?

개시가 말년의 말을 듣는 둥 마는 둥하고 도윤에게 물었다.

-그렇소이다.

그러면서 도윤이 소매 속에서 종이 하나를 꺼내 상에 놓았다.

개시의 시선이 종이에 갈겨둔 글로 향했다.

신축년 을해월 신미일 정유시

응? 사주를 내려다보다가 개시가 도윤을 쳐다보았다.

-이게 뭐요? 어째 이런 일이…….. 나랑 사주가 꼭 같으니 말이오?

-그래요?

-허어 참. 그래, 뭘 봐드릴까?

개시가 고개를 갸웃갸웃하다가 물었다.

-이번에 동업을 하려는데 말이오. 동업자 궁합을 좀 봐주시오.

-어디 불러보오.

도윤이 사주 하나를 더 내밀었다. 이를 본 개시의 눈이 커졌다.

정유년 갑진월 병인일 신묘시

개시가 눈을 크게 뜨고 물었다.

-당신 누구요?

-궁합을 보러 왔다지 않소.

개시가 고개를 갸웃하며 도윤을 자세히 살폈다. 도윤도 그를 마주 쳐다보았다.

-허허, 참 신기한 일이로세. 이건 분명 내가 아는 이의 사주가 분

명한데?

개시가 고개를 갸웃갸웃하다가 그럴 수도 있겠다 싶었는지 궁합을 보기 시작했다.

-그리 나쁘지는 않아 보이긴 하네. 다 재간 좋은 입담과 총명한 머리의 소유자로 보이고. 그런 이들이 만났으니 합이 좋을 수밖에…….

도윤이 듣고 있다가 이맛살을 찌푸렸다.

-이미 나도 그 정도는 알고 있소. 그러니 덕담 같은 거 필요 없고 둘의 궁합이나 봐주오.

개시가 눈에 날을 세웠다.

-허허, 덕담이라니? 그럼 내가 지금 뭘 보고 있소? 궁합 보고 있지 않소.

-그런데 왜 그리 어설퍼? 궁합을 궁합답게 봐야지.

-아니 궁합을 보려고 와서 지금 날 무시하는 거야 뭐야? 그리 잘났으면 댁이 직접 보지 왜 여기로 와!

도윤이 허허, 웃다가 그의 말을 받았다.

-난 또……. 하도 소문이 자자하기에 말이오. 내가 못 보는 걸 혹 보려나 했지.

-이 화상이 날 완전히 가지고 놀고 있지 않은가.

개시가 버럭 화를 내자 도윤이 그를 무시하고 중얼거렸다.

-둘의 사주를 보아 한 즉 먼저 연월시주의 지지가 축, 해, 오로 부모에 해당하는 연월주가 수 기운이지만, 하나의 물길이 아니오. 축과 해라는 두 갈래의 물길이 동시에 들어와, 오(午)라는 한 그릇에 담겼도다. 그래서 이 사주의 주인은 분명 쌍둥이가 분명하도다.

개시가 도윤의 행동거지를 보고 있다가 깜짝 놀라며 벌떡 일어났다.

-당신 정말 누구야?

 도윤이 그를 올려다보며 입가에 냉소를 물었다.

-놀라지 말고 앉기나 하시구려.

-누구냐니까!

-앉기나 하라니까!

도윤이 맞고함을 지르자 필시 무슨 사연이 있다고 생각한 개시가 마주 앉았다. 도윤은 시치미를 딱 떼고 말을 계속했다.

-헌데, 축오를 보면, 서로를 꺼리고 원망하는 원진살이 있고, 축의 천간이 신금으로, 젖은 흙에 쇠가 잠긴…… 음습한 기운이 있구먼. 그럼 안타깝게도 둘 중 하나는 죽는다는 말 아닌가!

-어라, 이 작자가 내가 쌍둥이에다…… 울 형님 죽은 것까지 아네!

개시가 얼이 빠져 중얼거렸다. 개시의 얼굴에서 식은땀이 흘러내렸다.

-보자. 왼쪽 이 사주는 머리가 영특하기가 이를 데 없도다. 중심도 잡고 있고, 게다가 머리 쓴 만큼 복도 들어오게 생겼네.

개시가 더욱 눈을 뒤집고 침을 꿀꺽 삼켰다.

-당신 정말 누구요?

도윤은 아랑곳하지 않고 말을 계속했다.

-허나, 연주인 정유가 가진 금 기운을 보면, 그 영민한 머리로 오직 돈 굴리고, 재물 불리는 데만 사용하고 있구려. 자유 파살에, 묘와 유가 충살이니, 관직 욕심, 재물 욕심 둘 다 부리다가, 결국 처참히 깨어질 운명이로다. 둘의 궁합은, 좋아 보이는구만. 한 놈은 다른 놈 아래서 호객질 하겠고, 한 놈은 남의 등이나 처먹는 합이니, 이

보다 좋은 사기꾼 궁합은 나오기 힘들겠는데 그래.

개시가 비로소 눈치를 채고 입을 쩍 벌렸다.

-어디서 나왔소?

-역시 돌팔이라도 눈치 하나는 빠르네. 나? 당신 생각 그대로야. 불길한 기운은 그대로 운명이 되고 말지. 당신 잡으러 온 사람이란 말이다.

그때 종소리와 함께 개시의 조수가 시각을 알렸다.

-1각!

도윤이 벌떡 일어나며 소리 질렀다.

-1각은 개뿔! 여봐라 이놈을 포박하라.

말이 떨어지기 무섭게 관군들이 우르르 쏟아져 들어왔다.

-소위 역을 한다는 사람이 청복을 짓지는 못할망정 탁복이나 탐했으니 네 죄를 네가 알 것이다. 사가에서 옹주를 모시던 관상감 역관이 어떻게 궁을 드나들었는지 모르겠구나? 그런데 면이 없다? 그럼 그 짓거리에 이골이 났다는 말이 아닌가.

부하와 관군들에게 끌려가는 개시를 보며 도윤이 질렀다.

-아니 내가 무슨 죄가 있다는 거요?

-이놈아, 네놈이 무슨 짓을 했는지 모른단 말이냐?

-글쎄, 내가 무슨 죄를 지었다는 게요?

-관상감 주부 박인 말이다.

그제야 개시가 흠칫했다.

-순순히 가자. 그래야 좋을 게다.

-이렇게 묶어갈 건 없지 않소.

-이놈이 뚫린 입이라고……. 천지분간을 못하는군.

-그런데 대체 어찌 안 거요?

-다 아는 수가 있지.

-그 비법 나도 좀 배웁시다. 전수해주심 안 될까?

도윤이 어이가 없어 허허, 웃었다.

-내 스승님이라 부를 터이니 좀 봐주시오!

말년이 멀어져가는 그들을 바라보다가 털버덕 주저앉았다.

사헌부 심문실로 들어서기가 무섭게 도윤이 개시를 앞에 하고 물었다.

-순순히 부는 게 좋을 거야. 이숙이 궁녀 건 말이야. 전하와 이숙이의 궁합을 맞추었다면서?

-누가 그래요? 그리고 그렇게 다 궁합을 보고 있지 않소.

-이놈아, 그 바람에 관상감이 뒤집어졌는데 그걸 모른단 말이냐. 그 궁녀에게 회유를 당한 놈이 누구냐?

-회유 당한 일 없소.

-이미 박인이 불었어. 이숙이 궁녀의 아비가 널 찾았다면서? 후궁으로 만들어주면 금 스무 냥을 주겠노라고. 박인의 집에서 금 다섯 냥이 이미 발견되었어. 그 금 어디다 숨겼어?

-숨기다니? 증거라도 있는 게요?

-너 이숙이의 부모가 전염병으로 급사해 죽고 이숙이 궁녀를 전하께서 막고 나서서 증인이 없다고 하는 모양인데 내가 대볼까. 너

만큼은 나도 본다 이 말이야. 전하와 이숙이 궁녀의 궁합은 결코 합이 될 수 없는 궁합이었어.

　-난 배운 대로 했을 뿐이오. 도대체 그 증거가 뭐요?

　-증거? 전하와 이숙이 궁녀의 사주가 그 증거지.

　-그러니까 뭐가 잘못 됐느냔 말이오?

　-너희들은 당사주를 무시할지 모르지만 나는 정확성을 기해 양사주를 섞어 보는 사람이야. 네놈은 관상감 주부 박인과 짜고 전하의 성정을 흐리는가 하면 누구의 사주를 받았는지 모르나 여희공주를 몰아붙이기 위해 천파를 두 기둥에 세워놓고 그것을 천권으로 만들어 천파가 몰아치기를 기다린 것이야. 비로소 천파가 휘몰아쳤지. 그 천파는 그렇잖아도 깨어지기 직전의 여희공주의 부마에게 밀려갔지. 부마가 그 파의 영향을 가장 많이 받았다 이 말이야. 어디 그뿐이야. 이숙이 궁녀의 부모도 그 파장에 걸려 역병에 모두 죽었잖아. 이숙이 궁녀도 뒤늦게 그 파장에 걸려 혀가 빠지게 일만 하다가 이제 죽어갈 운명에 놓였으니. 그래서 궁합이란 당사자들만이 아니라 주위도 함께 보아야 한다는 것이야. 자, 이게 다 누구 때문일까?

　-모, 모르겠소.

　개시가 부들부들 떨다가 눈을 감으며 말했다. 식은땀이 이마에 솟아나고 있었다.

　-어디 있나, 궁녀의 아비에게서 받은 금 다섯 냥? 네 집사람이 송화옹주의 여종으로 있었던 말년이란 년이지?

　그제야 개시가 번쩍 고개를 들었다. 도윤이 무섭게 개시를 노려보았다.

-이놈, 네 여편네와 짠 것이더냐?

-아, 아니오. 맹세코 아니오.

-이제 송화옹주의 부마도 그렇게 하려고 한 것이로구나?

-아니오. 아니오. 말년이는 관계없소. 내가 그냥 갖다 맡겼을 뿐
이오.

-진작 그래야지.

도윤이 그제야 일어나 심문실을 나갔다.

다시 저자로 향하는 도윤과 부하의 말발굽 소리가 어지러웠다.

말년이를 잡아와 개시와 대면시키자 둘은 서로 흘끔 보다가 이내
어쩔 줄 몰라 허둥거렸다.

-둘이 부부 사이 맞지?

두 사람이 고개를 돌리고만 있자 도윤이 일어나며 말했다.

-그럼 두 사람이 말을 잘 맞춰봐. 우린 나가 있을 테니까.

부감찰이 뒤따라 나오며 펄쩍 뛰었다.

-아니, 감찰 나리, 두 사람 입을 맞추라고 하면 어쩝니까?

도윤이 옆방을 턱으로 가리켰다.

-둘이 말을 맞추면 그게 바로 증거지.

그제야 도윤의 속셈을 안 그가 그럼 그렇지 하는 표정을 지으며
옆방으로 들어갔다. 개시의 방을 엿볼 수 있는 방이었다. 도윤이 들
어가 보니 벌써 두 부부가 싸우고 있었다.

-어찌 그럴 수 있소.

여자가 눈을 하얗게 뒤집어 뜨고 개시에게 따졌다. 왜 자신을 끌

어들였느냐는 항변이었다.

 -이년아, 설마 했지. 젠장, 설마가 사람 잡는다더니……. 그나저나 그 금덩이 어땠냐?

 여인이 확 돌아앉았다.

 -몰라.

 -이년아, 그거 내놓지 않으면 어찌 되는지 몰라? 최소한도 물고 로 손이나 발이 날아갈 것이다. 벌겋게 단 쇠꼬챙이가 눈구녕을 쑤셔버릴지도 모르고……. 더욱이 우릴 돌봐 주던 이가 손을 놓아 버릴지 몰라. 그럼 끝나는 것이야.

 그제야 겁을 집어먹은 말년이 돌아앉았다.

 -그럼 어쩌오?

 -일단 금덩이 다 돌려주고 웃전의 처분만 바라야지. 영빈마마가 가만있을라고. 어떻게 전하를 꼬드기더라도 빼내주겠지. 밀어붙인 사람이 누군데…….

 옆방에서 보고 있던 도윤이 부감찰을 돌아보며 웃었다.

 -끝났네.

 -그러니까 영빈마마가 개입되어 있다 그 말 아닙니까?

 -그 입 좀 조심하는 게 좋을걸. 당장에 모함으로 엮이기 전에.

 영빈은 세자의 친모다. 세자가 누군가. 다음 보위를 이을 분이다. 지금 이 나라는 그들 씨족으로 권좌가 나누어져 있었다.

 -이제 보니 저 자식 설마라고 하지만 궁녀와 전하를 붙인 게 파살로 여희공주의 불행을 노린 거구만 그래. 정빈의 소생이라 눈엣가시였던 게지.

 -아니, 궁녀와 전하의 궁합이 좋지 않다고 하더라도 그 액살이 여

희공주에게 미칠 수도 있는 겁니까?

말도 안 된다는 듯 부감찰이 물었다.

-그럴 수도 있지. 여희공주의 파살이 그들의 파살과 합쳐진다면……

-으아, 그게 진짜라면 궁합 예사로 볼 거 아니네요.

그제야 사건의 심각성을 안 부감찰이 그렇게 말하고 입을 다물었다.

-이 사건 정말 예사롭지 않다. 일단 저 연놈들 엮어 넣자. 그래 놓고 서서히 파보자고. 함부로 터트리기에는 위험한 정보야. 섣불리 건드렸다간 되려 엮일 수도 있으니까 말이야.

이 사건에 자신이 손댈 수 없는 이들과 관상감 내 인물들이 연관되어 있다는 생각이 들자 도윤은 눈을 감았다.

-알겠습니다.

부감찰이 뒤늦게 부르르 몸을 떨며 대답했다.

-일단 가보자고.

그들은 방을 나와 두 부부가 있는 방으로 들어갔다.

8

울 너머의 감들이 제법 영글었다. 햇살이 따갑다.

요즘 들어 도윤은 친구 윤시경에게 자꾸만 신경이 쓰였다. 아버지가 유배를 간 후로 시경의 심정이 어지러운 것 같았다.

-아직도 날 원망하고 있나?

며칠 전 도윤이 물었다. 내 아버지가 네 아버지를 곤궁하게 하여 그 자리를 차지했지만 우리들 사이가 그렇다고 멀어질 건 없지 않느냐는 생각에서 한 말이었다.

성균관 시절, 허물없이 어울렸던 인물이 시경이었다. 그 후 시경의 아버지는 관상감 정의 자리까지 올랐고, 아버지는 관상감 말단으로 있다가 일취월장 관상감 부정의 자리에 올랐었다. 그러나 도윤 아버지의 올곧은 성질 탓에 영사와 시경 아버지의 시기심은 하늘을 찌를 정도였다.

그들과 한패거리가 되지 못하는 바람에 그들은 하는 일마다 훼

방을 놓았고 노골적으로 쫓아내려 하였다. 그랬기에 아버지의 원도 그만큼 깊었을 것이었다.

결국 자신을 쫓아내려던 그들을 유배 보내고 이제 정의 자리까지 올랐지만, 그 아버지의 심정이 좋을 리 없었다. 이내 마음병이 들어 자리보전 했으니 말이다.

아버지들의 갈등으로 인해 도윤과 시경이 어지간한 사이였다면 벌써 원수가 되어 멀어졌을 것이다. 그러나 두 젊은 청년들은 손을 마주 잡았다.

-이해한다. 한 나라 공주의 부마를 죽인 죄 치고는 목이 날아가지 않은 것만도 다행이지. 역적으로 몰려도 무슨 할 말이 있겠는가. 그래서 네 아버지의 호의를 받아들였다. 내가 사헌부에 그대로 적을 두고 있는 것이 그 대답이다.

-고맙다, 친구야.

그렇게 아버지의 일로 인해 두 친구의 우정에 금이 갈 이유가 없다고 젊은 자식들은 생각했다. 그 정도의 사내들이었다.

-공과 사를 구별하려는 너의 의지가 차라리 슬퍼 보이는구나.

시경이 중천에 뜬 해를 바라보았다.

-하늘은 저리 청명한데 내 마음 속은 왜 이리 어두운가.

도윤이 그를 측은한 눈으로 바라보았다.

-소식 들었는가?

시경이 강렬한 햇살에 시선을 붙박은 채 도윤에게 물었다.

-무슨 소식?

-여희공주의 이복동생 송화옹주 말일세.

-아, 원빈의 여식 말이로군.

그렇게 대답하면서 도윤이 시경을 흘끔 바라보았다.

송화옹주라면 본시 시경의 짝으로 지목 되었던 사람이다. 그 바람에 그의 아버지는 왕의 미움을 받아 결국 유배의 길을 떠났고.

-본 적이 있나?

도윤이 고개를 내저었다.

-추녀라고 소문이 났더군. 한동안 사가로 나가 있었잖은가.

-그랬지. 어미 잡아먹은 년이라고 하여. 내 아버지가 날 그녀의 짝으로 보내지 않기 위해 전하의 미움을 사지 않았는가. 나 또한 험한 꼴을 당할 뻔했는데 자네 아버지의 도움도 컸지만 사실은 송화옹주가 전하께 간해 내 유배만을 보내지 않도록 해달라고 청했다더군.

-자네의 유배를?

도윤이 그렇게 생각하는데 시경이 대답 않고 다시 문득 물었다.

-이번에 송화옹주 부마를 전국에서 구한다는 것은 알고 있겠지?

-알고 있네.

윤시경이 갑자기 웃다가 말을 이었다.

-그 못난이를 누가 데려갈 것이라고. 하지만 세상사 이치는 그렇지 않지. 이 각박한 세상에 출세를 지향하는 젊은이라면 말일세.

-뜻밖이군. 자네가 밀어낸 옹주가 아닌가. 그런데 자네의 석방을 전하게 간했다니. 그렇다면 아직도 자네에게 미련을 못 버리고 있다는 말이 아닌가.

-그야 모를 일이지. 그러나 문제는 내 간악한 마음일세. 내 아버지를 생각할 때마다, 참혹할 유배생활을 생각할 때마다 이대로 있을 순 없다는 생각이 들거든.

-이대로 있을 수는 없다니?

말이 이상하게 꼬여간다고 생각하며 도윤이 물었다.

-날 부마로 지목했을 때와는 달리 이번엔 엄청난 혜택을 주겠다는 공약을 전하께서 했다네. 강화도를 걸었고 벼슬길을 걸었네. 부마가 된다면…….

시경이 더 말을 잇지 못하고 말을 끊었다.

-그러니까 부마가 된다면 출셋길이 보장된다?

이번에는 시경이 크게 웃지 않고 으흐흐, 하고 웃었다. 그런 그를 도윤이 의심에 찬 시선으로 바라보았다.

9

송화는 윤시경이란 사내를 언젠가 단 한 번 먼발치서 본 적이 있었다. 아마도 언니 여희공주가 시집을 막 갔을 무렵일 것이다. 아바마마의 분부로 대전으로 들었는데 그가 그 자리에 있었다.

그냥 스쳤는데 가슴이 마구 뛰었다. 참으로 잘생긴 사내였다. 나중에 알았다. 아바마마가 부마로 그를 점찍고 있다는 것을.

그러나 곧 그의 아버지로부터 퇴짜를 맞았다고 하였다. 윤시경이란 사내를 사헌부에서 쫓아내어 유배를 보낼 것이라는 말까지 돌았다. 그래서는 안 된다고 생각했다. 그래 아바마마를 찾아가 자식이 무슨 죄가 있느냐고 했다.

그의 아버지야 여희공주 때문에 유배를 간다고 해도 아들마저 유배를 보낸다면 소문은 소문대로 날 것이고, 그럼 더 마음이 아플 것 같다고 했다. 그때부터 그냥 마음속의 사람으로 생각하자고 했다. 이미 어그러진 인연이었다.

그렇게 생각하니 마음이 편안해졌다. 꼭 변의관이 준 약을 먹었을 때처럼.

정 마음이 서글플 때는 물구나무를 섰다. 그래, 물구나무라도 서 보자. 세상을 거꾸로 보다보면 나아질지도 몰라. 그럼 세상이 거꾸로 보인다. 나무가 거꾸로 보인다. 하늘이 밑이고 땅이 위다. 모든 풍경이 거꾸로다.

문이 벌컥 열리는 것 같더니 으아리가 들어섰다.

─옹주마마, 옹주마마…….

생각시가 하나 둘 세고 있다가 숨이 넘어가는 으아리를 쳐다보았다.

송화가 예사로워 보이지 않자 물구나무를 풀고 털버덕 앉았다. 덮어쓴 치마를 벗으며, '왜 그래?' 하고 물었다.

─마마의 부마 간택 시행령이 내려졌다고 하옵니다!

─뭐?

송화옹주가 뭔 말이냐는 듯이 대꾸했다.

─전국 각지에서 사내들이 모여들고 있다고 하옵니다. 관상감 내에 간택소가 정해지고 접수가 시작되고, 전국에서 속속 부마 후보들이 모여들고 있다고 하지 않사옵니까.

으아리의 말이 맞았다.

관상감 내 간택 접수처 앞에 전국에서 몰려든 사내들이 웅성거리고 간택소 안에서는 장내관과 조상궁을 위시한 심사위원들이 심사를 하느라 여념이 없었다.

-강화도를 준다고? 땅 몇 마지기가 아니고? 응? 벼슬도 내려?

-이럴 때 팔자 고치지 언제 고치겠나?

-드럽게 못생기긴 못생겼나 보다. 이런 일이 없었는데…….

-여희공주는 궁합을 잘못 봐 부마 가문이 멸족했다고 하지 않소. 그 바람에 이번에는 제대로 궁합을 봐 뽑는다고 하더구먼. 지위고하를 막론하고 옹주와 궁합이 딱 맞는 사람을 부마로 뽑는다고 하니……. 그러나 저러나 그대는 몇 살이오? 보기에 마흔은 넘어 보이는데…….

-무슨 소릴 하는 것이오. 내 이제 마흔이외다. 어디까지나 숫총각이라고.

-마흔이면 다 됐지 뭘 그러오.

간택소 안에서 여러 부류의 남자들을 면접하다가 장내시가 밖을 내다보았다.

관리 하나가 지나다 한마디 했다.

-내가 일찍 장가만 들지 않았어도…….

그러다가 장내시를 발견하고는 투덜거렸다.

-아니 내시가 면접을 봐? 허어, 고추도 없는 놈이 사내를 어떻게 안다고…….

길을 같이 가던 옆 사람이 그를 끌어당겼다.

-장내관이 궁합에는 일가견이 있다더구먼. 오죽했으면 전하께서 장내관을 내보냈겠나.

10

심문실을 시경에게 맡기고 나가면서 도윤이 눈짓을 했다.

시경이 알았다는 듯 고개를 끄덕이고는 두 손이 묶인 채 고개 숙인 개시를 건너다보았다. 그러나 곧 밖으로 나가는 도윤을 날카롭게 쏘아보았다.

밖으로 나온 도윤이 부하에게 일렀다.

-잡과 시험 치는 애들한테 도대체 얼마를 받아먹은 건지 모르겠다! 그 돈이 어딘가로 흘러든 것 같은데 그걸 기록해 놓은 장부를 관상감 박주부가 가지고 있다고 불었어. 가서 박주부를 잡고 장부를 가져와.

-알겠습니다.

부하가 말을 몰고 사헌부를 나갔다. 불 벌 같은 햇살 속으로 그의 모습이 순식간에 사라졌다.

시경이 밖으로 귀를 세우고 있는 모습을 개시가 흘끔거렸다. 시경이 일어나며 개시를 탁 쥐어박았다.

-눈 내리 깔아!

개시가 황급히 눈을 내리감자 시경이 일어나 심문실을 나갔다.

심문실로 들어오려던 도윤이 멈칫 섰다.

-왜?

-관상감 관리 몇이 관계된 것 같아. 그쪽으로 조사를 더 해봐야
될 것 같네.

도윤이 고개를 끄덕였다.

-같이 갈까?

-아닐세.

-알았네. 갔다 오게.

시경을 보내고 도윤이 심문실로 들어섰다.

햇살이 따가웠다.

관상감으로 간다 해놓고 시경은 육조거리를 벗어나 도윤의 부하
가 간 곳으로 말을 몰았다.

그는 도윤의 부하가 나타날 언덕바지 수풀 속으로 들어갔다.

적당한 곳에 자리를 잡고 시경은 천으로 천천히 얼굴을 가렸다.
그리고는 말의 엉덩이를 걷어찼다. 말이 앞으로 달려 나가 숲속으
로 사라졌다.

시경은 큰 나무 위로 기어올라 몸을 숨겼다.

잠시 후 도윤의 부하가 박주부를 데리고 나타났다.

시경이 다가오는 박주부와 도윤의 부하를 바라보았다. 눈앞의 억

새풀이 바람에 머리를 흔들었다.

아무것도 모르고 도윤의 부하가 묶인 박주부를 앞에 태우고 다가왔다. 때를 기다리는 시경의 눈빛이 번들거렸다. 그들이 나무 밑을 지나는 순간 시경이 몸을 날렸다.

도윤의 부하와 박주부가 머리를 강타 당하고 마상에서 떨어졌다. 정신을 차린 도윤의 부하가 벌떡 일어나 시경을 향해 몸을 달렸으나 상대가 되지 않았다. 시경의 주먹이 그의 턱을 그대로 올려쳤다. 비명도 지르지 못하고 그대로 정신을 잃자 시경은 부하의 품속을 뒤졌다.

장부가 나오자 그것을 품속에 넣고 박주부를 보았다. 그는 여전히 정신을 잃고 있었다.

시경은 숲속으로 뛰어들어 두 손가락을 입안에 넣고 휘파람을 불었다. 휘익.

숲속으로 사라졌던 말이 휘파람 소리를 듣고 달려왔다.

시경은 말이 달려와 앞에 서자 그 말을 타고 영빈의 처소로 내달렸다.

영빈이 기다리고 있었다는 듯이 시경을 맞았다.

-어떻게 되어가고 있는가?

-생각대롭니다.

-장부는?

-손에 넣었습니다.

-증거가 될 만한 것들은 모두 불태우게.

-알겠습니다.

영빈의 말에 시경이 대답하고 일어났다.

영빈의 처소를 벗어나며 시경이 뒤를 의식하고 주변을 살폈다.

불이 타올랐다. 시경이 주위를 살피고 박주부의 장부를 불속으로 던져 넣었다.

불타는 장부를 바라보는 시경의 눈빛이 이글거렸다. 이내 희미한 미소가 칼끝처럼 그의 입 끝에 걸렸다.

-뭐라고? 중간에서 장부를 강탈당했다고?

도윤이 어이없다는 투로 부하에게 물었다. 부하가 고개를 홰홰 내저었다.

-모르겠습니다. 어떻게 된 것인지. 저 자식 딴소리라니까요.

도윤이 묶여 있는 박주부를 노려보았다.

-분명히 장부가 저놈에게 있었다는 말이지?

-그렇다니까요. 제가 뺏었는걸요.

-그런데 누군가 나타나 강탈당했다?

-네, 게다가 저 자식 이제 와 장부 같은 것은 없다고 하지 않습니까!

도윤이 팔짱을 끼며 난감한 표정을 지었다.

-이거 곤란하게 됐군 그래. 저 자식 영빈의 사촌동생 아니야?

-맞습니다. 달아매야 할 것 같습니다.

-그럼 영빈이 가만있지 않을 터인데……. 증거가 확실히 없고 보면…….

영빈은 다음 보위를 이어받을 세자의 어미다. 비록 세자가 아직 어리기는 하지만 그래서 더 위세가 등등하다. 만약 왕이 병이라도 얻어 승하하게 되면 자신의 아들을 보위에 앉히고 수렴청정을 할 수도 있는 위치에 있다.

아니나 다를까 말이 떨어지기 무섭게 영빈이 궁녀들을 데리고 나타났다. 영빈을 발견한 도윤이 그녀를 맞았다.

-영빈마마께서 사헌부까지 어인 일이십니까?

-서감찰, 내 그대를 그리 보지 않는데 박주부가 무슨 죄가 있다고 이리 냉대시오?

서슬 퍼런 영빈의 반응에 도윤이 난감한 표정을 지었다.

-무슨 증거라도 있는 게요?

-차차 찾아내야 하겠지요.

-차차? 차차 뭘 찾아내겠다는 거요? 그러니까 증거도 없이 저리 사람을 잡아다 족쳤다 그 말이오?

도윤이 할 말을 잃고 시선을 떨구었다.

-당장에 푸시오. 내 이 사실을 전하께 고할 것이오. 어찌 무고한 백성을 이리 괴롭힐 수 있단 말이오.

햇살이 따가웠다. 연꽃이 핀 연못 주위를 거닐다 돌아온 왕이 편전에 들었다. 모이 주위로 모여드는 물고기들이 많이 자란 것 같다고 그는 생각하고 있었다. 그렇잖아도 송화가 말했었다.

-아바마마, 물고기들이 많이 컸사옵니다.

-그렇구나.

그렇게 말하면서 송화를 넌지시 쳐다보았더니 갈수록 여자의 모양새를 찾아가는 것 같아 마음이 흡족했다. 사가에 홀로 남겨진 여희공주를 생각하면 마음이 언짢지만.

편전에 들어 쌓인 상소들을 처리하고 잠시 쉬는데 관상감 비리를 조사하던 사헌부의 윤시경이 들었다고 하였다. 그를 맞아들였다.

잘생긴 청년이 들어와 부복했다. 한때 송화를 마다했던 인물이었다. 그의 아비를 삭탈관직하고 유배 보냈는데 이번에 영빈의 청도 있고 하여 관상감 문제를 맡겨놓았더니 실력을 발휘했던 모양이었다.

이왕 제 아비는 유배를 간 마당이니 관상감의 비리를 파헤치는 데 적격일 것이라고 생각한 것이 들어맞은 셈이었다. 좀 잔인하다는 생각이 들긴 했지만 제 아비만 그런 것이 아님을 증명하기 위해 물불을 가리지 않았을 것이었다.

-어서 오라. 관상감 비리관리 척결을 훌륭히 수행했다 들었느니라.

-전하의 은혜가 하해와 같사옵니다. 수행하는 중 불찰도 있었으나…….

시경이 호흡을 조절하느라 잠시 말을 끊었다.

-불찰이라 함은?

그 사이에 왕이 물었다.

-아뢰옵기 황송하오나 관상감에 있던 이개시가 단독으로 저지른 비리였나이다.

-관상감 박주부가 관련이 있었다고 하던데?

-박주부는 무관하다는 것이 밝혀졌나이다. 이개시의 무리들이 그에게 뒤집어 씌웠음을 밝혀내었사옵니다.

-흐흠.

-이개시는 훈도로 있을 적부터 부적절한 언행과 비리로 박주부의 신망을 잃어 출궁당한 적이 있었사옵니다. 이에 대한 보복으로

박주부까지 이 사건에 연루시켰던 것이옵니다.

-그러니까 박주부는 무고하다 그 말이군. 다행스런 일이다. 그렇지 않아도 영빈의 상심이 컸었는데……. 이번 비리 척결뿐만 아니라 지난번 북방의 오랑캐 척결까지 두루두루 큰 공을 세웠으니 포상을 내리겠다. 원하는 바가 있으면 말하라.

-망극하옵니다. 실은 청이 하나 있사옵니다. 신이 병약했던 탓에, 과거의 일을 두고두고 후회하고 있사옵니다.

-그래? 그게 무엇인고?

-과거의 불충을 속죄할 수 있도록, 신에게도 이번 부마간택에 응할 수 있는 기회를 주시옵소서.

왕이 적이 놀란 표정을 지었다.

-그대는 예전에 부마로 지목되었다가 거절하지 않았던가. 그런데 이제 스스로 부마간택에 응하겠다?

-전하, 어찌 그것을 제 뜻이라고 할 수 있겠사옵니까. 제 아비의 생각이었을 뿐이옵니다.

왕의 얼굴에 화색이 돌았다.

-그래? 경의 뜻이 그렇다 하니 내 천군만마를 얻는 것 같도다. 참으로 그대와의 인연이 예사롭지가 않구나. 그 청을 받아들이겠노라.

-성은이 망극하옵니다.

시경이 물러가자 왕이 내관을 바라보다가 그를 불렀다.

읍하고 있던 장내관이 나섰다.

왕이 잠시 생각하다 결심을 굳힌 듯 장내관을 향해 시선을 던졌다.

-저자의 속을 모르겠네. 이제 와 부마간택에 응하겠다? 제 아비를 살리기 위해?

-그러하옵니다.

-흐흠, 그나저나 이번 부마 궁합을 관상감 서찬윤 정에게 맡겨보는 게 어떠한가?

-전하, 관상감 서찬윤 정께옵서는 요즘 들어 몸이 좋지 않아 자리 보전하고 있다는 소식이 있었나이다. 대신 사헌부 감찰로 있는 그의 자제가 제 아비로부터 역을 배워 실력이 출중하다 소문이 났사옵니다. 이번 사건의 숨은 공로자이기도 하옵니다. 명리학에 해박한 지식으로 관상감 비리를 가리는 데 큰 힘이 된 자이옵니다.

-그게 누구란 말인가?

-사헌부 감찰 서도윤이란 자이옵니다. 한때 윤시경과 함께 북방까지 나아가 공을 세우고 돌아온 자이옵니다. 윤시경과는 아주 절친한 동무라 들었사옵니다. 장담하건대, 관상감 누구와 견주어도 뒤지지 않을 실력을 가졌다고 하옵니다.

-과인이 한번 만나보고 싶구나.

-전하, 지금 그를 불러 윤시경에 대해서 물어보면 그 말이 윤시경에게 들어갈 것이 뻔하기에 부마들이 정해지면 그때 불러 한꺼번에 보는 게 어떠하실런지요?

장 내관의 말에 왕이 잠시 생각에 잠겼다가 고개를 들었다.

-그게 좋겠다.

왕이 고개를 끄덕이다가 휴 하고 한숨을 내쉬었다. 이러나 저러나 이놈의 가뭄이 어서 끝나야 할 터인데……

11

오늘도 간택 접수처에 사람들이 북적거렸다.

제비행전을 치긴 했으나 헐렁한 중의를 일부러 바짝 위로 당겨 입고 어슬렁거리는 사내도 있었다.

지나가는 여자들이 흘깃거리며 키들거렸다.

작년에 왔던 각설이 잊지도 않고 또 왔소……

지나가던 각설이패들이 들고 있는 바가지를 숟가락으로 두드리며 소리를 해댔다.

-나도 신청이나 해볼까. 부마만 된다면 평생 밥 빌어먹지 않고 살수 있을 텐데……

-아이고, 이놈아.

-내 평생 옹주마마 앞에서 재롱떨며 웃길 수 있소.

지나가는 사당패들이 꽹과리 치며 흥을 돋구었다. 춤꾼이 바짓가랑이 사이에 커다란 돌을 달아 허리와 엉덩이를 요사스럽게 흔들어댔다.

　줄 서 있는 사람들이 깔깔깔 웃어댔다.

　장내관이 뒷짐을 지고 줄을 선 사람들을 둘러보는데 사내 하나가 황급히 달려오더니 새치기를 했다. 새치기 당한 사람이 소리를 쳤다.

　-이보슈. 줄을 서요, 줄을 서.

　-좀 봐주이소. 아랫동네서 이까지 올라왔다 아인교.

　그 모습을 보던 장내관이 마음에 들지 않아 츱 하고 혀를 찼다. 엎친 데 덮친 격으로 딸의 손을 잡고 있는 사내가 보였다.

　-저건 또 뭐누?

　사내를 보니 마흔이 다 되어 보이고 딸을 보니 이제 일곱 살이나 되었을까.

　-누구요? 애는?

　장내관이 사내에게 물었다.

　-제 딸이지라.

　왜 그러느냐는 듯이 사내가 대답했다.

　-딸? 그럼 유부남이 아닌가?

　-이년 전에 마누라가 죽었지라.

　-그럼 홀아비? 방도 보지 않았는가! 유부남이나 홀아비는 안 된다고.

　-방에 그런 말이 있다고라? 제가 까막눈이라…….

　그렇게 말하고 사내가 홀연히 쳐다보는 애를 데리고 멈칫거리며 줄에서 사라졌다.

　에에이, 장내관은 못마땅해 고개를 홰홰 내저으며 간택소로 들어갔다.

그가 들어서자 대신 심사를 보고 있던 홍내관이 자리를 비켰다.

장내관이 앉기가 무섭게 섬에서 올라왔는지 심하게 사투리를 쓰는 중늙은이가 다가왔다.

-안녕하수꽈. 내 섬서 접수하러 왔마씸.

머리가 희끗거리는 중늙은이다.

-도대체 몇 살이오?

장내관이 어이가 없어 물었다. 중늙은이가 당황해 하다가 대답했다.

-마흔다섯마. 아직 총각이우다게.

-마흔다섯 총각? 허허, 환장하겠군.

-무슨 문제가 있쑤꽈?

오히려 이상하다는 듯이 섬사람이 물었다. 장내관의 귓가에 왕의 음성이 윙윙거렸다.

'무엇보다 옹주와 나이 차이가 많이 나지 않아야 할 것이다. 양반이어야 할 것이며, 이씨 성이 아닌 사람이어야 할 것이다.'

장내관이 다음 사내를 보니 근육을 자랑하듯 웃통을 벗었다.

-몸이 좋구먼.

-힘깨나 쏩지요.

장내관이 사내의 아랫도리를 흘끗 살피다가 쌀가마니가 쌓인 곳을 흘끔거렸다.

-한 번 들어 볼라오?

말하기 무섭게 사내가 쌀가마니로 다가가 번쩍 들어올렸다.

-합격! 다음!

아침부터 안개가 끼더니 불볕 같은 더위가 계속되었다. 토담 밑 수줍게 자란 봉선화도 더위에 목말라 축 늘어졌다.

왕이 정전에서 장내관이 올린 접수 명단을 펼쳐보다가 어이가 없어 웃었다.

-온갖 어중이떠중이가 다 몰려왔는데 열두 명을 먼저 뽑았다고?

-그러하옵니다.

예조판서가 읍하며 대답했다. 왕의 시선이 읍한 장내관에게 머물렀다.

-장내관이 수고가 많았구려.

-당치 않사옵니다, 전하.

왕의 시선이 다시 예관을 내려다보았다.

-시국이 시국인 만큼 백성들이 소외감을 느끼지 않도록 잘 진행하기 바라오. 청나라 사신들도 부마들이 정해지면 친히 방문하여 자리를 빛내기로 하였으니 그들이 오는 날, 최종 간택에 오를 후보자들이 나와야 할 것이오. 그날 최종 간택은 궁합으로 선정하도록 합시다.

-명심하겠사옵니다.

신하 일동이 일제히 읍하고 아뢰었다.

타닥타닥…….

지팡이가 길을 더듬었다. 이제 열여덟 살 난 총각이 길을 가고 있었다.

도윤은 일정한 거리를 두고 동생 가윤의 뒤를 따랐다.

길을 더듬는 가윤의 지팡이 소리가 천둥소리처럼 들렸다. 먼눈을 해가지고 어디를 갔다 오는 것일까?

분명히 그의 작업실로 가는 것 같지만 좀처럼 외출을 하는 애가 아닌데 오늘 따라 발걸음이 더 선 것 같았다.

옆길에서 나온 짐꾼의 짐이 갑자기 가윤의 앞을 가로막았다. 그 짐에 부딪쳐 가윤이 비틀거리다 넘어졌다.

−가윤아!

도윤이 자신도 모르게 동생의 이름을 부르며 달려갔다.

가윤은 듣지 못한 모양이었다. 홀로 일어나 비틀거리며 걸었다. 이마에서 피가 흘러내리고 있었다. 손바닥도 돌부리에 걸려 까졌다.

도윤이 그런 동생을 측은한 눈으로 바라보았다.

어느 사이에 자신의 필방에 도착한 가윤이 그리로 들어가려다가 도윤을 향해 돌아섰다. 도윤이 놀라 옆 골목으로 몸을 숨기자 가윤이 웃었다.

−형님, 숨는 거 다 보여요.

도윤이 나오면서 웃었다.

−내 부르는 소리 듣고도 모른 체한 거냐?

가윤이 도윤을 향해 다시 웃어주고 필방의 문을 땄다.

−어디 갔다 오는 거냐?

−물감 좀 구하려고요. 연락이 왔더라고요. 구하려던 게 나왔다고. 깊은 산에서 얻은 열매 추출물이래요.

−내게 부탁을 하지 왜.

−아직은 괜찮아요.

안으로 들어선 도윤이 여기 저기 살폈다. 화실 가득 걸린 그림들.

여기저기 쌓여 있는 파지. 아무렇게나 널려 있는 물감들, 붓과 벼루. 화선지……. 물감 냄새가 전신에 배어오는 것 같다.

하늘을 그린 것, 어해도, 화접도……. 여인네와 남자의 형상들.

백화의 초상화 앞에서 발길을 멈춘 도윤의 눈빛이 쓸쓸하다.

문득 스님의 음성이 귓가에 맴돌았다.

-연정을 너무 길게 가지면 가신 분도 편치 않는 법입니다.

도윤이 생각을 떨치듯 초상화를 돌려놓았다. 그리고는 흰소리를 흘려놓았다.

-그림이 더 많아졌구나.

-할 일이 있어야지요.

도윤이 어금니를 씹었다. 그의 눈이 점점 더 멀어지고 있다는 말로 들렸기 때문이었다.

도윤이 뒤늦게 가윤의 이마에 난 상처를 발견하고 다가가 살피다가 동생을 나무의자에 주저앉혔다.

-이마 상처에 약 좀 발라야 되겠다.

도윤이 솜으로 상처를 씻어내고 상처에 특효인 약초 가루를 발라주었다. 가윤이 희미하게 웃었다.

-부르는 소리를 들었지?

-그래요.

-들었으면 비켰어야지!

-따라오는 거 싫다 하지 않았습니까.

-그렇다고 부딪히냐?

-이제 소리만 들어도 안다구요. 눈이 멀어지니까 그 대신 귀가 발달하더군요.

-한쪽 눈 겨우 보이는 것마저 안 보이면 너 어쩌려고 그래?

그렇게 말하고 도윤이 손가락을 세워 좌우로 옮겼다.

-이게 보이니?

가윤이 고개를 끄덕였다.

-보여.

도윤이 손가락을 오른쪽으로 움직였다.

-어느 쪽으로 움직이냐?

가윤이 빨리 대답하지 못했다.

-왼, 왼쪽……. 아, 아니 오른쪽…….

도윤이 한숨을 쉬었다.

-더 심해졌구나. 이제 바늘구멍만큼 보이는 거야. 그렇지?

가윤이 고개를 떨구었다. 도윤이 그를 안타깝게 쳐다보았다.

12

초간택에서 선택된 12명 부마들의 재간택이 시작됐다.

재간택에서 5명 내지 4명의 부마가 추려질 것이었다. 7명 정도가 정상이었으나 그만큼 심사를 엄격히 해 그 정도 뽑기로 했다.

여러 과정을 거쳤다. 심사하기 좋게 발을 친 방에서 식사를 하는 부마 후보들을 일일이 채점을 했을 정도였다. 후보들의 모든 게 다 관찰 대상이었다.

추려진 후보의 신체검사가 다시 시작됐다. 기본적인 신체검사는 이미 거친 이들이지만 만사가 불여튼튼이다. 입안 검사를 다시 한다. 이가 몇 개 썩었나. 혀에 백태는 끼지 않았나. 귀 밝기가 어느 정도인가.

그 와중에도 몇몇 후보자들의 모습이 장내관의 시선을 끌었다. 강대감의 아들 강휘 도령, 남대감의 아들 남치호 도령, 조대감의 아들 조유상 도령 그리고 무엇보다 유배를 간 관상감 윤현의 아들 윤시경…….

그렇게 4명의 후보가 가려졌다.

두 번째 간택인 재간택은 원칙상으로 하자면 초간택을 한 지 2주일 후로 해야 하나 가뭄에 비가 하루라도 빨리 와야 하므로 서두르기로 의견이 모아졌다.

며칠 후 재간택에 뽑힌 4인이 입궁했다. 왕을 위시해 왕족들이 선을 보듯이 보았다. 귀가할 때는 육인교를 태워 내보냈다.

삼간택도 빨리 시행되었다. 세 번째 간택은 재간택을 한 지 15일이나 20일 만에 행해지는데 반해 이 역시도 빨리 진행되었다. 그러나 부마 후보들을 왕이나 왕족들이 쉽사리 정하지 못하였다. 하나같이 그 인물이 출중하고 명문 집안의 자손들이었다.

변의관이 돌아가고 난 뒤 송화는 오늘도 운동을 열심히 했다.

몸을 씻고 방으로 들어왔는데 어젯밤 읽던 춘향전이 던져진 것이 보였다. 그동안 미용과 운동에 전념하느라 읽다 만 것이었다. 사흘에 한 번씩 들르는 춘방관은 효경의 중요성을 기회 있을 때마다 읽으라고 성화지만 그 소리가 그 소리라 읽기가 싫었다.

춘향이가 이몽룡을 기다리다가 옥에 갇히는 대목에 이르면 그들이 언제 만날까 싶고 나중 암행어사 출도야 하는 대목에 이르면 온몸에 소름이 끼치면서 나도 이런 사랑을 한 번만 해보았으면 싶었다.

다시 춘향전이나 읽을까 하고 슬며시 당기는데 문득 밖에서 인기척이 들렸다. 서책을 당기던 송화는 흠칫 놀라며 서안을 끌어당겼다. 서안 위에 효경이 그대로 펼쳐져 있었다. 효경을 보는 척하는데 다급한 만이의 음성이 들려왔다.

-마마, 만이옵니다.

아이고, 조거. 꼭 사람을 놀라게 한다니까. 송화는 문을 열고 만이를 쳐다보았다.

-왜 그러니?

송화를 본 만이가 안 봐도 안다는 듯이 눈치를 보았다.

-또 이야기책을 읽으셨습니까?

-버릇없이! 그래 뭔 일이야?

-헤헤, 여희공주 마마께서 입궁하셨습니다요.

한편으로 놀라면서도 반가운 기운이 송화의 얼굴에 스쳤다.

분위기가 숙연했다.

여희공주의 입궐로 간만에 모였지만 누구 하나 섣불리 입을 여는 사람이 없었다. 왕 역시 침통했다. 앞에 주르르 앉아 있는 영빈과 세자 그리고 공주, 옹주들.

그들 곁에 거리를 두고 앉은 송화가 유독 왕의 시선을 끌었다.

그러고 보니 얼굴이 많이 좋아 보였다. 엄청나게 변했다. 묘한 분위기가 딸에게서 풍겼다. 어쩐지 이 나라 사람 같지 않다. 이국적 냄새가 풍긴다. 언젠가 천축(인도) 사람을 본 적 있는데 꼭 그 사람들 같다.

왕이 송화를 의식하다가 세자를 바라보자 아직 철이 없어 구슬을 만지작거리고 있다. 날 때부터 번잡한 세자였다. 왕이 앞에 앉았는데도 집중하지 못하고 딴짓을 하고 있다. 저렇게 철없는 놈에게 어찌 왕위를 맡길 수 있을까 싶다. 그럴 때마다 송화가 눈에 거슬린다.

저것이 사내로 태어났다면…….

사내로 태어났다면 제왕의 묵기였다. 비록 빚어놓은 옥돌 같지는 않지만 잘만 다듬으면 세상을 제대로 호령할 수 있는 원석이 되고도 남을 지혜로운 녀석이었다.

세자가 가지고 놀던 구슬이 또르르 굴러 송화 앞에 멎었다. 송화가 구슬을 주워 세자에게 건네려는데 영빈이 기겁을 하고 송화가 건넨 구슬을 세자에게 건네지 않고 방석 아래로 넣어버렸다.

왕의 미간이 꿈틀했다. 부정이라도 탄다는 게지. 제 어미 잡아먹은 년. 삼 년 재수 없다는 게지. 더욱이 저렇게 모습이 변했으니 그 시기심이 오죽할까.

그것은 정빈 소생 여희공주도 마찬가지리라. 제 남편 잡아먹은 년.

여희공주는 애써 슬픔을 잠재워버린 모습을 하고 있다. 눈물깨나 쏟을 줄 알았는데 멀쩡해 보인다. 허나 본시 속이 여린 놈이다.

왕은 무슨 말이라도 해야 할 것 같았다. 겨우 한다는 말이 여희의 표정이나 살피다가 젖은 음성으로, '그래, 편하게 잘 지내느냐?' 하고 묻는 것이었다.

수라상이 들어왔다. 여희공주가 왔다고 하여 제법 번듯했다. 가뭄이 들어 가짓수를 그렇게 줄이라 명했는데도 영빈이 남의 눈도 있고 해 수라간을 뒤집어 놓았을 것이었다.

-들자. 모두 모여 수라를 받아본 지도 오래되었구나.

-황공하옵니다.

왕의 언사에 하나 같이 고개를 숙이며 말했다.

-송화옹주의 부마 간택은 어찌 되고 있사옵니까?

수라상을 물리고 나서야 영빈이 마지못해 한마디 했다.

-무탈하게 잘 진행되고 있소이다. 빈이 이리 관심을 기울이고 있
는 줄 몰랐구려.

그렇게 말하고 왕은 자신의 표정이 너무 굳은 게 아닐까 생각하
며 미소를 머금었다.

영빈은 영악한 여자였다. 송화의 어미 원빈이 그렇게 일찍 간 것
도 영빈의 저주 때문이라는 말도 있다. 세자를 보위에 앉히기 위해
그녀는 당파 싸움의 선봉에 서 있었다.

세자에게 조금이라도 누가 되는 일이 있다면 그녀의 수하들이 당
장에 들고 일어나는 판이었다. 이제 그녀는 한 나라의 왕비이기 전
에 정적처럼 무서운 존재가 되어가고 있었다.

그 기를 좀 꺾어놓아야 한다고 생각했으나 어차피 세자에게 왕위
를 물려줄 수밖에 없는 마당이었다. 공주 하나에 왕자 하나, 옹주가
셋. 다른 이에게서 아들을 원했으나 이상하게 들어서지가 않았다.
그 또한 영빈의 사특한 비방 때문이라는 말도 있었다. 그러나 확인
되지 않은 일이라 왕은 신경을 쓰고 싶지 않았다.

왕이 잠시 생각에 잠겼는데 영빈이 입에 발린 소리를 다시 올렸다.

-황송하오나, 어찌 제가 무심할 수가 있겠습니까. 송화옹주의 가
례를 위해 지성을 들이고 있사옵니다.

-고마운 일이구려.

왕은 무심히 그랬느냐는 표정을 지으며 영빈을 쳐다보았다.

송화는 여희공주의 시선이 느껴져 그녀를 돌아보았다.

여희가 아무 일도 없었던 것처럼 희미하게 미소 지었다. 송화도
눈웃음을 보냈다. 사실 어머니 원빈이 죽고 사가로 쫓겨날 때까지

도 여희의 존재를 몰랐었다. 너무 어렸을 때라.

　사가에서 자신에게 이복형제들이 있다는 걸 알았지만 신분이 달랐다. 그녀는 공주였고 자신은 옹주였다. 더욱이 사가로 쫓겨난 신세였다. 그러나 궁으로 들어와 보니 여희공주의 성격이 그리 모나 보이지는 않았다. 세월 탓일까. 그토록 위세 높던 여희공주. 사가로 나가 험한 일을 당하고 보니 기가 많이 꺾인 모습이었다. 그녀는 미소 짓고 있었지만 편안해 보이지 않았다. 미어지는 속을 감출 수밖에 없는 저 심정이 오죽할까.

　여희공주를 보다가 물끄러미 세자를 쳐다보자 그녀의 눈길을 의식한 영빈이 송화를 매서운 눈빛으로 쳐다보았다. 송화는 황급히 시선을 거두었다. 그 순간 왕의 미간이 꿈틀했다.

13

-들어.

연지꽃 문양의 다기가 곱다. 연지차가 부드럽다 못해 푸르러 차
가워 보인다.

-내가 너보다 위지?

여희가 물었다.

두 사람이 마주한 지 벌써 한식경이었다.

-처음에는 몰라봤지 뭐니. 어떻게 그리 변할 수 있는지. 세상 참.
어떻게 했기에 이리 딴판이 되냐. 이렇게 예뻐질 수가 있다니. 영빈
의 얼굴을 보았지? 완전히 넋이 나가 할 말을 잃었지 뭐야. 제정신
이 아니더구나.

헤어질 때 여희가 송화를 자신의 처소로 이끌었다.

송화는 참으로 깊은 눈을 가지고 있었다. 그 눈이 많은 말을 하고
있었다. 자신의 속내를 다 읽는 듯하여 굳이 그녀 앞에서까지 속내

를 숨길 필요 없다고 여희는 생각했다.

누구에게 하소연도 하지 못하는 세월. 궁합이 뭔지 하루아침에 지아비를 잃고 시가의 어른들을 모두 잃었다. 그것도 모자라 가뭄이 든 것도 비를 주관하는 용의 자식이 궁합이 맞지 않았기 때문이란다.

궁합. 궁합. 궁합. 그놈의 궁합. 자연의 이치라고 한다. 자연의 이치대로 서로 합이 맞아야 한단다.

여희의 표정이 여전히 어둡다. 그것을 놓칠 송화가 아니었다.

-마음을 편히 가지세요.

-그리 힘들어 보이니?

송화의 정다운 말에 여희가 숨길 것도 없다는 듯이 서글프게 웃다가 물었다.

-제게 속마음을 보이셔서 얼마나 기쁜지요.

여희가 송화를 깊이 응시하였다. 그러다가 툭 내뱉었다.

-너와 나는 형제가 아니냐.

형제라는 말이 송화의 가슴을 헤집고 지나간다.

-연육이 심신을 편안하게 한다고 들었어요.

송화의 말에 여희가 쓸쓸하게 웃었다.

-부처는 이 꽃 위에서 만사를 잊었다는데 이 차로 내 심사가 편해진다면야……. 입궐하니 좋긴 한데 술을 마실 수가 없구나.

송화는 그녀의 심정이 손에 잡힐 것 같아 시선을 떨구었다.

-그래, 준비는 잘 되어 가니?

-준비하고 말고가 있나요. 예정에 맞춰 서두르고 있지만…….

-나 내보낼 때처럼 영빈이 조급한 것 같더라. 나도 그리 급하게

혼사를 서두르더니.

-마마께서 의당 할 일이신지라.

-내 앞이라 그러는 것이니? 그리 급하게 가시지 않았어도…….
영빈이 내 어머니가 쓰던 교태전에 들었다고 하더구나. 중전이 못
돼 안달이더니 기어이 그 자리도 차지하였고…….

여희는 그렇게 말해놓고 문 앞의 상궁을 힐끗 쳐다보았다. 그녀
는 상궁들이 들을 세라 입을 막고 소곤대듯 말했다.

-저것들이 하나 같이 염탐꾼들이라니까. 이러나저러나 너와 나는
액받이들 아니니. 이제 영빈의 세상이니 말이다. 제 새끼에게 누가
될까, 그놈의 액 불똥이 튈까 그것만 생각한다니까.

송화는 고개를 숙였다. 그걸 누가 모를까.

여희가 말을 돌리며 자세를 바로잡았다.

-드디어 너도 혼례를 치르는구나. 좋은 배필을 만나야 할 텐데.
나는 진 꽃망울이고 넌 이제 피는 꽃망울 아니니.

-시국이 이러니…… 등 떠밀려가는 심정이에요.

상궁이 계속 흘끔거리자 여희가 발딱 일어나 문으로 다가가 탁
닫아버렸다.

-다 나 때문이다. 내 신세가 이렇고 보니……. 하기야 그럴 만도
하지. 한 나라의 공주가 이리 되었으니. 젠장할, 관상감 놈들. 그 죽
일 놈들. 천생연분이 어쩌고저쩌고 하더니 결국 아바마마를 부추
겨……. 당장에 달려가 그놈들의 혀라도 뽑아버리고 싶다.

털버덕 주저앉으며 말을 내뱉는 여희의 눈에 어느 사이에 눈물이
맺혔다.

그 모습을 보고 있던 송화가 울컥 해서, '언니!' 하고 불렀다. 여희

의 눈에서 눈물이 주르륵 흘러내렸다. 그녀의 주먹 쥔 손이 부르르 떨렸다.

－이 우라질 놈들 언젠가는 요절을 내고 말 거다. 속궁합? 망할. 속 궁합은 무슨 속궁합! 그 인간 뒈질 때까지 몸 한 번 달게 한 적 없 다. 그러니 무슨 낙이 있었겠니.

여희는 눈물을 닦고 수건에다 콧물을 팽, 하고 풀었다.

－하긴 내 잘못이 없었던 것도 아니다. 얼굴도 본 적 없는 인간에 게 무슨 정이 생기겠니. 그리고 성에는 너무 무지했으니 말이다. 뭘 알았어야지. 그냥 맹탕이었으니 어느 남자가 좋아할까. 너만은 그리 살지 않았음 좋겠구나.

그렇게 말하고 여희는 방석 밑에서 서책 한 권을 꺼내 송화에게 내밀었다.

－뭐예요?

－내 그리 되고 술에 절어 살면서 차라리 하는 심정으로 그것이라 도 끼고 살았다. 그것에라도 정신을 팔지 않고서야 어찌 살아남을 수 있었겠니.

여희의 말을 들으며 서책의 갈피를 뒤져보던 송화가 비명을 지르 며 후딱 던져버렸다.

－에고머니나!

여희가 피식 웃었다.

－순진하기는…….

송화가 눈을 크게 떴다.

－춘화집 아니에요?

－구하기 쉽지 않았다. 혼사 전에 봐 두는 게 좋을 거야. 사내 받아

들이는 자세가 자세히 나와 있으니 다른 곳에서 배울 게 뭐 있겠니.

송화는 망설이다가 다시 서책을 집었다. 갈피를 넘기는 그녀의 눈이 더욱 커졌다.

-이거 어디서 구했어요?

-어디서 구하면?

-절 주시면…… 언니는요?

-흥, 저자바닥에 널린 것이 그것이더라. 체면 어쩌고 할 거 없다. 에이고, 모든 걸 잊기 위해서라도 정인이나 하나 두어야겠다.

-언니!

그걸 말이라고 하느냐는 표정을 지으며 송화가 펄쩍 뛰자 여희가 웃었다.

-인생 한 번이다. 이리 죽으나 저리 죽으나 그게 그거지. 정신은 눈물 투성인데 밤마다 몸이 뜨거우니 이게 인간이지 뭐니.

또 눈물을 흘리는 여희를 보며 송화의 눈 밑이 젖어왔다. 송화가 언니 하고 부르며 여희의 손을 가만히 잡았다. 여희가 더욱 흐느꼈다.

-궁만 벗어나면, 숨통이 트일 줄 알았다. 여우 피하면 범 만난다더니, 그래 겨우 궁을 벗어났다 했더니……. 혼인을 앞둔 네게 몹쓸 말만 해서 미안쿠나.

바람이 부는 것인지 문이 덜컹거렸다.

호르르 호르르…….

어디선가 밤새가 울었다. 달빛이 불 밝힌 송화의 방을 기웃거렸다. 방문 앞까지 늘어진 나뭇가지가 바람이 불 때마다 그림자가 흔들거렸다.

손수건에 으아리꽃을 수놓으며 송화는 옅게 한숨을 쉬어 물었다. 운동이 좀 과했던 것일까. 바늘을 쥔 손이 떨린다.

슬며시 이부자리 밑으로 시선이 갔다. 어제 언니 여희공주가 준 춘화집이 생각났기 때문이다.

안 돼. 그렇게 마음을 다잡았지만 이부자리 밑에 숨겨두었던 춘화집으로 자꾸 시선이 갔다. 에라 모르겠다 싶었다. 그녀의 시선이 문고리로 달려갔다. 문이 잘 잠겼는지 확인한 후 춘화집에 손을 뻗쳐 꺼냈다.

갈피를 넘기기 시작했다.

어머머……. 망측하고 흉측하고, 아이 몰라. 얼른 책장을 덮고 남이 볼세라 이부자리 밑에 넣고 후들후들 떨다가 자신도 모르게 손톱을 씹어 물었다.

이곳으로 온 후 손톱 물어뜯는 버릇이 없어졌는데 마음이 조급하고 불안해 미칠 것 같았다.

안 돼. 안 돼. 보면 안 돼. 방안을 뱅뱅 돌다가 자신도 모르게 이부자리 밑의 춘화집을 다시 꺼내들고 말았다. 몰라. 몰라. 몰라. 그러면서 송화는 갈피를 넘겼다.

침이 꼴깍 목으로 넘어갔다. 어머머, 이게 이게 뭐야? 홀랑 벗고 생식기를 그대로 내놓은 나신의 사람들이 참 기기묘묘하기도 하다.

가슴에 털이 부숭부숭 난 사내와 홀랑 벗은 계집이 한 덩어리가 되어 있다. 그 자세가 가지가지다.

어머머, 이 남자의 젖꼭지 좀 봐. 젖꼭지가 빳빳하게 섰다. 귀엽다. 남자의 배꼽. 배꼽 주위를 더듬는 여인의 입술. 배꼽 주위를 혀가 뱅

글뱅글 돈다. 아, 풀숲 같은 이것은 분명히 음모다. 그 음모 속으로 여자의 입술이 내려간다.

송화의 가슴이 미친 듯 뛰었다. 또 침이 꼴깍 넘어갔다.

왕이 장내관이 올린 보고서를 보다가 잠시 생각에 잠겼다. 장내관이 올린 부마 후보는 네 사람이었다.

一. 조유상
二. 강휘
三. 남치호
四. 윤시경

장내관이 왕의 눈치를 보다가 조유상의 신상부터 아뢰기 시작했다.

-전하, 보시다시피 이번에 선발된 부마 후보는 모두 네 명이옵니다. 그 첫머리에 있는 부마 후보 일 번 조유상이란 자는 이제 열두 살이오나 좌판 조상제 대감의 아들로 학궁에 들 정도로 영특한 후보이옵니다. 송화옹주와의 궁합도 나무람이 없어 후보로 정했사옵니다.

-호오, 그래요?

-두 번째 후보는 병조참의 강상구 대감의 독생자로 인물이 출중하옵니다. 이제 나이 스물하나로 일찍이 문과에 장원 그 문장을 뽐내었으나 벼슬길에 나아가지 않고 학업에 진력하는 인재이옵니다. 이 역시 송화옹주와 궁합이 나무람이 없어 후보에 넣었나이다.

-흐흠.

왕이 살펴보다가 심호흡을 하였다.

-세 번째는 남선호 전 병마절도사의 3남 남치호란 자이옵니다. 이제 스물하나이오며 효심과 성실함을 지닌 후보이옵니다. 이 후보 역시 일찍이 문과에 들었으나 벼슬을 마다하고 더 큰 청운의 꿈을 품고 학업에 매진하고 있사옵니다. 역시 송화옹주와의 궁합에 나무람이 없어 후보에 넣었나이다.

왕이 고개를 주억거렸다.

-마지막으로 후보에 오른 젊은이는 관상감 정으로 있던 윤현 대감의 아들이옵니다. 이제 나이가 스물넷이오며 일찍이 무과에 급제하여 북방으로 나가 전공을 세우고 돌아오기도 하였사오며, 현재 사헌부 감찰로 재직하고 있는 후보이나이다. 역시 송화옹주마마와의 궁합에 나무람이 없어 후보에 넣었나이다.

장내관이 그렇게 아뢰고 올려다보니 왕이 무슨 생각을 하는지 눈을 감고 있었다.

모처럼 날이 흐려 서늘할 것 같았으나 후덥지근했다. 왕의 곤룡포가 더워 보이는 것도 그 때문이었다. 장내관은 부채질할 시녀들을 부를까 했으나 분위기를 깨고 싶지 않아 그만두었다.

-전에 말했던 서 뭐라 했는가?

비로소 왕이 눈을 뜨고 장내관에게 물었다. 읍해 있던 장내관이 시선을 들었다. 관상감 서찬윤 정의 자제 서도윤을 말하는 것 같았다.

-감찰 서도윤을 말하시는지요?

-그래 서도윤 그자. 그자가 제 아비보다 궁합을 잘 본다고? 그럼 관상감 주부 박인과 견주어 누가 나을 것 같으냐?

-관상감 주부 박인은 그동안 관상감을 대표하는 인물이었나이다. 그 사람의 실력이야 누가 의심하겠나이까. 그런데 그의 실력보다 관상감 정에게 어릴 때부터 역을 배운 서도윤 감찰의 실력이 월등하다는 말이 있사옵니다.

-아니 땐 굴뚝에 연기 날까.

-하오나 전하, 어찌 국혼의 혼사를 소문에 맡길 수 있겠나이까. 행여 관상감 사람이 아닌 이에게 국혼을 의지하신다면 더욱 반발이 심할 것이옵니다.

왕이 고개를 주억거렸다.

-사실 서감찰의 실력이 좋아봐야 평생을 역에 바친 주부 박인의 실력을 어떻게 잡을 수 있느냐는 것이 관상감 내의 의견이옵니다.

왕이 잠시 생각하다가 장내관을 향해 시선을 들었다.

-그럼 두 사람을 함께 불러 시험을 해보는 게 어떻겠는가?

-시험이라 하오시면……

-부마들의 사주를 그들에게 주면 그들의 역이 어느 정도인지 드러나지 않겠는가.

-그렇긴 하옵니다.

장내관이 왕의 눈치를 보며 아뢰었다.

-그럼 그들을 부르라.

-전하!

성질 급한 왕인 줄 알지만 장내관이 얼떨떨한 표정을 지었다.

-나의 물음에 가장 정확히 대답하는 자가 부마의 후보를 결정하게 될 것이다.

장 내관이 멍하니 왕을 쳐다보다가 읍하며 '알겠사옵니다' 하고 아뢰었다.

문이 열리자 관상감 주부 박인이 정전으로 들어섰다.

얼굴이 길쭉하고 수염이 더부룩했다. 키가 훌쩍하고 몸집이 장대했다. 덩치에 비해 눈이 옆으로 찢어진 여우 눈이다. 날카로웠다. 그가 왕 앞에 부복했다.

-전하, 찾아 계시옵니까?

-박주부, 어서 오시오. 오늘 송화옹주의 부마 후보들이 결정 되었다고 하여 짐이 그대를 부른 것이오. 잠시 후면 서감찰이 들 것이니 그와 함께 부마들의 궁합을 풀어줘야겠소.

-여부가 있겠나이까.

박주부가 잠시 왕을 올려다보았다.

-하오나 서감찰이라니요? 어찌 나라의 중대사인 국혼의 궁합을 그런 사람에게 맡기시려고 하시는지?

왕이 박주부를 마주 쳐다보며 고개를 갸웃했다.

-그럼 박주부는 서감찰의 실력을 모른단 말이오?

-그의 천재성이나 역 솜씨는 일찍이 소문으로 알고 있사오나 아직은 역에 미천한 줄 아옵니다. 더욱이 그는 관상감에 속한 인물이 아니옵니다.

왕이 그를 깊이 내려다보았다. 왕은 잠시 생각하는 척하다가 박주부에게 일렀다.

-박주부의 말은 충분히 알아듣겠소. 그러나 사태의 위중함을 헤아려 서감찰에게도 기회를 주어볼까 하오.

박주부가 불쾌한 표정을 숨기지 못하고 시선을 내리깔았다. 그는
겨우 들어가는 소리로, '그리 하겠사옵니다' 하고 아뢰었다.

정전으로 들자 용상에 키가 자그마한 사내가 용무늬가 수놓아진
황금색 어포를 걸치고 익선관을 쓰고 앉아 자신을 쏘아보고 있었다.
먼저 들어선 금군별장이 그 앞에 절도 있게 무릎을 꿇었다.

-전하, 서도윤 감찰을 모셔왔나이다.

왕의 시선이 도윤을 바라보았다. 도윤은 무릎을 꿇고 이마를 바
닥에 대었다.

-네가 감찰 서도윤이라고?

-그러하옵니다.

-네 소문은 익히 들었느니라. 너의 궁합 보는 솜씨가 귀신같다고
하니 그 솜씨를 증명할 수 있겠느냐?

-무슨 말씀이오신지?

도윤이 시선을 들며 물었다.

-너를 부른 것이 그 때문이다. 이번 국혼의 궁합 볼 자격을 여기
박주부와 더불어 주겠으니 그들의 궁합을 볼 수 있겠느냐?

그 순간 서도윤을 바라보고 있던 박인의 눈빛이 번쩍 빛났다.

-그리하겠사옵니다, 전하.

도윤이 그렇게 아뢰자 왕이 어탁에 놓인 사주 두 장을 장내관에
게 내밀었다.

-이것을 저자들에게 가져다주라.

누가 먼저랄 것도 없이 도윤과 박주부가 건네받은 사주단자를 열

었다.

누구의 사주인지는 모르겠으나 젊은이들의 사주가 드러났다. 푸른 천으로 싸인 사주를 내려다보다가 도윤은 고개를 갸웃했다.

여성(20) : 병진(丙辰)년, 무술(戊戌)월, 신해(辛亥)일, 경인(庚寅)시
남성(22) : 무인(戊寅)년, 정묘(丁卯)월, 기사(己巳)일, 임신(壬申)시

이제 스무 살이면 병진생(丙辰生)이 맞다. 용띠. 생월이 무술월이면 7월이다. 신해일이면 태어난 날짜가 12일. 시가 경인시면 해시가 맞다. 도윤은 그 아래 사주를 보았다. 그는 눈을 크게 떴다. 이게 뭔가? 22살 무인?

그는 어이가 없어 왕을 향해 시선을 던졌다. 그것으로 끝이었다. 그는 결코 그 후 붓을 들지 않았다. 박인 주부가 두 사람의 사주를 열심히 보고 무엇인가를 쓰는 사이에도 도윤은 아예 사주를 보지 않았다.

사람들의 궁금한 시선이 그에게 쏠렸다.

왕도 의혹의 눈길을 보냈다. 아니 아예 사주조차 보지 못하는 인물이 아닌가?

도윤이 계속해서 글 한 줄도 쓰지 못하자 사람들이 더욱 동요하기 시작했다.

-왜 고개만 숙이고 있는가 그래.

-허허, 손가락 하나 까딱하지 못하네. 그럼 순 헛소문이란 말이여.

왕조차 헛기침을 하며 못마땅한 표정을 지었다. 그러다 결국 못 참고 왕이 도윤에게 물었다.

-서감찰은 왜 사주 결과를 쓰지 않는가?

-쓸 이유가 없기 때문이옵니다.

정전 안의 궁인들이 웅성거렸다.

-쓸 이유가 없다니?

-박주부의 결과가 나오면 그때 말씀 올리겠나이다.

왕이 고개를 갸웃했다. 드디어 박주부의 글이 끝났다.

박주부가 눈짓을 하자 장내관이 다가가 써놓은 종이를 받쳐 들고 왕 앞으로 나아갔다. 왕이 그것을 내려다보다가 박주부를 바라보았다.

-과인도 요즘 들어 사주에 관심을 가지고 있는지라 그리 멍청이는 아니다. 주부 박인의 결과를 보니 그럴듯하구나. 두 사람 다 궁합 60갑자 납음법으로 풀어볼 때 화의 기운이 강하므로 길하다 그 말 아닌가?

박주부가 자신 있게 읍했다.

-그러하옵니다, 전하. 동일한 성향이옵니다. 왼손과 오른손이 만나 손뼉을 치는 합으로 여인의 '진'과 사내의 '신'이 들었으니 괜찮은 만남이라 풀이되옵니다.

왕이 고개를 끄덕이다가 도윤을 바라보았다.

-이제 서감찰이 말해보라.

도윤이 읍하고 나섰다.

-전하, 신은 궁합을 보지 않았나이다.

도윤이 왕이 건네주었던 사주단자를 들었다.

-여기 보시옵소서.

왕의 시선이 도윤이 든 사주단자로 향했다.

-전하, 이는 말이 되지 않는 사주이옵니다.

왕이 흠칫 놀랐다.

-여인이 20살이라면 병진년이 맞사옵니다.

-그런데?

-남자가 무인년이라면 22살이 맞지 않기 때문이옵니다. 전하, 사주의 초자라도 이 사주는 사기이옵니다.

-사기?

-생각해보시옵소서. 여자 나이 스물이면 병진생이요, 남자 나이 22이면 무인이 아니라 갑인이 되어야 맞는 것이옵니다. 남자가 무인년이라면 나이가 58세여야 맞습니다. 그러니 22살이 될 수 없는 것이옵니다.

비로소 왕의 얼굴에 스멀스멀 환희의 미소가 떠올랐다. 그래도 그는 속을 숨기고 도윤을 향해 목소리에 날을 세웠다.

-그럼 박주부가 지금 과인에게 헛궁합을 아뢰고 있다 그 말인가?

-박주부에게 소신에게 준 사주단자와 똑같은 것을 내리셨다면 분명 헛궁합이옵니다.

왕이 주부 박인을 바라보았다.

-박주부, 이 사실을 어떻게 생각하는가?

박주부가 몸을 떨며 앞으로 나섰다.

-전하, 그렇지 않사옵니다.

-어허, 서감찰의 말을 듣지 않았는가!

주부 박인이 자신이 본 사주단자를 들어 올렸다.

-전하, 보시옵소서.

여성(20) : 병진(丙辰)년, 무술(戊戌)월, 신해(辛亥)일, 경인(庚寅)시

남성(22) : 무오(戊午)년, 정묘(丁卯)월, 기사(己巳)일, 임신(壬申)시

-오호, 저기는 무오년이라고 되어 있구려. 그럼 말띠가 아니오.

도윤의 눈빛이 매처럼 빛났다.

-전하, 그렇다고 해도 틀리옵니다. 결코 무오년이 될 수 없기 때문이옵니다. 갑인년이라고 해야 맞습니다. 무오년이라면 22살이 아니라 18세이기 때문이옵니다.

-그럼 박주부가 잘못 보았다 그 말인가?

-착각이 분명하옵니다. 사실 연월일은 만세력이 있어야 볼 수 있는 것이므로 그런 착각도 있을 수 있는 것이옵니다. 그래서 무오를 갑인으로 착각하고 정묘월에 화가 들었다고 했을 것이옵니다. 사실 무오는 천상화(天上火)이므로 화(火)이옵니다.

박주부가 듣고 있다가 벌벌 떨었다. 만세력이 서감찰의 머릿속에 들어 있다는 말이었다. 이럴 수가! 주부 박인이 후다닥 왕 앞에 엎드렸다.

-전하, 죽여주시옵소서.

그제야 왕이 용상을 치며 일어났다.

-서감찰의 말이 맞다. 있을 수 없는 궁합이다. 헛궁합. 박주부를 벌하지는 않겠다. 만세력이 주어져 있지 않았으므로 있을 수 있는 실수다. 그러나 서감찰은 국혼의 중책을 다해야 할 것이다.

왕의 말이 끝나기가 무섭게 도윤이 엎드렸다.

-전하, 전하의 성은을 받들지 못하는 소신을 용서하시옵소서.

-무엇이라?

왕이 눈을 크게 떴다.

-전하, 유감스럽게도 올해 저는 날삼재에 들었나이다. 들삼재가 재작년에 들었사옵고 올해 날삼재인 것이옵니다. 삼재에 들면 역술인은 역을 멈추는 것이 상식이옵니다. 재앙을 진 자가 어찌 길함을 몰고 올 수 있겠나이까.

왕이 털버덕 용상에 주저앉으며 중얼거렸다.

-이럴 수가! 그렇다면 왜 짐의 부름을 받들었는가? 옹주와 부마들의 궁합을 보려고 온 것이 아닌가.

-전하, 어찌 전하의 부름을 받들지 않을 수 있겠나이까. 전하께 직접 그 사실을 아뢰기 위해 든 것이나이다. 그렇지 않고서야 핑계거리에 지나지 않을 테니까 말이옵니다.

-허어, 이럴 수가!

왕이 낙담하여 시선을 떨구었다.

14

주부 박인과 서도윤의 궁합 대결이 있은 지도 벌써 이틀이나 지
났다. 여전히 비는 내리지 않고 있었다. 아침나절 검은 구름장이 몰
려와 기대를 했으나 오후에 들어서면서 그대로 날이 들어버렸다.

오늘도 송화는 만이와 운동을 힘들게 마쳤다. 날이 후덥지근해
찬물을 뒤집어쓰고 나서야 좀 살 것 같았다.

-아유, 저녁을 조금 먹었더니 배가 너무 고프구나.

만이가 펄쩍 뛰었다.

-먹으면 안 된다고 하지 않습니까. 아이고, 이제야 우리 옹주마마
알겠네.

-뭘?

-백성들의 배고픔을 말입니다. 햐, 무슨 고생이래. 백성은 식량이
없어 배고프다는데 우리 마마님은 너무 풍족하여 못 자시니…….

만이가 버릇없이 중얼거리자 송화가 탁 쥐어박았다.

-이것이 터진 입이라고! 너 죽으려고 환장했니?

그제야 만이가 정신을 차리고 자지러졌다.

-아이고 마마, 이년이 정신이 나간 모양이옵니다. 나도 모르게 그만…….

-이것이 오냐 오냐 하니까 아예 상투를 잡으려고 해요.

-아이고, 마마 아니옵니다.

비로소 만이가 정신을 차리고 두 손을 싹싹 비볐다.

-마마, 잘못했사옵니다.

-나쁜 년.

사가에 있을 때였다. 사가 생활이 길어지다 보니 점차 말투도 궁중 어투가 사라지고 일반적인 생활어로 바뀌어갔다. 처음에는 깍듯이 하옵니다, 그러던 경어가 합니다, 하세요 등으로 바뀌어가는 것이었다.

사가로 쫓겨나긴 하였지만 왕의 핏줄을 받은 왕족이다. 처음에는 이것들이 내가 왕족 행세를 제대로 못한다고 이러나 하는 생각도 들었지만 차츰 그들의 진심을 알아가면서 바로 그것이 사가의 상정이라는 생각이 들었다. 차츰 동화되다 보니 그들의 어투가 오히려 정겨웠다.

그렇게 듬뿍 말투에 정을 붙이다가도 제가 급하거나 궁중, 혹은 사대부가에서 누군가 볼라치면 깍듯이 궁중 어투를 쓰면서 여우 짓을 하는 게 아닌가. 그 앞잡이가 요 만이었다. 송화는 오히려 그게 싫지 않았다.

그러다보니 다른 이들도 그랬다. 나이가 든 으아리나 말년이 같은 이들은 그러지 않는데 아직 철이 없어서인지 만이 또래의 애들이 허물없이 겁 없이 그렇게 굴었다.

송화가 눈을 흘기자 만이가 후다닥 동경을 가져왔다. 역시 영악한 것이었다.

-마마, 노여움 푸시옵고 동경이나 보옵소서. 예뻐지신 얼굴 보시면 입맛이 싹 가실 것이옵니다.

송화가 동경을 받았다. 동경에다 얼굴을 비춰보니 제법 윤곽이 자로 잰 듯이 잡혔다.

코도 많이 작아졌고 턱선도 갸름해지고 광대살도 내려앉았다. 목도 가늘어졌고 허리나 엉덩이도 많이 줄었다. 다리도 더 날씬해진 것이 분명했다. 맞다. 배가 고파도 참아야 한다.

-부마 후보들의 신상을 알아오라고 했는데 도대체 그것은 언제 가져다줄래?

송화가 갑작스럽게 말머리를 돌리자 만이가 얼른 말을 받았다.

-곧 구해다 드릴게요. 지금은 경황이 없다고요. 그러나 저러나 부마 후보들을 위해 전하께서 친히 주연을 베푼다고 하는데 그 주인공이 이러고 계셔도 되는지 모르겠어요.

-그러게. 가야 할 터인데 치료를 받느라. 그리고 솔직히 마음이 동하질 않네. 가서 상판이라도 봐야 할 터인데 말이다.

-그들의 사주단자야 받으면 되는 것이고 직접 가서 보면 되지 뭘 그러셔요.

송화가 눈을 감으며 고개를 끄덕였다. 그녀는 잠시 생각하다가 눈을 떴다.

-그렇지? 그런데 무슨 생각에선지 부마 후보가 정해질 때까지는 넷 다 보기를 허락하지 않으니 말이다.

-그야 행여 마마님이 자신의 짝이 아닌데 마음을 뺏길까 그러는 거 아니겠어요. 궁합이 맞지 않는데 마음을 빼앗겨보소서. 그 또한 낭패가 아니겠어요.

-어제 말이다. 아바마마와 다식을 함께 하고 있는데 찻물에 한 청년이 떠오르는 것이야.

그렇게 말하고 송화는 자신도 모르게 눈을 감았다. 언제였던가, 그날 분명 사가에서 궁으로 돌아오던 날이었을 것이다.

얼굴을 가린 천이 바람에 날아갔고 그것을 가져다주던 마상 위의 사내. 그 사내의 모습이 느닷없이 찻잔에 어리는 것이었다. 가슴이 갑자기 쿵 하고 무너졌다.

그와 동시에 아바마마를 뵈러 오기 전에 보았던 춘화의 모습이 찻잔 속에 너울대었다. 바로 그 사내와 자신의 벌거벗은 모습이었다.

송화는 너무 놀라 손을 떨다가 찻잔을 거꾸로 엎어버리고 말았다.

하필이면 왜 그 순간에 그 사내를 떠올렸고 춘화집에서 본 광경을 떠올렸는지 모를 일이었다.

-그가 누군데요?

만이가 뒤늦게 물었다.

-넌 몰라도 돼.

-어련했을까요. 오죽 했으면 놀라 찻잔을 엎었을까. 설마 이부자리 밑에 감춘 게 춘화집은 아니겠지요?

송화는 자신도 모르게 눈을 크게 떴다.

-맞군요?

-너 잘하면 저잣거리에 가마니 깔아도 되겠다.

-어머, 망측하게 할 생각이 따로 있지 어느 안전이라고……. 그러

니 찻잔이나 엎은 것 아닙니까.

송화가 향낭에서 박하엿을 꺼내 입에 넣었다.

-내 마음을 알아주는 것은 이 엿밖에 없구나. 그러나 저러나 너 휴가가 언제라 하였지?

만이가 장롱문을 탁 닫았다.

-백이가 완쾌되었다고 해서 나가지 않기로 했는데요. 아직 웃전엔 고하진 못하였어요. 게다가 마마의 혼례를 앞두고 나간다는 것이, 가당치도 않은 것 같기도 하구요.

송화가 입을 딱 벌렸다.

-너는 날 위해 많은 걸 포기하는데 나는 나갈 생각이나 하고 있었으니 할 말은 없다.

-또 그 말씀이십니까. 부마 후보들이야 전하께서 어련히 알아서 고르시려고요.

-이것아, 아무리 족집게 궁합가라 하더라도 내 눈만 하겠느냐. 내가 보고 느끼고 그래야 그 사람을 알게 아니냐.

-아이고, 큰일 날 소릴…….

-내가 왜 맨날 침을 맞고 살을 주무르고 있겠느냐! 다 그자들에게 잘 보이려고 이러는 거 아니냐. 도대체 그자들이 얼마나 잘났기에. 사람이 외모만 아름답다고 그게 사람이냐. 외모가 멀쩡해도 사람 같지 않은 인간이 얼마나 많은지 몰라서 그래.

-그래서 출궁을 해 그들을 만나겠다고요?

그게 옹주의 입에서 할 소리냐는 듯이 만이가 되물었다.

-왜, 그러지 말라는 법이라도 정해놓았니?

-그럼 그래도 된다는 법이라도 있어요. 전하께서 알아보세요. 당

장에 불호령이 떨어질 것입니다요. 마마님을 잘못 모셨다고 먼저 저부터 죽여 놓고 말 걸요.

그제야 송화가 시선을 피했다. 그리고는 한풀 꺾인 음성으로 중얼거리듯 말했다.

-설마 죽이기야 하시려고…….

-마마, 전 마마를 위해 죽을 수도 있습니다. 하지만 제발 그런 말만은 하지 마셔요.

풀죽어 가만히 있던 송화는 잠시 생각하다가 고개를 들었다. 아무리 생각해도 그냥 있을 수는 없는 일이었다.

-만이야, 지금까지 내 인생을 내 뜻대로 해본 적이 없다. 도대체 내가 누구와 혼인하는지는 알아야 하지 않겠니.

만이의 눈에 금세 눈물이 맺혔다. 만이는 잠시 후 후딱 눈물을 쓸며 일어났다.

-이러나저러나 주연에는 행차하셔야 할 거 아니에요.

-그래, 그야 그래야지.

만이의 눈물 바람에 한풀 꺾인 송화는 얼굴 가리개를 하고 처소를 나섰다. 만이가 허리를 굽히고 뒤를 따랐다.

처소를 나서서야 내가 만이에게 너무 한 것이 아닐까 하는 생각이 들었다. 그럴 것이었다. 만약 궁을 나간다면 아바마마는 만이부터 가만두지 않을 것이었다. 하지만 사주 궁합이 무엇인가. 오행만으로 궁합만으로 두 사람의 행복을 어떻게 보장한다는 것인가.

부마, 아니 남편이다. 내가 평생을 같이 살아야 할 남편이다. 자식도 낳아야 하고 둥지를 틀고 그렇게 일가를 함께 이루어 가야 할 남편이다. 그 됨됨이를 보지 않고 어떻게 나를 맡길 것인가.

그런데도 역의 궁합에만 인생을 맡겨놓는다는 것이 말이 안 된다는 생각이 들자 송화는 입을 꼭 다물었다.
　송화는 주연이 베풀어진 처향각으로 만이를 데리고 항하면서도 고개를 내젓고 또 내저었다.

　처향각이 가까워지자 풍악 소리가 들려왔다. 일대가 등불 천지였다.
　오색등이 즐비하게 걸렸고 외국 사신들을 의식해 단청도 새로 한 것이 분명했다. 온통 꽃 속에 파묻힌 것 같았다.
　-정말 아름답사옵니다.
　뒤에서 만이가 허리를 굽히고 종종 걸음을 치면서 사방을 둘러보다가 중얼거렸다.
　이미 식이 진행되고 있었다. 왕을 알현하는 청나라 사신들의 모습이 보였다.
　풍악소리가 멈추는가 했더니 가면극이 시작되었다. 사람들이 지켜보며 웃어댔고 둥글게 무대를 만들어놓고 앞줄에 부마 후보들인 듯한 사내들이 앉아 있었다.
　왕은 신하들에게 둘러싸여 맞은편 연단에 앉아 있었다. 내관이 달려오더니 송화를 맞이하여 왕에게로 데려갔다.
　-늦었구나.
　송화가 살포시 예를 올리자 왕의 얼굴에 미소가 돌았다.
　-너를 위한 자린데 좀 일찍 서두르지 않고?
　-저를 위한 자리라고 하여 제가 앞장서서 서두른다면 그 또한 꼴볼견이 아니겠사옵니까.

왕이 그제야 환하게 웃었다. 역시 지혜로운 아이다. 못난이로 알려진 옹주가 남편을 맞기 위해 앞장서서 설쳐댄다면 주위 사람들의 빈축을 사기 딱 좋을 것이었다. 이럴수록 조신해야 한다는 말이렷다?

자리로 가 앉는 딸을 보고 있노라니 저놈이 아들로 태어났다면 하는 생각이 다시 들었다. 나라를 다스리는 것은 칼이 아니다. 덕이 있어야 한다. 그 덕이 어디에서 오는 것인가. 지혜로움에서 오는 것이다.

왕이 그런 생각을 하는 사이 만이가 송화 곁에 바짝 붙어 앉으며 귀에 대고 속삭였다.

-마마, 저기 다 왔사옵니다.

-그래? 어디 있느냐?

-이리 보고 있사옵니다. 고개 돌리지 마옵소서. 오른쪽이옵니다. 여희공주 마마 있는 반대쪽 말이옵니다. 그 앞줄에 줄줄이 앉아 있사옵니다. 오른쪽 맨가에 앉아 있는 후보가 조유상이라는 자라고 하였나이다.

-그래?

-이제 고개를 돌렸으니 슬쩍 보시옵소서.

송화가 그제야 슬며시 딴 곳을 보는 척하며 조유상을 살폈다.

키가 그리 크지 않아 보였다. 콧대가 섰다. 얼굴이 희고 귀티가 흘렀다. 푸른색 두루마기가 기품 있어 보였다. 햇살이 눈부신지 이맛살을 좀 찡그리고 있었는데 그런대로 귀여워 보였다. 동안이다.

시선을 돌리자 만이가 재빨리 입을 열었다.

-보았사옵니까?

-몇 살이라고 하더냐? 애로 보이는데?

-이제 열두 살이라고 하였사옵니다.

-열두 살.

-생긴 것이 그래 보이지 않사옵니까?

어리기는 하지만 그게 뭐 흠은 아니다. 어린 신랑의 혼인은 흔히
있는 일이다. 어제 오늘의 것이 아니다.

-그 유명한 좌판 조상제 대감의 독자라고 하옵니다. 그 곁에 앉은
후보를 보옵소서. 병조참의 강상구 대감의 둘째 아들 강휘라는 후
보이옵니다. 나이는 스물두 살, 올해 성균관을 나왔다고 하옵니다.

송화의 시선이 다시 그리로 돌아갔다. 앉은키가 크다는 생각이
들었다. 역시 푸른 두루마기가 어울리는 미남형의 사내다.

불빛이 정면으로 귓가에 머물러 있어서인지 유난히 귀가 붉어 보
였다. 얼굴이 희었다. 귀골풍이었다.

-그 다음 사내는?

송화가 다음 후보에게로 시선을 옮기며 만이에게 물었다. 이상하
게 만이의 반응이 없었다. 만이가 어딘가로 정신을 빼앗겨 있는 것
이다.

만이가 바라보는 곳으로 시선을 던졌더니 여희공주가 반가 규수
들에게 둘러싸여 행복한 표정을 짓고 있었다.

그동안 변했다는 생각이 들었다. 그 곁에 잘생긴 사내들이 여희
공주를 바라보며 추파를 던지고 있었다.

여희공주를 잠시 바라보다가 만이를 툭 쳤다.

-그만 봐.

-아이고, 상처 받은 공주님 같지 않사옵니다.

-그럼 매일 울고불고 해야 되겠니. 이제 잊어야지. 그 다음 후보

가 누구냐? 세 번째 후보 말이다.

　-아, 남치호라는 후보이옵니다. 전 병마절도사 남선호 대감의 막내아들이라고 하옵니다.

　언뜻 봐도 잘도 생겼다. 그를 살피다가 맨 마지막 사내에게로 송화의 시선이 옮겨졌다. 역시 옥돌 같이 생긴 사내가 시선을 사로잡았다. 아! 윤시경이다. 언젠가 대전에서 잠시 보았던.

　제 아버지가 여희공주 때문에 유배를 갔다고 했는데 어떻게 부마 후보가 되었는지 모를 일이다.

　만이가 윤시경에 대해 무슨 말인가 했는데 듣지 못했다. 시선을 돌려보니 자신만 윤시경을 보고 있었던 게 아닌 모양이었다.

　건너편 구석에서 궁녀 몇이 모여 부마 후보들을 바라보며 호들갑을 떨고 있었다.

　-아이고, 어찌 저리 인물이 훤칠할까. 저 사람이 윤시경이라며? 아이고, 저 넓은 어깨 좀 봐. 잘생겼네. 저 큰 눈. 우뚝한 코.

　부마 후보들이 일어나 왕이 있는 누각으로 올라가 예를 올렸다.

　그리고는 순서인 듯 관리를 따라 처향각을 나갔다.

　윤시경이 어쩐 일인지 같이 나가지 않고 홀로 처향각 돌담 앞에 섰다.

　누굴 기다리는 것 같았는데 송화는 잠시 바라보다 손톱을 이로 물어뜯으며 고개를 숙였다.

　얼굴이 많이 예뻐졌다고는 하지만 그가 부마로 정해진다고 해도 같이 살 수 있을까 싶었다. 저절로 한숨이 나왔다.

15

처향각에 갔다 온 지도 벌써 하루가 지났다.

-마마, 왜 이러셔요?

만이가 그렇게 말하고는 찔끔찔끔 울기 시작했다.

-너도 보지 않았니. 부마들의 음흉한 눈빛을. 그들은 선한 표정을 하고 있었지만 내 눈에는 그리 보이지 않더구나.

-어떻게 보였는데요?

-부마가 되어 한 번 떵떵거리며 살아보겠다. 그렇게만 보이더란 말이다.

-마마, 그건 마마의 마음입니다.

-그래, 그렇다고 하자. 궁녀들의 눈빛을 못 보았니. 누가 나 같은 것을 데리고 살겠느냐고 말하고 있더구나. 그게 진실이다. 그게 참 말이야.

-그러니까 지금까지 침을 맞고 미용에 힘쓰지 않았습니까. 마마,

미용에 더욱 힘쓰시옵소서.

-그래서 이만큼이라도 되었지. 하지만 혼인 전까지 내가 양귀비라도 된다더냐. 차라리 이 모습을 보이고 당당하게 맺어질 인연을 찾는 것이 낫지. 어떻게 그런 사내와 속을 섞어 살 수 있겠니. 그리는 못해. 그리는 못해.

-마마! 마마가 얼마나 아름다워지셨는지 정말 모르시겠습니까?

-만이야, 반대만 하지 말고 생각을 좀 해봐라. 이렇게 손 놓고 기다릴 수만은 없지 않아?

만이가 울면서 안타깝게 송화를 쳐다보았다. 그녀도 모르지 않았다. 입장을 바꾸어 보면 금방 알 수 있는 일이었다. 그 잘생긴 부마들. 그들이 왜 추녀라 소문 난 옹주의 부마가 되겠다고 하겠는가. 뭐가 모자라서.

그렇다면 옹주마마의 말대로 그것은 사랑이 아니다. 옹주를 이용해 부와 권세를 얻겠다는 수작이다. 그런 면에서 송화옹주의 생각도 일리가 없는 건 아니다. 어제 보았던 부마 후보들의 그 음흉한 눈빛들. 그녀도 느끼고 있었다. 속을 숨긴 야수 같은 사내들의 그 능글능글한 모습들을.

만이가 결심을 굳히고 말했다.

-걱정 마셔요. 안 그래도 가례청 사람을 만나기로 했으니까요.

-가례청 사람?

-그쪽 사람을 하나 매수해 두었거든요. 전에 제게 반지 하나를 주셨잖아요. 아깝지만 그걸 팔아놓았죠. 혹시나 해서…….

송화가 놀란 눈으로 쳐다보았다. 그녀는 덥석 만이의 손을 잡았다.

-내겐 너밖에 없다.

-마마!

만이의 눈이 금세 젖어왔다.

-걱정 마셔요. 가례청으로 오면 부마 후보들의 신상을 기록한 간택단자를 주겠다고 그가 말했거든요.

그렇게 말하고 만이가 일어나 대차게 방을 나갔다. 한 번 결심을 하면 두고 못 참는 것이 바로 만이다.

가례청의 추녀 끝이 보였다. 만이의 가슴이 콩닥거렸다.

상문을 만나기로 한 곳으로 가면서 만이는 연신 주위를 살폈다. 밤이 이슥해서인지 사람 그림자라고는 없었다.

가례청 왼편 구석자리 은행나무 밑에서 만나기로 한 상문이 보이지 않았다. 아직 안 나온 것인가?

만이는 약속대로 손을 입 옆으로 대고 고양이 소리를 냈다.

냐옹. 냐옹. 냐옹…….

이내 저쪽 나무 밑에서 하답이 왔다. 야옹, 야옹, 야옹…….

만이가 주위를 살펴보고는 도둑고양이처럼 소리 나는 곳으로 다가갔다. 상문이 나무 뒤에 앉아 몸을 숨기고 있다가 일어섰다.

-여기다.

만이가 가까이 다가갔다.

-은행나무 밑에서 보자고 하지 않았소.

-그랬나?

-가져왔소?

상문이 고개를 주억거렸다.

-돈부터 줘야지.

만이가 옆구리에 찬 주머니를 꺼내 상문에게 그대로 건넸다.

-이거 만든다고 얼마나 간을 졸였는지 아시오.

상문이 푸른 보자기 하나를 건넸다.

-도대체 이게 왜 필요하다는 것이야?

-그건 알 것 없고…….

-없어진 걸 알면 난리가 날 텐데……. 내가 미쳤지.

-약속이나 잊지 말아요. 들통 나도 우린 모르는 거요. 그런데 왜 이리 많소?

-사주단자를 원한다며?

-그렇기는 하오만……. 후보들 사주와 신상을 보고 와서 알려 달랬지, 이걸 통째 가져 나오면 어쩐란 말이오?

-이런 제길. 누가 그걸 모르나! 나도 그러려고 했지. 근데 꼬였어, 상황이. 그리 찝찝하면 그쪽이 도로 갖다놓던가……. 난 더 이상 모르겠다.

그때 그들은 자신들을 응시하던 사내의 눈길을 의식하지 못했다. 가례청에 볼일이 있어 걸어오던 도윤이 희미한 박명 속에 무엇인가를 주고받는 그들을 발견한 것이다.

궁녀가 받아 들고 있는 푸른 보자기!

도윤을 고개를 갸웃했다. 야심한 밤. 분명 사내는 가례청에 파견된 하급 관리 같았다.

상문이 만이로부터 돌아서서 황급히 걸어오다가 뒤를 돌아보았다. 그러다가 다시 발걸음을 옮기려는데 도윤과 딱 마주쳤다.

-누구요?

상문이 도윤의 가슴을 엉겁결에 밀었다. 그리고는 황망히 그를 지나쳐 가례청 안으로 사라졌다.

도윤이 좀 전에 궁녀가 있던 곳을 바라보았다. 언제 사라졌는지 궁녀는 없고 어둠만 가득했다.

만이가 상문을 만나러 간 사이 송화는 방 안을 왔다 갔다 하다가 문득 멈추어 서서 이부자리를 내려다보았다.

안 돼! 그녀는 머리를 흔들었다. 그러다가 이끌린 듯 이부자리 밑으로 손을 넣었다. 숨겨 두었던 춘화집이 손에 잡혔다.

그때 무섭게 문이 드륵 열렸다. 송화는 기겁을 하고 춘화집을 이부자리 밑으로 도로 밀어 넣었다.

-에고, 또 보셨어요?

만이가 다 보았다는 듯이 들어오며 물었다.

-이것아, 기척을 하고 다녀야 할 거 아니니. 마구 문을 버럭버럭 열어대구. 너 그러다 혼 한 번 날 줄 알아.

-우리 마마, 어지간하셔. 그 사이를 못 참고…… 히잇.

-까불지 말고 갔던…….

만이의 손에 들린 보퉁이를 보고는 확 뺏어 들었다.

-이거구나?

만이가 고개를 끄덕였다.

송화가 보퉁이를 펼쳤다. 푸른 보자기가 펼쳐지자 분명 장내관이 기록했을 부마 후보들의 신상명세가 자세히 기록되어 있었다. 부마 후보들의 신상을 죽 살펴보는 송화의 입가에 미소가 맴돌았다.

-대단들 하구나.

-마마, 나도 한 번 더 볼래요.

만이가 눈치를 보며 이부자리 밑으로 손을 넣었다. 그녀의 관심은 후보자의 신상명세보다 춘화집에 있었다. 송화가 주먹을 쥐고 확 하는 자세를 취했다.

-쬐끄만 것이 더 밝힌다니까! 알았다. 실컷 봐라.

만이가 정신없이 춘화집을 뒤지는 사이 송화는 만이가 가져온 부마 후보들의 신상명세서를 펼쳐 읽기 시작했다.

16

　-밤공기가 시원하구나.

　송화가 어두운 밤을 내다보며 말했다. 불빛이 흘러가는 추녀 끝이 보였다. 그 너머는 그대로 어둠이었다.

　-네가 가져온 신상명세서나 한 번 더 보자.

　만이가 서상에서 부마후보 명세서를 가져다 송화에게 주었다.

　-촛불을 좀 당겨봐.

　그렇게 말하고 송화가 벌러덩 엎드렸다.

　-너도 엎드려.

　만이가 송화와 머리를 맞대고 엎드렸다.

　-그러니까 요 세 사람은 더 들을 것 없고 이자 말이다.

　송화가 짚자 그럴 줄 알았다는 듯이 만이가 되뇌었다.

　-윤시경?

　-그래. 왜 이자가 다시 부마 후보가 되었는지 그걸 모르겠구나.

-그야 뻔하지 않습니까. 저번에 부마 후보를 거절했다가 전하께서 혼을 냈지 않습니까. 그의 아버지가 어떻게 되었어요.

-그러니까 말이다. 그의 사면을 내가 주청했다만······.

-그게 그 사람의 마음을 돌려놓은 것 아닐까요? 옹주마마의 비단결 같은 마음에 그만······.

-글쎄다. 그럴까?

-그게 아니라면 뭐겠어요. 마마와 혼인을 하면 모든 것을 되찾을수 있고 앞길이 트이는데.

-내게 흑심이 있어서 그렇다?

그 말에 만이가 발딱 일어나 앉았다.

-마마, 열 길 깊은 사람의 마음이라는 걸 모르셔요?

-하긴······.

송화가 아쉬움이 가득 담긴 표정을 짓자 만이가 금세 옹주의 실망이 마음에 걸려 슬픈 표정을 지었다.

-왜 제가 마마의 마음을 모르겠어요. 저도 하늘 같았는걸요. 그 잘생긴 얼굴하며 넓은 어깨, 큰 키, 그 그윽한 눈매 하며······.

송화가 나직이 한숨을 쉬며 고개를 숙였다.

-하지만 마마, 늑대가 나 늑대다 하고 이마에 써 붙이고 다니겠어요. 그 시커먼 속을 어찌 알 것입니까.

-그러게. 네가 그 속으로 들어가 본 것도 아니면서······.

송화는 괜히 그 사람을 의심하는 만이가 섭섭해서 그렇게 말했다.

-그래도 미련이 남으신 겝니까?

송화가 또 절망적으로 시선을 떨어뜨리자 만이가 마음이 안 되어송화의 눈치를 흘끔거렸다. 그러다 안 되겠다는 생각이 들어 후다닥 언성을 바꾸었다.

-그리고 보니 생각이 납니다. 바로 오늘…….

시무룩하던 송화가 만이의 호들갑에 시선을 들었다.

-응?

-장내관이 그랬습니다. 오늘 술시 정각에 북방에서 함께 공을 세운 이들이 향안청에서 만나기로 했다고. 돌아오다가 장내관에게 말하는 걸 들었거든요. 저녁에 향안청으로 가야 한다고……. 북방에서 공을 세운 이가 누굽니까. 바로 윤시경 후보가 아닙니까.

-그렇구나!

송화의 눈빛이 번쩍 빛나자 만이가 내 그럴 줄 알았습니다, 하려다 말머리를 얼른 돌렸다.

-아직도 미련이 남으셨으니 그 양반부터 먼저 만나는 것이 순서일 것 같아요. 그래야 미련을 끊고 공정하게 이번 일을 처리하시겠지요.

송화가 만이를 깊이 쳐다보았다. 흑심이 있어 부마 후보로 나섰더라도 그리로 마음이 이끌리는 상전의 마음을 헤아리는 만이의 마음이 고맙다.

-술시 정각이라면 지금 출발해야 하겠지? 가리개로는 안 되겠다. 오늘은 탈바가지라도 쓰고 가서 살며시 보고만 오자.

-일전에 마당놀이 장에 가서 두루미 탈이 귀여워 가져다 놓은 것이 있어요. 그걸 쓰지요 뭐.

두 사람이 등롱을 밝혀들고 향안청을 향해 한참을 걸어가는 사이 먼저 당도한 도윤을 시경이 아는 체를 했다.

-오랜만이군. 어떻게 지냈나?

-여희공주 사건 마무리를 짓고 곧장 이리로 온 것일세. 자네는?

두 사람이 향안청으로 들어가지 않고 어깨를 나란히 하고 잠시 걸었다.

여기저기 소곤거리던 꽃들이 두 사람의 인기척에 숨을 죽였다.

-복잡한 여희공주 사건이 마무리 되어서인지 자주 북방의 꿈을 꾼다네.

시경이 말했다.

도윤이 고개를 끄덕였다.

-할 일이 없어져서겠지. 사실 나도 그렇다네. 모질게 오랑캐 놈들과 싸우던 기억이 꿈속에서 가시질 않아. 아직도 그 피비린내가 가시지 않고 새벽바람이 역겹다네.

시경이 고개를 주억거렸다.

-그래, 새벽바람 속에 서서 맡던 피비린내. 그땐 살아 돌아갈 수 있을까 싶었는데…….

-자네…… 간택단자를 올렸더군.

시경이 피식 웃었다. 그의 시선이 멀리 검은 산등성이를 더듬었다.

-그리 되었네.

그들은 향안청 후원 숲속으로 두 여인이 숨어든 걸 몰랐다.

두루미 탈을 쓴 송화와 만이가 수풀 속을 헤매다가 두 사내를 발견하고 쪼그려 앉아 앞을 바라보았다.

-안으로 숨어들 것까지도 없겠는데요. 이제 만난 모양입니다.

만이가 앞을 살피다가 말했다.

-그러나 저러나 이 탈 좀 벗어야겠다. 갑갑해.

-그럼 머리 위로 올리셔요.

송화가 주위를 살폈다. 어두컴컴해서 만이의 얼굴도 잘 분간할 수가 없다. 머리 위로 탈을 올리고 길게 숨을 들이쉬었다.

-마침 잘 왔다. 그래도 무슨 인연인지 모르겠다. 저쪽에 선 사람이 시경인가 하는 사람이지? 가만 저 사람들의 옷차림이 왜 저리 똑같지?

-두 사람 다 사헌부 사람들일까요?

-가만, 이쪽 사람 말이다. 어디서 본 듯한데?

-그러네요.

만이도 자세히 바라보다가 그렇다는 듯이 말했다.

-그렇지? 맞지? 전에 우리 궁으로 들어올 때 고갯마루에서 만났던 사람. 그렇지?

만이가 고개를 끄덕였다.

-그래 보이네요. 그 사람이 맞는 것 같아요.

-그런데 어쩜 저렇게 얼굴이 비슷하지? 형제처럼 말이다. 덩치도 비슷하고.

-정말 둘 다 옥으로 빚어 놓은 것 같네요.

-그래도 저쪽 윤시경이란 사내가 더 멋져 보이지 않니?

만이가 아이고, 못 말려 하는 눈빛으로 송화를 쳐다보았다.

-아주 마음을 빼앗긴 거 아닙니까?

송화는 표정을 숨기기라도 하듯 재빨리 탈을 내려 얼굴을 가렸다.

-아이고 우리 마마, 정말 마음고생이 심하겠다. 속이 시커먼 늑대를 마음에 두었으니 어찌…….

송화가 눈을 흘겼다.

-이것이! 너 죽고 싶니?

송화가 정색을 하자 만이가 아차, 하고는 이내 꼬리를 내렸다.

-저 사람들 돌아서는 거 보니 향안청으로 들어갈 모양이다.

-그럼 어떡해요. 우리까지 저 안으로 들어갈 순 없잖아요.

송화가 잠시 후 고개를 주억거렸다.

-그나마 다행이다. 보긴 했으니 말이다.

송화가 허리를 굽히고 숲길을 돌아나가려 할 때였다.

-잠깐만요, 마마.

만이가 송화의 손을 잡았다.

-저 사람들 도로 돌아 나와요. 문이 잠겼나?

송화가 보니 그들이 다시 나오고 있었다. 그들의 말소리가 들려왔다.

-너무 늦었나 보네.

-그러게. 그런데 송화옹주라면……. 자네와 혼담이 오갔던, 그 옹주 아닌가?

-맞네.

-그래. 그 옹주의 부마 후보들 궁합을 보려고 갔다가 자네 이름을 발견하고 실은 놀랐다네.

만이가 송화를 돌아보며 눈을 빛냈다.

이번에는 윤시경의 말소리가 들려왔다.

-내 아버지라고 욕심이 없었겠는가. 아무리 왕족이라지만 소문난 박색이라고 하는데……. 듣자하니 날 때부터 액운이 낀 아주 사나운 팔자라더군. 사가에서 자라게 한 것도 그 때문이었다지. 그런 얘길 듣고, 어느 부모가 혼담을 수락하겠나? 옹주와 입이라도 맞췄다가는 평생 재수 없을 것이라는 소문까지 나도는 판에.

-하하하, 어지간히 못생겼나 보군.

도윤이 웃었다.

-저놈들 지금 무슨 말을 하고 있는 것이니?

송화가 어이가 없어 만이에게 물었다.

-나쁜 자식들!

만이가 그들을 노려보며 씹어뱉었다.

-그리 거절해놓고, 다시 부마가 되려는 속내는 뭔가?

도윤의 물음에 쓸쓸한 미소가 시경의 얼굴에 흘렀다. 그는 사이
를 두었다가 입을 열었다.

-내 입장이 그렇지 않은가. 아무튼 긴 얘긴 따로 하세. 그렇지 않
아도 자네에게 할 말이 있는데…… . 어! 저 어른이 오셨구먼.

무슨 말을 하려다가 다가오는 사람을 발견하고 시경이 그리로 갔다.

그때까지도 송화는 그들로부터 등을 돌리고 씩씩거리고 있었다.
그러다가 도저히 못 참겠다는 생각이 들었다. 송화가 숲 너머로 그
들을 보자 시경 혼자 남았다.

그놈은 어디로 간 거야? 그때 송화는 모르고 있었다. 시경이 사라
지고 거기 서 있던 사람이 도윤이라는 것을.

조금 전에 시경이 하던 말이 귓속에 맴돌았다.

'옹주와 입이라도 맞췄다가는 평생 재수 없을 것이라는 소문까지
나도는 판에.'

송화는 그를 매섭게 노려보다가 몸을 일으켰다. 만이가 놀라 송
화를 올려다보았다.

송화는 그대로 그를 향해 걸음을 놓았다. 만이가 어이가 없어 바
라보다가 소리를 죽여 다급하게 불렀다.

-마마, 마마, 왜 그러셔요?

송화는 화가 나 만이의 목소리도 들리지 않았다. 얼굴을 씰룩거리며 그를 향해 달리기 시작했다. 발걸음 소리에 도윤이 돌아서는데 송화가 그대로 머리로 들이받았다.

두루미 탈이 땅으로 떨어지고 도윤은 송화의 머리에 배를 부딪치고 어어어, 하면서 뒤로 넘어졌다.

그 위로 올라탄 송화가 대뜸 도윤의 입술을 덮쳤다.

졸지에 입술을 빼앗긴 도윤은 올라탄 낯선 여인을 쳐다보았다. 박명의 어둠 속이었지만 낯선 사람이었다.

마침 건물 안에서 누군가 불을 밝혔고 그 빛에 의해 올라앉은 사람의 얼굴이 얼핏 드러났다. 누군지 알 수가 없었다. 씩씩거리는 것으로 보아 예사롭지 않다는 생각이 들 뿐.

그랬다. 입을 맞추고도 화가 풀리지 않은 송화는 시뻘겋게 달아오른 얼굴로 사내를 쏘아보았다.

뭐? 평생 재수가 없어? 그래, 이 호래자식아, 백 년, 천 년 재수나 없어라. 툭. 도윤의 얼굴 위로, 송화의 눈물이 떨어졌다.

-다, 당신 누구요?

느낌으로 여인의 눈물임을 감지한 도윤이 물었다.

-누구면? 이 개자식아!

소리치며 우는 여인을 도윤이 멍하니 쳐다보는데 갑자기 어두운 밤하늘에 펑펑 폭죽이 터졌다.

화려한 불꽃이 꽃처럼 피었다가 사라졌다. 그 바람에 여인의 얼굴이 잠시 잠깐 비쳤다가 사라지고는 하였는데 여전히 모르는 얼굴이었다.

그때 시경의 음성이 들려왔다.

-도윤이! 도윤이, 자네 어디 있나?

-여기 있네.

도윤이 홀린 듯 송화의 반응을 기다리다가 대답했다.

송화는 그제야 화들짝 놀라 일어났다. 뭐? 도윤? 윤시경이 아니고?

정신이 번쩍 든 송화의 눈이 점점 커졌다. 불꽃 속에 언뜻언뜻 드러나는 사내의 얼굴. 아니다. 윤시경이 아니다. 그녀는 황급히 돌아서려다가 그만 삐끗하고 옆으로 넘어졌다.

순간 따라 일어나던 도윤이 반사적으로 송화를 안았다. 그 바람에 송화의 허리춤에 차고 있던 향낭 속 박하사탕이 땅에 떨어졌다.

그것도 모르고 송화는 민망한 나머지 도윤의 팔을 뿌리치고 떨어진 탈을 주워 쓰고는 달아났다.

그녀는 잠시 달려가다가 갑자기 멈춰 서서 도윤을 돌아보다 다시 달려 나갔다. 여전히 얼어붙은 듯 바라보고 선 도윤의 뒤로 불꽃이 펑펑 연이어 터졌다.

17

　변의관과 궁인들의 노고로 송화의 얼굴과 몸은 놀랄 정도로 좋아
졌다.

　송화는 오늘 치료가 끝나기 무섭게 만이를 불러 앉혔다.

　-내 이제 사가로 나가 보려고 한다.

　-마마, 무슨 말씀이옵니까?

　만이가 펄쩍 뛰었다.

　-내 말하지 않았니. 치료가 얼추 끝나면 사가로 나가 직접 남편이
될 부마들을 만나봐야겠다고.

　만이가 어이가 없어 눈을 크게 떴다.

　-그걸 지금 말이라고 하셔요?

　송화가 오히려 어이없다는 표정으로 만이를 쏘아보았다.

　-이것아, 너 뭐라 그랬니? 이제 와 딴 소리야? 나를 위해 목숨을
줄 수 있다고 해놓고 그럼 거짓이었니?

만이가 잠시 어이없어 하다가 어깃장을 놓았다.

-말이 그렇다는 거지 정말 이년을 죽여 놓으시려고 작정을 하신 겁니까?

-죽이기는 누가 죽인다고……. 네가 죽으면 나는? 나는 성할 성 싶니? 걱정 마. 널 죽게 놔두지는 않을 테니까. 내 알아서 할게.

사헌부로 나가기 무섭게 도윤은 이것저것 챙겨 가례청으로 향했다.

아침 햇살이 눈부시다. 오늘도 지독하게 더울 모양이었다.

장내관이 도윤의 눈치를 살피다가 한숨을 쉬었다.

도윤이 다시 한 번 확인하기 위해 사주단자함을 열어보았다.

안이 역시 텅 비었다.

-그러니까 분명히 이 속에 두었는데 통째로 없어졌다?

-그렇다니까요. 전하께서 알면 난리가 날 터인데, 이 일을 어쩌면 좋습니까?

도윤이 고개를 갸웃했다.

그날 밤 가례청 앞에서 본 환영이 눈앞을 스쳤다. 가례청으로부터 떨어진 건물 귀퉁이에 두 남녀가 마주 서서 무엇인가를 주고받았다. 분명 여인이 푸른 보자기를 받아들었고 사내가 돌아서더니 걸어왔었다.

-혹시 그 사주단자 푸른 보자기에 싸여 있었소?

-맞습니다. 뽑아 올린 네 명의 부마 후보……. 아니 그걸 어떻게? 그렇다면 그놈이다.

-이곳 가례청 식구가 몇 명이나 되오?

-잘 모르겠지만 글쎄요? 책임자를 데려올까요?

-그래주시겠소.

잠시 후 장내관이 가례청 실무책임자 낭청을 데리고 나타났다.

아래 관리들을 데리고 나타난 것으로 보아 장내관에게 내막을 들은 것 같았다.

가례청은 국가에 대사가 있을 때 이를 맡아서 거행하는 기구다. 임시로 구성되지만 길흉을 막론하고 전적으로 그 일이 맡겨진다.

하급관리 9명을 합쳐 낭청까지 11명이 등장했다. 도윤이 그들을 살폈다.

가례청 구석에서 본 남자. 여자에게서 돌아서서 달려오다가 부딪친 남자. 젊은 사내는 낭청 밑에서 일을 보는 관리 중 누구일 것이었다.

이리저리 그들을 살펴보는데 유독 도윤의 시선을 피하는 사내가 있었다. 전에 볼 적에 황토색 적삼을 입었는데 흰 적삼을 걸쳤다. 수염이 분명 있었던 것 같은데 그사이 짧아졌다. 그러나 둥근 얼굴, 매부리코, 돼지 눈이 분명 그 사내다.

도윤은 시선을 피하는 사내 앞으로 다가들었다.

-이름이 무엇이오?

-이상문이라고 합니다.

-그저께 밤 날 본 기억이 없소?

사내가 얼핏 흔들렸다. 상문이란 사내를 노려보는 장내관의 눈빛이 싸늘하게 빛났다. 평소 이상하더니 네놈이 기어이 하는 눈빛이 분명했다.

-저 가례청 모퉁이?

도윤이 턱으로 모퉁이를 가리키며 말했다. 사내가 고개를 내저었다.

-본 적 없습니다.

-날 본 적이 없다?

그러면서 도윤이 사내의 오른손을 잡았다. 사내가 멍하니 손을 잡힌 채 도윤을 쳐다보았다. 도윤이 왼손 검지로 사내의 오른손 엄지와 검지 사이의 합곡혈을 짚었다.

-검지가 반이 잘렸군. 이 손이 내 가슴에 와 닿았지. 마주치는 순간. 당신 자신도 모르게. 그렇지? 그때 엄지 다음의 손가락 하나가 느껴지지 않았던 것 같은데?

사내가 그제야 할 말을 잃고 후들후들 떨었다.

-역시 잘렸군. 왜? 소죽을 쑤다가 작두에? 그때 그 푸른 보자기 이 손으로 건넸지?

사내의 시선이 갈 곳을 잃고 헤매다가 툭 발등으로 떨어졌다.

가례청 밀실로 사내를 밀어 넣고 도윤은 팔짱을 꼈다.

상문이 도윤을 흘끔거리며 다리 사이로 두 손을 찔러 넣었다.

-그러니까 궁녀의 부탁을 받고 사주단자를 빼내었다?

-한번만 용서해주십시오. 급전이 필요해서……. 큰 실수를 했습니다.

-그러니 그 궁녀가 누구야? 생각을 해봐. 누군가 그것이 필요했으니까 당신이 빼 줬을 거 아니야. 그쪽에서 돈을 들여가면서 빼낼 때에야 무슨 이유가 있을 거 아니냐고.

-나도 모르겠습니다. 왜 그게 필요했는지…….

-그러니까 누구냐고? 그걸 가져간 궁녀가!

끈덕지게 물고 늘어져서야 더 숨겨봐야 이익 될 것이 없다고 생각했는지 순순히 털어 놓았다.

-만이입니다. 천만이.

-천만이? 어디 소속이야?

-그걸 모르겠다니까요.

사내가 머리를 흔들었다.

도윤이 눈을 감았다. 속으로 궁녀의 이름을 되뇌어 보았다. 만이? 천만이?

내일이면 사가로 나가겠다는 송화의 으름장에 만이는 기가 막혀 한동안 말이 나오지 않았다. 만이는 벙어리가 되어 입만 벌리고 있다가 송화에게 매달렸다.

-제발요. 저는 못 하겠구먼요.

-못 할 것이 뭐 있어. 가리개로 얼굴을 가리고 있는데 누가 널 알아봐.

-그럼 음성은요?

-고뿔이 들어 음성이 이상해졌다고 하면 되지.

-옹주마마, 설령 그렇게 속이시고 나가신다고 하더라도 오실 때까지 제가 미쳐버릴 것입니다요.

-안 미칠 테니 걱정 마. 좋게 생각해. 가리개로 얼굴만 가리면 옹주마마가 되어 맛난 음식도 마음대로 먹을 수 있고.

만이가 도리질을 했다.

-그게 더 미칠 겁니다요. 마마는 얼마 먹지 않는데 진수성찬을 그대로 두고 보자면.

-그럼 내가 누군지도 모르고 부마가 정해지는 대로 혼례를 치렀으면 좋겠니?

그제야 만이가 시선을 떨구었다.

-그래, 좋아. 아바마마가 정해주는 대로 가지 뭐.

그러면서 송화가 털버덕 앉아버리자 만이가 눈치를 보다가 홱 밖으로 나가, '아이고 내가 미친다니까' 하면서 발을 구르더니 주저앉아 발을 비벼대었다.

-소녀, 제 명에 죽지 못할 것입니다요.

만이가 속정은 깊어 다시 방으로 들어오며 말했다. 아무리 생각해도 가능한 일이 아닌데, 고집을 꺾기는 틀렸다 싶었다.

-몰라. 말 걸지 마. 미워.

토라진 송화는 좀체 마음을 풀지 않을 것 같았다.

-내 이럴 줄 알고 백이에게 연락을 취해놓았습니다요.

그제야 그럼 그렇지 하는 얼굴로 송화가 눈을 흘겼다.

-그럴 거면서 꼭 앙탈을 부려 내 속을 뒤집어놓아야 속이 시원하지?

-마마도.

한때 사가에 있을 때 만난 아이가 백이다. 궁으로 들어올 때 데려오려고 했으나 그녀가 싫다고 해 사가에 떨어뜨려 놓은 아이다. 그냥 사가에서 장사나 하며 좀 자유롭게 살겠다고 했다.

그래 떨어뜨려놓고 들어왔는데 만이가 어느새 그 애에게 연락을
해놓은 모양이었다.

-잘했다. 안 그래도 그리웠는데…… 이리 만나게 되는구나.

-몰래 행상을 한다 들었어요. 그래서인지 바깥소식에 밝아요.

-잘되었다.

-하오나 마마……. 혹여 들키기라도 하면 어쩌시려고요?

-그러니까 몰래 다녀오겠다고 하지 않니.

만이는 고개를 홰홰 내저었다.

-하필이면 이때 왜 유모는 고향으로 내려가서는.

유모라면 으아리다. 으아리 모친이 노환으로 누워 이참에 다녀오
겠다고 하더니 여즉 소식이 없었다.

새벽. 멀리서 동이 터온다.

만이는 처소 너머 연못까지 따라 나오며 찔끔거렸다. 그녀는 송
화의 옷을 입고 있었다.

더 따라붙지 못하겠다는 생각이 들어서야 송화에게 봇짐을 건네
며 또 쫑알대었다.

-필요한 것은 이 안에 다 챙겨두었어요. 아, 잠깐……. 그것도 넣
었나?

송화가 그녀를 말렸다.

-그만해라. 어련히 잘 넣었을까? 궁녀 조례가 끝나기 전에 들어
가야 하지 않느냐? 이러다 너부터 들키겠다.

-네.

송화는 만이에게 마지막으로 어제 변의관에게는 사가로 나갔다
오는 걸 알려놓았다는 말을 하려다 그만두었다.

아무래도 변의관마저 속일 수는 없을 것 같아 그에게 알리기는 했
는데 만이가 그 바람에 해이해지면 어쩌나 하는 생각이 들어서였다.

-백이 주소 잘 넣었지요? 그곳으로 가면 백이가 기다리고 있을
거예요. 그리고 이거……

만이가 박하엿이 든 봉자낭을 건네었다.

-네가 차고 있어야지. 변의관이나 한상궁 그 사람 보통 눈썰미가
아니다.

-아니에요. 가져가세요. 가득 넣어두었어요.

그것을 받아 옆구리에 차고는 시선이 마주치자 울컥하는 표정을
지었다.

-마마!

만이도 울컥해서 송화를 안았다. 송화가 만이를 안아주었다.

-걱정 마. 내 반드시 약조한 날짜는 지킬 것이니.

-부디 무탈하게 다녀오셔요.

그러면서 만이가 눈시울을 쓸었다.

3부

부마 후보 탐색기

18

 가벼운 장옷으로 단단히 무장한 송화는 궁을 빠져나와서야 살 것 같았다.

 세상은 궁궐 출입문에서부터 달라보였다. 쓰개치마를 두른 여인네와 장옷을 둘러쓴 여인네를 대하는 수문장의 태도가 세상 이치를 말해주고 있었다. 언제부터 양반과 상놈이 나뉘어져 높낮이를 만들고 차별을 만들었는지 모를 일이었다.

 만이에게 받아 나온 신분패를 보이자 보는 둥 마는 둥했는데 그것은 고급스런 장옷 때문인 것 같았다. 보잘것없는 쓰개치마를 둘러쓴 여인네들에게는 어디 가느냐, 왜 가느냐, 따져 묻고 심지어 희롱까지 해대었다.

 아침이라 그런지 난전이 펼쳐진 저잣거리로 들어서자 아직도 한산했다. 상점들이 하나둘 문을 열자 장신구들을 난전에 정리하고 있는 장사꾼의 모습도 보였다.

저잣거리를 휘감았던 아침 안개가 서서히 물러가고 장을 보러 나온 사람들로 시장통이 북적거렸다.

한참을 돌아다니다 보니 시장기가 들었다. 벌써 이렇게 되었나. 보는 것이 다 신기했다. 신발가게에서 꽃신을 살펴보고 나막신도 살펴보고 짚신 하나를 사 신었다.

짚신을 신고 걷다보니 각설이패가 지나가고 사당패가 사물놀이와 재주넘기를 하며 지나갔다.

시전 바닥을 지나 종로 뒷골목을 걷노라니 벌건 대낮에 갓 쓴 양반이 부채로 얼굴을 가리고 기생 뒤를 쫓는 모습이 보였다.

소매에서 약도가 그려진 종이를 꺼내보았다.

고개를 들어 사방을 둘러보자 약속 장소가 분명하다.

문 닫힌 상점 앞에서 아무리 기다려도 기다리는 사람은 나타나지 않았다. 에라, 모르겠다 싶었다. 밥이나 먹고 보자.

골목을 뒤지자 드디어 주막 하나가 눈에 들어왔다. 얼른 가자는 듯 배가 꼬르륵 소리를 냈다.

도윤이 내명부에서 천만이란 이름을 찾아낸 것은 해가 이슥할 무렵이었다.

살펴보니 만이의 기록이 좀 이상했다. 열한 살 때 궁으로 들어와 수라와 잔치 음식을 전담하는 소주방에서 채공(菜供)의 무수리 생활을 하다가 몇 해 전부터 기록이 없었다.

기록이 없다는 것은 출궁이 되었다는 의미다. 기록에도 출궁이라고만 되어 있었다.

우선 그녀가 있던 소주방으로 가보았다. 그날의 채공을 만나보았는데 오십대의 중늙은이였다. 그 아이를 자신이 데리고 있었다고 했다.

-그런데 어디로 옮겼나요?

도윤이 물었다.

-송화옹주 내궁으로 갔지요. 원빈께서 돌아가시고 옹주께서 출궁할 때 데리고 나갔다는 말을 들은 것 같긴 합니다.

-그 옹주 얼마 전에 궁으로 돌아오지 않았소? 그럼 같이 입궁했을 터인데…….

채공이 고개를 끄덕였다.

-그랬을 테지요. 그 무정한 것이 이곳에 있을 때 고생을 많이 해서 그런지 아직도 얼굴 한 번 내밀지 않는다오.

송화옹주가 사가로 나가고 홀로 남은 만이는 제정신이 아니었다. 오늘도 한상궁은 옹주마마가 왜 보이지 않느냐며 성화였다.

주상전하를 뵙기 위해 궁으로 들었다고 둘러대었지만 말이 되지 않는 소리였다. 그 시각에 송화가 침 치료를 받는다는 것을 아는지라 왕이 부를 리 없었다.

얼굴에 가리개를 쓰고 옹주마마의 옷을 입고 있으면 감쪽같이 속을 거라고 했지만 만이는 속이 탔다.

간택이 된 후 별궁에 머물면서 가례에 대해 교육도 받아야 하는데 이 일을 어쩌면 좋단 말인가.

물론 그 전에는 돌아오겠다고 했지만, 아무리 생각해도 이러다가는 큰일 나지 싶었다.

더욱이 혼인날까지는 절대로 상대를 만날 수 없는 것이 이 나라 법이다. 일반 사가에서도 그런 법은 없다. 혼인날에야 남녀는 짝을 확인할 수 있었다. 그런데 왕실의 옹주가 비밀리에 부마 후보들을 만나 본다?

참 미치고 환장할 일이었다.

옹주가 밖에 나갔다는 사실이 밝혀진다면 담당 내관, 궁녀, 상궁, 종비는 장형이 아니다. 곤장 정도는 어림도 없다. 참수다. 목을 베어 죽인다. 만이는 애가 탈 대로 타 어찌할 바를 모르다가 송화옹주의 가리개로 얼굴을 가리면서 침을 꼴깍 삼켰다.

그러고 있는데 갑자기 밖에서 궁녀의 목소리가 들려왔다.

-옹주마마, 주 수라이옵니다.

깜짝 놀란 만이는 다급하게 이부자리에 벌러덩 시침을 뚝 떼고 누웠다.

궁녀가 밥상을 놓고 뒷걸음질로 물러갔다. 그제야 한숨 쉬며 일어나 앉아 밥상을 내려다보았다.

꼴깍 침이 넘어간다. 성찬이다.

이걸 먹어, 말아? 한 번 입을 대면 다 먹어치우고 말 텐데…….

도윤의 머릿속으로 사건의 개요가 잡히기 시작했다.

송화옹주의 여종이 부마 후보의 사주단자를 빼내었다? 왜?

옹주는 그들이 궁금했을 터이고 그래서?

그럼 옹주가 그 사주단자를 가지고 있다는 말인가?

도윤은 송화옹주의 별궁인 청량각으로 걸음을 옮겼다.

청량각은 옹주를 들이기 위해 수리를 많이 한 것 같았다. 아직도 단청 냄새와 흙냄새가 가시질 않았다.

별궁에 들어 신분을 밝혔는데도 송화옹주는 쉬 나타나지를 않았다. 얼마를 기다렸을까. 검은 천으로 얼굴을 가린 옹주가 나타났다.

-사헌부에서 왜 나를 찾는지 모르겠군요.

얼굴을 가린 가리개를 보자 문득 언젠가 산등성이 가마 안의 여인이 생각났다. 그 여자인가?

그런 생각을 하다가 예를 차렸다.

-이렇게 옹주마마를 뵙게 되어 영광이옵니다.

-묻지 않아요. 왜 소녀를 찾는지?

-혹 여종 중에 만이란 이름의 궁녀가 있는지 해서 이렇게 찾아왔사옵니다.

-만이? 만이는 제 처소의 아이가 맞아요. 그런데 그 아이는 왜 찾는지?

물음은 당차게 하고 있었지만 만이의 손끝이 바르르 떨렸다. 도윤의 시선이 그걸 놓칠 리 없었다.

도윤은 잠시 망설였다. 단도직입적으로 묻고 들어가야 하나, 어째야 하나?

-가례청에 있던 옹주마마의 부마 후보들 사주단자가 없어져서 말이옵니다.

-그래서요?

행여나 하고 물었지만 옹주의 되물음은 퉁명했다. 그 퉁명스러움과는 달리 그녀의 손끝이 다시 파르르 떨렸다.

-그 사주단자를 훔쳐낸 자를 잡아보니 옹주마마의 여종이 가져

갔다는 걸 알게 되어서 말이옵니다.

옹주가 어이없다는 듯이 피식 웃었다. 도윤이 느끼기에 억지로 웃는 웃음 같았다.

-그 아이가 왜 그것을 필요로 했단 말이오?

-그러게 말이옵니다.

-지금 날 의심하는 거예요?

-마마, 무슨 말씀을…….

옹주가 그를 날카롭게 쏘아보았다.

-그럼 그 아이를 찾으세요. 그럼 내막이 드러나겠군요.

-지금 그 여종 어디 있사옵니까?

-동생이 위독하여…… 휴가를 내보냈어요.

-휴가?

도윤이 그 말을 되뇌다가 황당하여 입가에 웃음을 물었다. 그는 잠시 생각하다가 다시 물었다.

-혹 여종의 사가를 아시옵니까?

-아니 내가 그 아이 사가를 어찌 안단 말이에요. 그것이야 내명부에 가보면 알 것이 아니겠어요.

그렇게 쏘아붙이고 옹주가 자리를 떴다.

-흥, 정말 별꼴을 다보겠어 증말.

도윤은 멍하니 사라지는 송화옹주의 뒷모습을 바라보았다. 그러다가 고개를 갸웃했다.

못난이라고 하니까 얼굴 가리개를 하는 것이야 이해를 하겠지만 마지막 말이 어쩐지 상스럽게 들렸다. 도저히 왕가의 교육을 제대로 받은 태도가 아니었다.

좀 전까지만 해도 가마솥 뚜껑이 닫혀 있었는데 주모가 어느새 불을 줄이고 국밥을 말았다.

노인네 하나가 군침을 삼키며 국밥을 기다렸다.

거리의 부랑아들이 여기저기 모여 앉아 국밥이 나올 때까지 기다렸다. 하나 같이 배가 고파 힘없는 모습들이다. 뭐 주워 먹을 것이 없을까 하고 기웃거리는 아이들도 있다.

국밥이 나온다고 하더라도 사먹을 순 없지만 김을 풍기는 국밥이라도, 그것을 먹는 모습이라도 보면 배고픔이 좀 사라질 것 같다는 표정들이다.

그들을 바라보는 송화의 눈이 젖어들었다.

궁 안에서 온실 속의 꽃처럼 살아온 그녀에게 세상은 진흙 구덩이였다. 사가 생활을 하면서 양반 상놈의 차별쯤이야 알고 있었지만 궁을 나와 새삼스럽게 돌아보는 저자 바닥은 지옥 그 자체였다.

국밥이 노인네 앞에 놓였다. 노인네는 애들의 시선 따위는 개의치 않고 맛있게 국밥을 떴다. 그 모습을 바라보는 아이들의 시선이 애처로웠다.

송화는 노인네 곁으로 가 장의자에 엉덩이를 걸치고 앉았다. 국밥 값을 물어보고 노인네처럼 국밥을 시켜 우선 맛을 보았다.

궁에서는 보지도 듣지도 못한 음식이었다. 우거지와 핏덩이 같은 것에 보리밥을 만 것이었다. 수저로 휘휘 저어보고 한 수저 떠 씹어보았다. 맛이 그런대로 괜찮다.

어느새 아이들이 소리 없이 몰려와 송화의 먹는 모습을 지켜보고 있었다.

마침 설거지를 하던 주모가 그 꼴을 보고는 저리 가라 손짓하며 달려왔다.

-먹고 싶니?

송화가 아이들에게 물었다.

아이들이 하나 같이 국밥과 송화를 번갈아보며 고개를 끄덕였다.

-여기 앉아.

송화가 몰려온 아이들에게 장의자를 손으로 톡톡 치며 말했다.

아이들이 우르르 장의자로 올라앉았다. 아이들 수를 세어보고 송화는 주모를 바라보았다.

-일곱 그릇 더요!

-예에?

주모가 눈을 크게 뜨고 비명을 지르듯이 되물었다.

-애들에게도 한 그릇씩 말아다 주세요.

그제야 주모가 송화의 아래 위를 살폈다. 차림새야 그런대로 돈이 있어 보이지만 처자가 비렁뱅이 애들에게 거리낌 없이 국밥을 사 먹이는 꼴을 본 적이 없다.

-방금 애들에게 국밥 돌리라 그랬슈?

송화가 고개를 끄덕였다. 주모가 고개를 갸웃했다. 그녀는 부엌으로 가다가 되돌아보며, '돈은 있지요?' 하고 물었다.

송화가 엽전을 꺼내자 아이들의 시선이 그리로 모이는데 어느 사이에 다가온 주모의 눈이 점점 커졌다. 돈을 확인한 주모가 두 말 않고 부엌으로 엉덩이를 흔들며 달려갔다.

국밥이 다 나오고 아이들이 국밥에 거의 코를 박듯이 하자 송화는 자신의 것까지 아이들에게 나눠주었다.

바람에 날아온 금혼령 벽보가 바닥에서 굴러다니다가 한 어린애의 발을 휘감았다.

아이가 국밥을 먹다가 아래를 내려다보고는 발길로 뿌리치듯 찼다.

-비가 오지 않는 게 다 송화옹주 때문이래.

아이가 국밥에다 코를 박으며 말했다.

-그래서 부마 후보를 모집했다잖아. 송화옹주가 혼인하면 비가
올지도 모른다는데…….

곁의 아이가 입 주위에 밥풀을 묻히고는 아는 체를 했다.

-누나, 누나는 송화옹주 봤어요?

송화가 놀라 속을 숨기고 고개를 내저었다.

-드럽게 못생겼대요.

-그래서 시집 못 간대잖아.

그렇게 말하고 아이가 이번에는 송화를 쳐다보며 자랑하듯 말했다.

-진짜진짜 못생겼대요.

-니들은 송화옹주 보았니?

국밥을 씹으며 한 아이가 고개를 내저었다.

-아뇨. 소문이 그래요.

그때 한 아이가 '네' 하고 대답했다. 송화의 시선이 그 아이를 향
했다.

-봤어?

-네, 봤어요.

아이가 인상을 이리저리 구기었다.

-정말 못생겼어요. 막 이렇게 이렇게 생겼어요.

아이가 자랑하듯 말하자 송화는 안 되겠다 싶어, '날 좀 봐' 하고
말했다. 아이들이 송화를 보았다.

-나도 송화옹주를 보았는데 송화옹주는…… 나처럼 생겼더라.

아이들이 갑자기 진지한 표정을 짓다가 그중 하나가 말했다.

-에이, 아니에요. 송화옹주는 증말 못 봐준대요. 누나는 송화옹주에 비하면 천사예요.

아이들이 다시 국밥을 먹기 시작하며 한마디씩 했다.

-맞아요.

-맞아요.

아이들의 말을 듣자 송화는 그동안 내 모습이 많이 변했구나 하는 생각이 들면서도 속으로 서글퍼졌다. 국밥의 위력이 대단하구나.

그때 주모가 국밥 한 그릇을 아이들 앞에 더 갖다 놓았다.

-옛다, 처자의 마음씨가 너무 고와 내가 너희들에게 크게 인심 한 번 쓰는 거다. 배가 터지게 먹고 제발 다른 데 가서 개겨.

아이들이 좋아서 헤헤거리며 웃었다. 아이들의 수저가 주모가 가져다놓은 국밥 그릇을 들락거리는데 주모가 돌아가며 한마디 했다.

-에이고, 언제나 좀 나아지려는지. 조대감님 댁 도령이 못생긴 옹주의 부마가 될 거라던데, 정말 그럼 비가 오려는지 원 경기가 이리 좋지 않아서야…….

송화는 그 말을 들으면서 눈을 감았다.

못생긴 송화옹주. 그 옹주가 정말 자연의 이치대로 제 짝을 바로 찾으면 장마가 끝나고 경기가 좋아진단 말인가. 궁중의 권력가들이나 사대부들이 해먹을 거 다해 먹고 못생긴 옹주가 짝을 찾지 못했다며 핑계 대는 것은 아닐까.

제대로 정치를 했다면 가뭄에 대비해 무슨 일이든 했으리라. 물이 불어날 때 도랑을 만들고 빗물 저장소를 만들고…….

-애들아, 누나 먼저 간다. 밥값은 치렀으니까 또 만나자.

송화는 주막을 나서면서 돌아보고 또 돌아보았다. 불쌍한 것들. 순간 조유상의 사주단자가 문득 떠올랐다. 주모의 말대로 그가 내 짝일까. 그자부터 먼저 만나 봐야 할 것 같았다.

만이는 얼굴을 가린 가리개를 벗어 던지며 털버덕 주저앉았다.

아이고, 내가 언제까지 이래야 할지 모르겠다.

날은 이리도 더운데 감찰이 찾아오지 않나, 한상궁의 눈빛은 더욱 사나워지고. 이러다 내 명에 죽지 못할 거야. 미치겠네.

그나마 다행인 것은 변의관이었다. 고뿔기가 있어 잠시 침 치료나 지압 치료는 하지 못하겠다고 하니까 순순히 약을 지어 올리겠다며 물러갔다. 그런데도 한상궁은 만만치가 않았다. 이제 만이가 어딜 간 것이냐고 집요하게 물어댔다.

-시골로 내려 보냈다니까. 동생이 아프다고 하잖아.

-그렇다고 내보시오면…….

-그동안 휴가도 주지 못했잖아. 한상궁은 찾아먹을 거 다 찾아 먹으면서 그 애 휴가 좀 주었다는데 뭘 그래.

-그럼 그 아이가 돌아올 때까지 다른 아이를 붙이겠사옵니다.

-금방 올 테니 걱정 말라니까 그러네. 다른 아이들도 있는데 왜 그래? 내가 불편하지 않다는데……. 그리고 그거 없으니까 살 만한데 뭘 그래. 온갖 거 다 간섭하다가 없으니까 좋기만 하구만.

-마마님, 혹 고뿔 기운 아직도 있는 거 아니옵니까?

-그러니까 변의관도 며칠 오지 못하게 하라고. 쉬고 싶으니까.

-어의를 불러 약을 지어 올려야 할 거 같사옵니다?

-정말 귀찮게 하네. 글쎄 내가 잘 안다니까. 코에다 자꾸 침을 찔러대니까 콧소릴 하는 거 아니야. 변의관 들여보내기만 해봐. 한상궁 각오해야 할 거야.

오늘도 만이는 문틈으로 한상궁과 변의관의 실랑이를 보며 가슴을 졸였다.

-글쎄, 쉬고 싶답니다. 며칠만 말미를 달라고 하지 않습니까? 전하께서도 그러라고 했답니다.

한상궁이 자꾸 의심을 해대자 변의관이 말했다.

만이의 가슴이 쿵 하고 무너졌다. 사가로 나가기 전날 저녁 옹주마마가 변의관에게 뭐라고 하는 것 같기는 했는데 설마 싶었다.

언제 전하께서 그러라고 했다고 저런 거짓말까지 하는 걸까. 그런 생각이 들었지만 그동안 미용 치료를 심하게 받느라 정말 옹주마마가 몸살을 앓고 있다고 생각하는지도 모를 일이었다.

아이고, 나도 모르겠다.

말소리가 들리지 않아 문틈으로 내다보니 변의관이 돌아가고 있었다.

한상궁이 고개를 홰홰 내저으며 처소로 향하는 걸 보고서야 만이는 가리개를 벗고 벌러덩 드러누웠다.

19

백이의 처소로 들어서면서 송화는 주위를 둘러보았다.

만이 말대로 약속장소에서 기다렸는데 백이는 그녀대로 찾아다녔던 모양이었다. 주막거리를 돌아다니다가 백이를 만난 것이었다.

송화의 얼굴이 더 희어졌고, 눈의 쌍꺼풀이 더 또렷해졌고, 코가 더 오뚝해졌다. 입술이 도톰한 것이 육감적이다. 그러나 아직도 귀밑머리가 보송보송하다.

백이는 아직도 충격이 가시지 않았는지 호들갑을 제대로 떨었다.

-정말 처음에는 못 알아볼 뻔했지 뭐예요. 어쩜 얼굴이나 몸이 이렇게 변할 수 있는지…….

-그만 좀 해라.

-암튼 얼마나 걱정했는지 아셔요.

백이도 사가에 함께 있을 때 말투를 그냥 썼다. 이제 예전의 옹주가 아님을 알면서도 여전히 말투에 정을 붙이는 백이가 고맙다.

-그러나 저러나 이렇게 만나지 않았니.

-만이에게 들었습니다요. 옹주마마께서 왜 사서 고생을…….

-그래 장사는 잘 되니?

송화가 방석을 가져다 놓은 백이에게 물었다.

-그저 그렇지요, 뭐. 제가 만들어 파는 것이 되어놔서. 단골은 많이 생겼어요.

그러고 보니 여러 향신료 그릇들이 보인다.

박줄기즙과 창포즙, 당귀즙 등의 화장수 등도 보인다. 벽에 말린 홍화도 보인다. 방구석에 눈이 머물렀다. 소쿠리 안에 그녀가 만들었을 천연화장품들이 가득 찼다.

-마마, 절 받으셔요.

송화가 정좌하자 백이가 절을 올리고 고개를 조아린 채 입을 열었다.

-마마를 따라 궁으로 들어가지 못한 것이 늘 마음에 걸렸지 뭐예요. 이렇게 사가에서 다시 만나게 될 줄이야…….

-어찌 사나 늘 마음을 졸였는데…….

-얼마 전에 부모님이 전염병으로 돌아가셨지요. 그 후 집을 팔고 봇짐장사를 했는데 장마다 돌기도 힘들고, 그래 난전을 하나 장만했어요. 그런데 어인 일이세요? 아랫것도 데리지 나오지 않으시고……. 행색이 말이 아니시니.

-얼굴이나 보자. 그동안 그리웠는데…….

백이가 얼굴을 들었다. 송화의 얼굴을 살피는 백이의 눈가에 눈물이 맺힌다.

-마마, 궁이 좋긴 좋은 모양입니다. 얼굴이 정말 고와지셨어요.

백이가 믿을 수가 없다는 듯이 입을 딱 벌렸다.

송화가 풀썩 웃었다. 그리고는 에효, 하고 한숨을 쉬고 말을 이었다.

—말도 마라. 말이 또 나와 하는 말이다만 침에다 지압에다 어찌나 꾸며대는지……. 너도 많이 변했구나. 만이 하고 나이가 같지 아마. 만이가 보면 좋아하겠구나.

—왜 만이도 데려오지 않으시고…….

—만이가 내 짓을 한다고 애 깨나 먹고 있을 게다.

—네에? 마마를 대신하고 있다니요?

—혼인을 앞두고 그럼 어떡해? 궁은 나와야 되겠고…….

—그럼 만이는?

속이 깊은 만이가 그 말은 하지 않았던 모양이었다.

—아바마마가 찾기 전에 들어는 가야 할 터인데 그 전에 들어갈 수나 있으려는지 모르겠다.

—마마, 무슨 사연이 있어 이리 나오신 것인지는 모르겠사오나 그럼 만이가 큰일 아닙니까?

—그게 고민이다. 궁을 나오면서 변의관에게 알아듣게 말은 해놓았다만…….

—그럼 만이도 그걸 알아요?

—왜 눈치를 못 챘겠니. 혹시 해이해질까 봐. 연극을 해도 철저히 해야 된다는 생각에. 그래도 만이를 믿는다. 그러니 너무 걱정하지 말거라. 정 그렇게 되면 그때 내가 해결할 것이니…….

그렇게 말하고 송화는 말머리를 돌렸다.

—이러나저러나 대단하구나.

송화가 다시 방을 둘러보며 말했다. 송화는 앞에 놓인 유리병을 들어 향기를 맡아보았다. 참꽃 향기가 진하다.

　-이리 만들어 팔고, 치장도 해주고 그러는 거니? 재미는 있어?

　-벌이가 나쁘진 않아요. 제 손님들은 생계 걱정은 없는 사람들이니까요.

　-네게도 내가 못할 짓 하는 거 같다.

　-그런 말 마셔요. 전 이해가 됩니다요.

　-내 출합하게 되면 만이도 너도 꼭 같이 살자꾸나. 그러자면 우선 좋은 부마를 만나야겠지?

　-안 그래도 드릴 말씀이 있어요. 제가 부마 후보인 강휘 도련님을 알고 있거든요. 그분 제 단골손님이거든요.

　송화가 놀란 표정을 지었다.

　-그러니? 그런데 어째 남자가 네 손님?

　-그분 아주 미용에 관심이 많거든요. 보통 미용에 힘쓰는 분이 아니세요. 그래서 그런지 아주 근사하세요. 소문난 한량이기도 하구요. 허락하시면 제가 자리를 한번 만들어보겠어요.

　송화의 눈빛이 빛났다.

　날이 밝기 무섭게 한상궁과 변의관이 왔다 그냥 돌아가기는 했지만 만이는 불안해서 미칠 것 같았다. 언제 어느 때 전하께서 찾을지 모르는데 궁을 나간 옹주마마에게서는 여즉 소식조차 없다.

　가리개를 쓰고 정전으로 들어간다고 해도 전하께서 눈치를 못 챌 리 없다.

　내일도 한상궁이나 변의관이 습관처럼 올 터인데 이제 대놓고 그들을 물리칠 수는 없을 것이었다. 그들이 바보인가.

옹주가 방으로 들어오지도 못하게 한다고 전하에게 고하기라도 한다면 당장에 물고가 날 터인데. 어떡한다? 어떡한다?

무작정 맡겨놓고 나간 옹주마마가 원망스러워 만이는 미칠 지경이었다.

만이가 홀로 동동거리고 있는 그 시각. 백이네 집에서는 송화와 백이가 머리를 맞대고 말을 나누고 있었다.

-마마, 강휘 도련님만 알고 있는 게 아니에요. 그 조유상이라는 도령도 잘 알거든요. 이 바닥에서 그들을 모르는 이가 없어요. 인물들이 장난이 아니거든요.

-조유상이란 도령 말이다. 집이 어디냐?

-송하동이에요.

-백이야.

잠시 생각하다가 송화가 문득 불렀다.

-가서 남장을 할 수 있는 옷을 좀 사와. 갓도 사오고.

-그걸 어디 쓰시게요?

-이런 몸으로 그자들을 만날 수는 없는 것이 아니니. 어서 구해 와.

-알겠어요.

그렇게 대답하고 백이가 문을 열고 나갔다.

20

한 시진 뒤, 백이가 송화에게 사온 옷을 입히기 시작했다.

-남자 민저고리를 입으시고…….

백이가 왼손으로 바지춤을 잡고 오른손으로 바짝 당겨 왼쪽으로 접어 잡아매었다. 그리고는 바짓부리를 대님으로 묶었다.

그런 다음 고의와 적삼, 홑조끼, 홑두루마기를 입혔다. 갓까지 씌우고 나서야 백이가 한숨 돌리며 말했다.

-인물이 훤하시네요. 한 번 걸어보세요.

송화가 어깨를 세우고 걸었지만 종종걸음이었다. 여자 티가 그대로 밴 걸음이었다.

-에이 배를 좀 내밀어보세요. 팔자걸음으로 걷고요. 에이 팔자걸음 모르세요? 발을 이렇게 여덟팔자로 벌리고 두 손은 뒷짐을 지시고요.

-이렇게 말이냐?

시키는 대로 걸음을 걷자 백이가 고개를 주억거렸다.

-수염을 좀 만들 수 없겠니? 거뭇거뭇하게.

-그건 걱정하지 마셔요. 제 전문이니까요.

백이가 송화를 앉히고 남자 얼굴을 만들기 시작했다. 눈썹도 좀 굵게 하고 눈꼬리도 세웠다. 코밑이나 턱도 검은 색으로 수염자국을 만들었다. 어디로 보나 사내였다.

-영락없는 사내 모습이라 누구라도 속겠어요. 사내 음성을 한 번 내보세요.

백이가 자신을 얻었는지 말했다. 송화가 음성을 내기 위해 음음음 하고 목청을 다듬었다.

-음성을 낮추고 굵게 내세요.

-안녕하시오.

-아이고 마마, 혀에 힘을 주지 마시고 목 성대에 어, 하고 힘을 주어야지요. 아랫배에 힘을 딱 주시구요.

송화가 몇 번 팔자걸음을 하고 목을 컹컹거리며 연습을 한 다음 백이에게 말했다.

-가보자.

-하실 수 있겠어요? 만약 들키기라도 하면 그런 망신이 없을 텐데.

-나라가 들썩일지도 모르겠지? 못된 옹주가 바람이 나 부마 후보들을 미리 만나러 다녔다고…….

바람이 불 때마다 송화의 두루마기 자락이 휘날렸다.

더위가 보통이 아닌데 봇짐까지 지고 배를 내밀고 걷는 송화의 팔자걸음이 어설프고 낯설어 백이는 가끔 고개를 돌리고 킥킥거렸다.

아이고, 저러다 발각이 나고 말지. 생각은 그리 들지만 송화옹주의 자세가 너무 진지해 그만두라고 말릴 용기가 나지 않았다. 나도 모르겠다. 그들은 네거리를 돌아나갔다.

-넌 이제 돌아가거라.

-혼자 해낼 수 있겠습니까요?

송화가 웃었다.

-그럼 같이 들어가랴.

-아랫것을 데려온 줄 알지 않을까요?

-호호호……. 사대부가 계집 아랫것을 데리고 다닌다?

-에고머니나, 내 정신 좀 봐. 깜박했네요. 그럼 저도 사내 복장을 하고 올 것을 그랬나 봅니다.

걸음을 떼지 못하는 백이를 보내고 송화는 멀찍이 서서 굳게 닫힌 조유상의 대문을 바라보았다.

언덕바지에 지어올린 기와집이 고대광실이다.

조유상의 내력을 보니 그 할아비가 병마절도사를 지냈고 그의 아비 벼슬이 좌판에 이르렀다. 대문만 봐도 그 위세를 알겠다. 석축 위에 대문이 설치되어 있어 위엄을 더한다.

송화는 천천히 대문 앞으로 다가들었다. 얼른 이리 오너라 고함을 치지 못하고 음음음, 하다가 안에서 소리가 들리는 것 같아 그만 몸을 후딱 돌리고 말았다.

순간 갓이 무엇엔가 부딪쳤다. 벽이었다. 거대한 벽이 성큼 다가

든 것이 분명했다.

뭐지? 그러면서 올려다보았더니 사내 하나가 턱 버티고 서 있었다. 날아갈 것 같은 푸른 두루마기를 걸친 사내였다.

-뉘시오?

송화가 얼떨결에 물었다. 잘생긴 사내였다. 올려다 보이는 모진 턱이 거무스름하고 콧날이 우뚝하고 동글었다. 송화가 물러서서야 뭉툭한 사내의 음성이 다가왔다.

-댁은 뉘신데 남의 집을 그리 염탐하시오?

잠깐, 이 사내 어디서 보았더라. 아! 윤시경인 줄 알고 입을 맞추었던 그 사내다. 맞다! 그때 어두웠지만 희미한 박명 속에서 분명히 보았다.

그런데 그 사내가 왜 여기?

송화는 자신도 모르게 갓을 살짝 내렸다. 그냥 가자. 잘못하면 날 알아볼지도 몰라.

송화가 어험, 헛기침을 한 번 하고 모른 척 지나치려는데, 도윤이 장난스럽게 앞을 막아섰다.

그도 생각하고 있었다. 이 눈! 이 눈을 어디서 보았더라. 저 깊은 눈. 맞아. 언젠가 가마 속의 그 눈이다! 그런데 그 눈의 소유자는 천것이 아니었지 않은가?

거참! 도윤이 고개를 갸웃하며 물었다.

-우리 초면이 아닌 것 같은데. 야박하게 인사도 않는 게요?

-뉘신지? 날 아는 게요?

송화가 시선을 피하며 물었다.

-그럼 아다마다…….

송화의 가슴이 쿵 하고 무너졌다. 이자가 날 안다고?

-나는 기억에 없소이다. 그럼 전 이만······.

송화가 지나치려고 하자 도윤이 또 길을 막았다.

-어허, 갓 쓰고 두루마기 입는다고 남자가 되나? 걸음걸이도 호방해야지. 이렇게 말이오.

그러면서 도윤이 송화 앞에서 뒷짐을 지고 팔자걸음을 걸어 보였다.

-어허, 왜 이러시오! 점잖지 못하게스리. 비키시오!

도윤이 웃으며 송화 앞을 다시 가로막았다.

-그러고 보니, 인사가 늦었소이다. 나 이번 부마 간택에서 궁합을 보게 된 서도윤이라는 사람이외다.

서도윤? 송화는 입속으로 뇌까리다 이내 정신을 차렸다,

-누가 이름자 물어보았소. 비키시오. 이 몸 바쁜 몸이라오. 실례하겠소.

그래도 도윤이 비켜나지 않자, 송화는 엄하게 한마디 놓았다.

-어허, 장난이 지나치시구려.

그때 도윤의 손이 돌아서는 송화의 봇짐을 낚아챘다.

-어!

순식간에 봇짐이 풀려 도윤의 손에 들어가자 송화가 눈을 크게 뜨고 소리쳤다.

-아, 아니, 이 무슨 짓이오!

도윤이 듣는 둥 마는 둥하고 봇짐 안을 뒤졌다.

-참으로 무례한 사람이 아닌가. 당장 이리 내놓지 못하오!

송화는 어이없어 하다가 다시 소리를 쳤다.

도윤이 봇짐 속에서 찾는 것이 없자 송화를 노골적으로 노려보았다.

-사주단자 어딨소?

-사주단자라니? 그런 거 모르니 그거나 이리 주시오.

되묻는 송화의 음성이 떨렸다.

도윤이 봇짐 속에서 찾아낸 만이 신분패를 들어 보이며, '네 이년!' 하고 소리쳤다. 도윤의 서슬에 송화가 한 발 물러섰다.

-네년이 만이라는 년 아니냐. 옹주를 모신다지? 내 이미 너와 사통한 가례청 이상문이란 자를 만나 예전에 네년이 옹주를 모시고 살던 사가를 샅샅이 뒤져 여기까지 왔느니라. 이래도 발뺌을 할 테냐?

그는 자신을 만이라고 착각하고 있었다. 게다가 눈을 피해보려고 사내 복장을 한 것이라 추측하는 게 분명했다.

이렇게 당하다가는 모든 것이 들통이 나고 말겠다. 송화는 도윤을 향해 눈을 부라렸다.

-누구인지 모르겠으나 내 이름이 만이인 것은 분명하오. 그런데 보다시피 난 옹주를 모시던 궁녀가 아니오.

도윤이 하하하, 하고 웃었다.

-이년, 끝까지 발뺌을 할 참이냐?

-글쎄, 내가 무슨 발뺌을 하고 있다는 거요?

-이상문이 이미 모두 불었어. 만이라는 궁녀가 부탁해서 사주단자를 훔쳤다고. 그러니 지금이라도 훔쳐간 물건을 내놓으면, 조용히 넘어갈 것이나 그렇지 않으면 물고를 내서라도 찾아낼 것이다.

송화는 눈을 감았다. 생각해보자. 당황하지 말고 생각해보자. 그러니까 가례청 이상문이라는 사람이 사주단자를 훔쳐 만이에게 주었고, 가례청에서 사주단자가 없어진 것을 알고 사헌부에 조사를 부탁했다. 그래서 이자가 만이를 찾기 시작했고 여기까지 미행해왔다?

그런데 분명 이자는 궁으로 들어오던 날 산언덕 길에서 만난 그 자다. 그리고 윤시경이라고 착각하고 입을 맞춘 그자다.

이자는 내가 여자라는 것을 알고 있다. 그것도 만이로. 그럼 더 버틸 수는 없다. 어쩐다?

송화는 그렇게 생각하다 눈을 뜨고 입을 열었다.

-일이 이렇게 되었으니 실토를 하지요.

진작 그래야지 하는 낯빛으로 도윤이 송화의 말을 기다렸다.

-맞습니다. 나는 사내가 아니라 여자입니다.

-그건 이미 알고 있고.

도윤이 손사래를 치며 말했다. 어서 본론이나 꺼내놓으라는 듯이.

-그렇습니다. 궁에서 옹주마마를 모셨습니다. 하지만 사주단자는 모릅니다. 보아하니, 아무 증좌도 없이 그저 상문이란 자가 뱉은 헛 말 가지고 절 찾아 문책하시는데……. 그자가 모함한 거면 어쩌실 것입니까?

-그럼 옹주마마와 네가 짠 것이 아니다?

-옹주께서 왜 그 사주단자가 필요하시겠습니까? 가장 이상적인 부마를 전하께서 얻어주실 텐데요.

-그래서 이상하다는 것이다. 그럼 왜 그 사주단자를 얻으려 했던 것이냐?

-글쎄, 상문이란 자가 일면식도 없는데 왜 사주단자를 내게 주었 다고 하는지 그걸 모르겠다 그 말입니다.

-그럼 이상문이란 자와 대면을 해보면 알겠군.

-대면을 하나 하지 않으나 난 그런 사람 모릅니다.

-좋다. 그건 그렇고 그날 내 입술을 도둑질하고 탈을 쓰고 도망하던 건 네년이지?

송화의 가슴이 또 쿵 하고 무너졌다. 송화는 다리에 힘을 주었다.

-무슨 말씀인지 모르겠소.

도윤이 실실 웃었다.

-그 또한 좋다. 이 봇짐 일단은 돌려주겠다.

그렇게 말하고 도윤이 송화에게 봇짐을 건넸다. 그리고는 다시 물었다.

-그런데 이 집 앞에선, 뭘 하고 있던 게냐?

송화가 할 말을 못 찾고 망설이자 도윤이 더욱 이상한 눈길로 쳐다보았다.

-그럼 지금 당장 궁으로 가서 옹주마마를 뵙고 고해야겠군. 죽어갈 정도로 아픈 동생은 거짓부렁이고, 너는 남의 집이나 엿본다고…….

송화는 무슨 말이라도 해야 될 것 같아 이리저리 생각하다, '실은 이 댁 도련님 때문에……' 하고 얼버무렸다.

-도련님?

도윤이 되물었다.

-실은 이 댁 도련님을 연모해왔습니다.

송화의 말에 도윤이 살짝 놀란 표정을 짓다가 허엇, 하고 웃었다.

-아니 여기가 어디라고. 옹주마마 종질이나 하는 궁녀 신분으로 겁도 없이, 연모라는 말을 잘도 입에 올리는구나.

송화는 고개를 숙였다. 자신의 낙망이 오히려 도윤의 동정심을 유발할 것이라는 것을 영악하게 계산하고 있었다.

슬쩍 도윤의 표정을 보았더니 그리 악한 사람이 아닌 것이 분명했다. 참 안됐다는 표정을 짓고 있었다. 때를 놓쳐서는 안 되겠다 싶어 송화는 한 발 더 나아갔다.

-그래서 숨기려 한 것입니다.

도윤의 미간이 꿈틀했다.

-마지막으로 딱 한 번, 그분을 보기 위해 온 겁니다. 외간 여자가 양반집 대문을 함부로 들어갈 수 없지 않습니까. 입궐하기 전 이 댁 도련님을 한번 뵙고 들어가려던 참이었지요. 헌데, 나리께서 제 뒤를 밟고, 모욕을 주고…….. 거기다 귀한 휴가까지 망치다니요. 나리께서는 모르실 겁니다. 이 외출이 제게 어떤 의미인지……. 목숨까지 걸고서 나온 거란 말입니다.

도윤이 그녀의 말을 듣다 보니 눈물을 흘리고 있다. 그렇다고 울기까지야. 남의 입술까지 뺏어놓고는 이제 와 이 집 사내를 연모해왔다고? 어이가 없었지만 오죽 했으면 싶었다.

-잠시 기다려봐.

도윤이 성큼성큼 대문 앞으로 다가들었다.

송화가 저 사람이, 하는 눈빛으로 바라보는데 이내 목소리가 터져 나왔다.

-이리 오너라!

아니 어쩌려고? 송화의 눈이 놀라 커지는데 잠시 후 대문이 소리를 내며 열렸다.

행랑아범일 것 같은 늙은이가 누구요, 하고 내다보다가 환하게 웃었다.

-아이고, 서감찰님.

-안녕하시었소?

-그러믄입쇼. 어서어서 드십시오.

도윤이 돌아서더니 송화를 불렀다.

-함께 들자.

어느 사이에 그의 말투가 이상했다.

-아이고, 일행이 계셨구면요.

행랑아범이 허리를 굽히고 송화를 맞았다. 도윤을 따라 대문을 들어섰다.

솟을대문을 보고 눈치 챘지만 작은 한옥과 기본 구조가 달랐다. 대문으로 들어서기가 무섭게 행랑채가 보였다. 행랑채를 지나자 사랑채가 나왔다.

사랑채를 지나면 부녀자가 기거하는 안채가 나올 것이었다. 안채의 뒷마당에는 화계(꽃계단)가 있을 것 같았다.

송화가 도윤을 향해 귓속말 비슷하게 물었다.

-이 댁 어른과 아는 사이셨습니까?

-보면 모르느냐. 아마 지금쯤 궁에서 졸고 있을 게다, 하하하.

도윤이 웃는데 좀 전에 문을 열어주었던 행랑아범이 다가왔다.

-대감님은 궁에 드셨고 도련님께서 안으로 모시라 하십니다. 따라오시지요.

-내가 왜 자청해서 이 집으로 너를 이끌었는지 아느냐?

사랑으로 들면서 도윤이 나지막이 말했다.

송화가 놀라 물러나는데, '너의 혐의가 없어진 건 아니야' 그렇게 말하고 도윤이 다시 시치미를 뗐다.

-그래, 이 댁 도련님…… 어디에 그리 끌렸느냐?

자신을 갖고 놀고 있다는 생각이 들자 송화는 울화가 뻗쳤다.

-제가 왜 답해야 합니까?

도윤이 실실 웃었다.

-목숨까지 걸었다기에 얼마나 대단한가 해서.

이번에는 송화가 가소롭다는 듯 씩 웃음을 물었다.

만이라면 어떻게 행동했을까 생각하다가 그래도 주눅들 이유가 없다고 생각한 것이다. 그때, 인기척이 나는가 했더니 방문이 열렸다.

-아니, 서감찰 아니십니까?

-지나는 길에 이리 들렀소이다.

송화가 목례를 보내고 그의 모습을 살펴보니 이제 이십대의 잘생긴 사내다. 얼굴이 수려하다.

송화의 입가에 미소가 번졌다. 그럼 그렇지. 그런데 열두 살 도령이 아니다? 그러는데 문이 열리더니 다과상이 들어왔다. 그 뒤로, 열 살을 갓 넘긴 앳된 아이 하나가 들어왔다.

그 아이가 좀 전의 사내를 보더니, '가서 일 보거라' 하고 말했다.

사내가 허리를 굽히고 방을 나갔다. 사내가 나가고 나서야 아이가 두 사람을 쳐다보았다.

아, 이 도령. 맞아! 부마 후보로 참석했던 도령이다. 그러면서도 송화는 잠시 헷갈렸다. 아직 변성기도 오지 않은 오동통한 아이. 그런데 제 형 또래의 사람에게 나가 있으라고 한다. 이내 도령의 음성이 들려왔다.

-아버님을 찾아오신 모양인데 출타 중이시라, 집안의 독자인 제가 두 분을 맞이하게 되었습니다. 인사드리지요. 조유상이라 합니다.

송화는 이름을 듣다가 마시던 차를 내려놓으며 사래가 들려 캑캑거렸다.

도윤이 희미하게 웃으며 송화를 흘끔 살폈다.

-서감찰 오랜만입니다.

도령은 이미 그를 알고 있었던지 그렇게 인사했다.

그제야 두 사람은 일어나 마주 예하고 절을 했다.

절을 하고 무릎을 꿇은 자세로 도윤이 조유상에게 송화를 소개했다.

-이쪽은 성균관 유생 서조만입니다. 제 아우이지요. 지나는 길에 대감님이나 뵐까 하고 함께 들렀습니다.

-잘 오셨습니다.

도령이 의젓하게 말했다. 송화가 도령을 쳐다보다가 도윤에게로 시선을 던졌다. 아우라고?

암튼 모르겠다 싶었다. 송화는 도윤이 마음대로 만들어낸 이름을 대었다.

-서조만입니다.

-잘 오셨습니다. 자, 들던 차 마저 드실까요?

송화가 조유상을 흘낏 보니 차를 드는 모습이 여간 의젓한 게 아니다.

송화는 잠시 고개를 숙이고 있다가 도령을 건너다보며 물었다.

-도련님께선 올해 나이가 어떻게 되시는지요?

도령이 좀 놀라는 표정을 짓다가 하하하, 하고 웃었다. 도저히 아이에게 어울리지 않는 웃음이었다.

그는 한참을 웃다가 어느 한순간 뚝 그치더니 어울리지 않게 근엄한 표정을 지으며 눈을 부라렸다.

-초면에 장부의 나이를 묻다니……. 무례하오이다.

송화는 어이가 없어 큭 웃음이 나오려는 걸 간신히 참으며 고개를 숙였다. 그러자 상황을 판단한 도윤이 나섰다.

-아이고, 이거 결례를 하였습니다. 아우가 아직 범절이 모자라서…….

그러자 어린 것이 수염을 쓸 듯 턱을 한 번 문지르고 다리를 바꿔꼬며 손으로 버선발을 쓸었다.

송화는 어린아이의 치기에 다시 웃음이 터지려는 걸 억지로 참았다. 더욱이 이어지는 그의 말을 듣고는 어이가 없었다.

-자고로 형만 한 아우 없다고 했지요. 서감찰에게 저런 동생이 있는지 몰랐구려. 용모로 보나 범절로 보나 아우께서 아직은 많이 배우셔야 할 듯합니다.

송화는 어이가 없어 고개를 돌리고 그가 보지 않게 웃었다. 도윤도 웃음을 참지 못하고 송화 쪽으로 고개를 돌리고 피식 웃었다.

-기분 상하셨다면 사과드리지요.

도윤이 이내 정색을 하고는 송화를 향해 조용히 나무랐다.

-넌 조용히 있거라.

송화가 대답하듯 고개를 숙였다. 그러자 도윤이 본격적으로 나왔다.

-사실 이번에 부마 후보가 되었다고 하시기에 그래서 이렇게 만나 뵈려고 나온 것입니다.

-그랬지요.

-제가 사헌부 녹을 먹고 있습니다만, 이번 부마 후보들의 사주를 다시 한 번 보라는 어명을 받아서 말입니다. 그래 이리 온 것입니다. 그러하오니 제가 도련님의 사주를 봐드리면 어떻겠습니까?

-주상 전하의 명으로 오셨다고요? 그렇겠지요. 좋습니다.

-올해 나이가 어찌 되시는지요?

도윤은 알고 있으면서 물었다. 어린 것이 다과상의 유과를 집어 입에 넣으며 엄지를 먼저 세우고 이내 검지와 중지, 약지를 세웠다.

-이틀 후 축시를 지나면 열 셋이 되지요.

-네, 그렇군요. 그럼 아직 열둘? 태어나신 시를 알고 있습니까?

-기축시라고 했소.

도윤이 손가락으로 사주를 재빨리 짚어 넘어갔다.

그때 밖에서 하인의 부름 소리가 들려왔다.

-도련님!

도령이 밖을 내다보았다.

-왜 그러느냐?

-좀 나와보시옵소서.

-알았다.

그렇게 말하고 도령이 도윤에게 양해를 구했다.

-잠시 실례하겠습니다.

그는 나가며 유과를 한주먹 집어 나갔다. 아직도 어린애 같은 행동에 송화가 고개를 숙이며 쿡 웃었다.

도윤 역시 웃음을 참다가 도령이 밖으로 나가고 나자 송화를 흘끔 쳐다보았다.

-아이고, 저런 꼬맹이를? 그리고 옹주를 모시던 궁녀가 부마 후보를 짝사랑하고 있었다? 이러나저러나 연모하기엔 나이 차가 너무 나는 거 아니야? 열 살은 많아 보이는데?

-사실은…….

송화는 말을 하려다가 끊었다.

-저 도령이 아니라 처음 들어왔던 그 사내요.

-이 집의 집사?

-그 사람이 집사요?

송화는 속을 들키지 않으려고 고개를 숙였다.

-그럼 부를까 집사?

-아, 아니오.

송화가 펄쩍 뛰자 도윤이 웃었다.

-왜 만나보고 가지 그래?

-아니오. 아니오. 관두시오. 자꾸 그럼 갈 것이오.

그러면서 송화가 정말 일어나 갈 차비를 하자 도윤이 그녀를 잡았다.

-알았다. 알았다니까.

송화가 앉으니까 도윤이 손으로 사주를 짚었다.

-보자, 저 도령과 송화옹주의 사주 궁합은 도대체 어떻게 되나? 내가 알기에 송화옹주 사주는 정사년이던데?

그렇게 중얼거리다가 송화에게 물었다.

-아마 맞을 거요. 그리 들었소.

-정사년 며칠?

-6월 10일일 게요.

-맞아. 나도 그리 들었어. 그럼 시는?

-오시라고 하던가?

-그럼 보자.

도윤이 몸을 돌려 서상에 놓인 벼루와 붓을 내려 가져왔다. 벼루에다 물을 붓고 송화에게 먹을 주었다. 송화가 먹을 받아 갈았다.

그 사이에 도윤이 화선지를 펼쳤다.

필통에서 적당한 붓을 하나 골라 송화가 갈아놓은 먹물을 듬뿍 찍었다.

이내 송화와 유상의 궁합이 종이 위에 그려졌다.

송화옹주 : 정사(丁巳)년, 을사(乙巳)월, 신미(辛未)일, 갑오(甲午)시

조유상 : 계해(癸亥)년, 계해(癸亥)월, 병진(丙辰)일, 기축(己丑)시

그렇게 써놓고 궁합을 보기 시작했다.

참으로 대단하네. 병진 기축이라 용이 소를 물고 승천하는 것도 아니고. 이건 뭐야? 전형적인 홀아비 팔자네. 배우자 찾기가 쉽지 않아 인연이 없다. 좋은 배필 만나기 힘들다. 배우자와 사별할 운이니 홀아비 팔자가 맞다. 허허, 참.

납음으로 보자. 정사니 토(土), 을사니 화(火), 신미니 토(土), 갑오니 금(金). 토화토금이로다. 남자를 보자. 계해니 수, 또 계해니 수, 병진이니 토, 기축이니 화. 그럼 수수토화로다.

송화가 도윤의 글을 보니 참 기가 막힌다. 만세력이 없어도 술술 잘도 풀어낸다. 뭐 이런 인간이 다 있나.

도윤이 쓴 종이 위 두 사람의 사주가 자꾸 회오리처럼 눈가에 엉켰다.

도윤이 입술을 꾹 다물었다. 그는 속으로 생각하고 있었다. 돼지와 뱀이라. 기가 막히는구나. 조유상과 결혼한 송화. 설령 그녀가 옹주라고 하더라도 조대감 앞에서 잔뜩 기죽을 수밖에 없는 궁합이다.

사십이 넘어서야 기를 좀 펴고 살 것 같으나 좋은 궁합이 아니다.

잘못하면 일가족이 몰살하여 외로이 벌판에 나앉을 수다. 자연히 둘의 궁합이 맞지 않다. 거기까지 생각하던 도윤이 넌지시 송화를 돌아보았다.

-어디 이제 그대의 궁합이나 한 번 볼까?

-뭔 소리요?

송화가 눈을 시퍼렇게 뜨고 물었다.

-그대의 사주!

송화가 머리를 내저었다.

-모르오. 종년에게 사주가 어딨소?

-그럼 태어난 해도 모른단 말이야.

-누구의 씨인지도 모르는데 사주가 어딨소.

송화가 될 대로 되라는 듯이 내지르자 도윤이 숙연하게 송화를 쳐다보다가 고개를 숙였다. 입을 꼭 다물고 있자 도윤이 마음이 짠해 시선을 들었다.

-그럼 관상으로 궁합을 한 번 볼까?

-뭐요?

-이 집 집사와 네 궁합 말이야?

-무슨 그런 해괴한 소릴.

-하하하, 이제 보니 왜 그리 이 집 집사를 연모하는지 알겠다.

-뭐요?

-여기, 여기 말이야. 눈, 눈.

그러면서 도윤은 송화의 눈을 지그시 쳐다보았다. 송화가 눈을 마주치지 않으려고 얼른 시선을 돌렸다.

도윤이 눈을 감았다. 참 이상한 일이다. 이 눈은 분명히 산길에서 만난 가마 속의 그 눈이 분명하다. 얼굴을 보면 아닌 것 같은데 그 눈이 틀림없다. 이렇게 눈이 똑같은 사람이 있을 수 있나.

-재물을 보려면 눈을 보고 부를 보려면 코를 보라는 말이 있다만, 나는 눈에서 정기부터 보지. 정기가 빠졌어. 여인네가 연정을 품으면 그것으로 끝이지. 허나 이 집 집사의 코는 달랭이코. 말라 쪼그라졌으니 그렇다고도 할 수 있지. 그런데 네 코는 바로 무코야. 둘 다 무코긴 한데 하나는 말라붙었고 하나는 생무우니 누가 손해겠나. 이 집 집사 허우대는 멀쩡해도 아마 평생을 네 재주 파먹고 살 거다.

-파 먹힐 재주라도 있으면 다행입니다.

도윤이 고개를 내저었다.

-그야 모를 일이지. 네 눈에 재복이 들었어. 그것도 엄청. 누가 아나. 송화옹주 시집가면서 한 밑천 단단히 떼어줄지.

송화가 피식 웃었다. 그러면서 문득 언젠가 만이에게 하던 말을 떠올렸다.

-만이는 나 시집가면 어떡할래?

그러자 만이가 말했다.

-마마, 뭔 소리래요. 당연히 종년이 마마께서 시집을 가도 따라가야 합지요.

-이것아, 시집 갈 때는 아랫것을 데리고 나갈 수 없다는 걸 몰라? 그 집의 법도에 따라야지. 어찌 아랫것까지 데려나가 상전질을 할 수 있다더냐.

-그래도 따라 나갈 것입니다요.

-걱정 마라. 내 시집가기 전에 좋은 사람 만나게 해줄 테니.

-아이고, 마마님도. 싫습니다.

-싫음 땅뙈기나 몇 마지기 먹고 살게 해줄까. 아바마마께 부탁하여?

-하이고, 마마님도 종의 신세 모르사와요? 다시 끌려가거나 사가에 팔지 않으면 다행이겠지요. 사가에 있을 때 하고는 다르잖아요. 그때 백이는 마마님께서 손을 써 풀어줘서 그렇지만…….

-그런 소리 마. 내가 너는 책임질 테니. 날 위해 목숨까지도 바치겠다는 사람을 내 어이 몰라 할까.

그러자 만이가 눈물을 글썽였다. 벌써 그것도 나이가 차 시집 갈 때가 되었는데…….

그나저나 궁에서 잘 하고 있는지 모를 일이다. 송화는 자신도 모르게 한숨을 내쉬었다.

-그리고 콧방울이 너무 얇아. 사람이 콧방울이 두둑해야 성기능이 강하고 평생 재산을 모을 텐데. 그러니 그 궁합 또한 맞지 않는 것이야. 일찍이 포기를 하시지 그래.

그렇게 말해 놓고 도윤은 송화의 눈치를 살폈다.

송화는 이상하게 별 신경을 쓰지 않는 눈치였다.

정말 이상하다니까. 그러면서 도윤은 집사의 코에 비하면 자신의 코는 나름 그래도 준수하다는 생각을 했다. 아버지는 언제나 코는 도윤이처럼 생겨야지 하고 말했었다.

그런 생각을 하다 도윤은 자신도 모르게 깜짝 놀랐다. 내가 지금 무슨 생각을 하고 있나. 이 여자와 내 궁합을 보고 있다니! 이런!

도윤은 황급히 화선지를 거두어 접어서는 소매 속에 넣어버렸다.

잠시 후 밖으로 나갔던 도령이 들어왔다.

-미안하게 되었습니다. 집안에 일이 좀 있어서……. 그래 어떻습디까? 옹주와 내 궁합이?

도윤이 송화의 눈치를 흘끔 보다가 입을 열었다.

-이리저리 풀어보니 두 분 다 유약하고, 생각이 많은 것이 비슷해서, 서로 상처를 보듬는 사이랄까. 괜찮아 보이는군요.

도령의 눈빛이 차갑게 빛났다. 맹랑한 친구였다.

-그러니까 별 볼일 없는 궁합이다 그 말이오?

도윤이 당황하여 손사래를 쳤다.

-아, 아닙니다. 아니에요. 이런 합을 동병상련의 합이라 하는데 두 분의 궁합이 천상배필이 맞습니다.

-하하하, 그래요.

그제야 도령의 얼굴에 화색이 돌았다. 영락없는 어린아이였다. 그는 송화와의 혼사를 틀림없다고 믿고 있는 것이 분명했다. 맹랑한 놈! 송화는 그렇게 생각하며 슬며시 웃었다.

아무리 어리다고 하지만 김칫국부터 마시는 꼴이라니.

그래도 참 재미있는 도령이라는 생각이 들었다. 가정교육을 어떻게 했기에 저렇게 자랐을까 생각하다가도 미워할 수만은 없지 싶었다.

-대감마님 돌아오셨습니다.

문득 밖에서 하인의 목소리가 들려왔다.

조유상이 그 소리를 듣고 벌떡 일어나 달려 나갔다. 그제야 송화와 도윤도 일어났다.

21

왕 앞에 읍한 변의관이 바들바들 떨었다. 왕은 어이가 없다는 표
정이었다.

-지금 뭐라고 했소? 아직도 송화옹주의 고뿔이 낫지 않았다 그
말이오?

변강수 의관의 굽은 허리가 더욱 굽어졌다.

-그러하옵니다, 전하.

-어허, 벌써 며칠째요. 안 되겠구려. 거 약효가 없어 그런 거 아니오?

-전하, 조금만 기다려주시옵소서. 차도를 보이고 있나이다.

-내 변의관을 믿기에 이러고 있는 거 아니요. 안 그랬으면 벌써
다른 의관을 보냈을 것이오. 그래 아직도 짐이 옹주를 만날 수 없단
말이오?

-며칠만 쉬게 해주시옵소서. 그동안 침을 맞고 미용에 힘쓰느라
몸살까지 크게 겹쳤사옵니다. 안정을 취해야 하기에 그러하옵니다.

-그럼 옹주를 언제쯤 만날 수 있단 말이오?

-그것이⋯⋯.

변의관의 뒷덜미에서 김이 솟아올랐다. 이마에 땀이 송글송글 맺혔다. 만약 왕이 다른 의관을 덧붙이기라도 한다면 당장에 목숨을 내놓아야 할 판이었다.

-사흘만 말미를 주시옵소서. 사흘이면 만날 수 있사옵니다.

-그래?

왕의 얼굴에 그제야 그럼 그렇지 하는 기운이 감돌았다.

-그럼 이달 12일이구려. 그날 옹주를 볼 수 있다?

-그러하옵니다.

대답하는 변의관의 음성이 바르르 떨렸다.

왜 오시지 않는 거야? 왜 오시지 않느냐고?

이렇게 불안한데 누구 잡으려고 오시지 않느냐고? 왜 이렇게 날은 덥다냐.

송화의 자개장을 열고 있는 대로 옷을 꺼내 입어보던 만이가 엉엉 울지도 못하고 다리를 벌리고 퍼질러 앉아 있는 대로 옷을 내던졌다.

얼굴 천을 벗고 이것저것 장신구를 대보는 것도 이제는 지겹다.

보료 위에 중전처럼 한쪽 무릎을 세우고 앉아 보던 때가 어제인 것 같은데 이제 남은 것은 불안과 공포뿐이다.

그렇게 공주 행세 옹주 행세 한 번 해보면 소원이 없겠다 싶었는데 이게 뭐람.

이제 더 버티다가는 죽게 생겼다. 좀 있음 궁녀들이 수라를 들고 나타날 텐데 그들을 또 어찌 몰아내누.

그때였다. 생각하기가 무섭게 궁녀의 목소리가 들려왔다.

－옹주마마, 주 수라이옵니다.

만이가 후다닥 일어나 퍼질러놓았던 옷들을 모아 자개장 속으로 마구 구겨 넣었다. '잠시만 기다리거라' 그렇게 고함치며 계속 옷을 걷어 넣었다.

옷을 걷어 넣고 가리개를 잘 썼나 점검을 하고서야 말했다.

－들이거라.

수라상이 들어가는 틈에 수라상궁이 잠시 만이를 살폈다. 눈이 마주칠까 만이가 상궁의 눈을 피했다. 그렇지 않아도 눈을 보면 옹주인지 아닌지 알 것 같아 눈에 망사 댄 가리개를 쓰고 있는 마당이었다.

－마마, 고뿔이 아직도 낫지 않은 것이 아니옵니까?

－그래서 수라를 들이지 말라 하지 않았느냐?

－그럴수록 때를 거르면 안 되는 것이옵니다.

－거기 놓거라.

궁녀들이 나가고 나서야 만이는 밥상을 내려다보았다.

오늘도 평소에 입에 대보지 못한 맛있는 것들이 이것저것 올랐다. 그러나 병자 행세를 하려면 맘껏 손을 댈 수도 없는 마당이다.

만이는 침을 꿀걱 삼키며 고개를 홰홰 내저었다.

사랑채 앞에 심어놓은 오동나무 가지에 까치 한 마리가 앉아 까

악까악 울어댔다.

아랫것들이 들어와 밥상을 놓고 나갔다.

밥상은 두 개였다. 한 상은 곁방에 놓였고 한 상은 본방에 놓였다.

-자, 드십시다.

조대감이 곁방으로 건너가 상석에 앉았다. 큰상 중앙이었다.

집사가 다가오더니 도윤을 조대감과 겸상하게 하고 조유상과 송화를 본방에 차려진 상에 마주 앉게 했다.

도윤이 조대감이 수저 들기를 기다리고 있다가 말했다.

-갑자기 들른 처지에, 이리 식사까지 대접 받아도 될는지 모르겠습니다.

-이리 귀한 분들이 찾아오리라고는 생각지도 못했소이다. 왜 한 번 오시지 않나 했는데 이렇게 만나게 되어, 내가 영광이오이다. 그 동안 서감찰 얘길 많이 들었소이다.

송화는 상을 받기가 무섭게 정신없이 먹어대는 조유상을 멀거니 건너다보았다.

조대감과 도윤의 화기애애한 말소리가 계속 들려왔다.

-궁합으로 이미 따를 자가 없다고 소문이 자자하더이다.

-과찬이십니다.

송화가 손대지도 않았는데 닭백숙의 다리 두 개가 이미 조유상에 의해 비워졌다.

우걱우걱 씹다가 사래가 들리자 송화가 딱하다는 듯이 물을 그릇에다 부어주었다.

-천천히 드시오.

-왜 드시질 않습니까?

물을 몇 모금 마시고 겨우 진정이 되어서야 조유상이 송화에게 물었다. 그리고는 송화의 얼굴을 자세히 살피다가 고개를 갸웃했다.

-성균관을 나오셨다고 했지요?

조유상이 갑자기 물었다. 그의 말에 송화가 잠시 당황하다가 고개를 끄덕했다.

-이상하구려.

-예?

-배우지도 않았소?

-무슨 말씀인지?

-신체발부는 수지부모라. 머리카락 한 올도 부모에게서 받은 것이니 훼손하지 않는 것이 효의 시작인데 아우님은 털을 아예 깎아 버린 게 아니오. 코밑도 그렇고 턱밑도 맨송맨송하니 어떻게 된 것이오?

송화는 말을 못 하고 상 위의 찬만 내려다보았다.

-그럼 그곳에도 털이 없겠구려?

송화가 당황해 어쩔 바를 몰라 허둥거렸다. 뭐 이런 놈이 다 있나 그래.

그때 듣고 있던 조대감의 음성이 들려왔다.

-유상아, 밥상머리에서 무슨 짓이냐?

조유상이 아버지를 돌아보았다.

-그렇지 않습니까.

조대감이 돌아보며 눈을 부라렸다.

-이놈!

조대감이 버럭 소리를 질렀다. 송화는 그대로 일어나려다가 그래서는 안 된다는 생각에 억지로 너털거리며 웃었다.

-하하하! 눈썰미가 대단하십니다. 밑에 털이 나던 세월을 어찌 기억하겠소이까. 식사 중에 별 이야기를 다 하십니다 그려, 어허허.

-쯧쯧쯧…… 어째 그리 형이랑 다른지 이해가 되지 않아 하는 말이오. 형님은 저리 사내다운데 당신 같은 사내는 처음 보오. 나도 옹주마마의 부마가 되기 전 저런 사내가 되어야 하는데, 당신 같은 남자를 보면 걱정이 앞서 하는 말이오. 아무리 먹어도 키도 안 크고, 에이.

그러면서 조유상이 꾸역꾸역 밥을 먹기 시작했다.

비로소 그의 어린애 같은 행동이 한낱 치기에서 온 것이라는 느낌이 들었다. 그러자 급속하게 냉랭해지던 방안에 화기가 돌았다.

송화는 그제서야 조유상을 이해할 것 같다는 생각이 들어 그를 가만히 건너다보다가 입을 열었다.

-키가 크고 사내가 되는 건 다 때가 되어야 되는 것이라오.

-그럼 그대는 아직 사내가 덜 되어서 그렇다는 거요?

조유상이 입으로 밥을 퍼 넣다가 눈을 땡그라니 뜨고 물었다.

-그렇다오. 형님 나이가 되면 생길 것은 다 생기겠지요. 그게 자연의 이치이니까요.

조대감이 비로소 하하하, 하고 웃었다.

-그럼. 그럼. 자자 드십시다. 저놈도 부마가 되기 위해 노력하지만 키가 크지 않고 아직 수염도 나지 않고 하니 그래서 저리 투정인 겝니다. 못난 녀석!

-고심이 크시겠습니다.

도윤이 맞장구를 쳤다.

-말도 마시오. 꼭 부마가 되고 말겠다고 하지만 아직도 저렇게 계집아이 같으니 말입니다.

조대감이 그렇게 말하자 조유상이 갑자기 어른이 웃듯이 웃었다.

-핫핫핫……. 아버님은 그렇게 말하시지만 이래봬도 제가 여자에 대해 알 건 다 안다오. 핫핫핫…….

조유상이 그렇게 웃고 송화 가까이 입을 가져다댔다.

-나한테 청나라에서 온 춘화집도 있다오. 나중 아버님 나가시면 내 보여드리리다. 이론은 다 뗐는데 실전이 아직…….

송화는 이해한다는 듯이 고개를 주억거렸다. 그리고는 속삭이듯 말했다.

-너무 신경 쓰지 마시오. 다 때가 되어야 이루어지는 것이라오. 반가의 도련님이 공부는 안 하시고 춘화도나 끼고 있으면 되겠소.

-하긴……. 자기 전 춘화를 보고 상상하면 더 빨리 남자가 된다 하여 그 짓도 해봤는데…… 괜히 코피만 쏟았지 뭐요.

송화는 어린 조유상의 어이없는 행동이 그리 밉지 않다는 생각이 들었다. 송화는 마음을 다잡고 수저를 들었다. 도윤이 조마조마했는지 눈치를 보다가 그제야 밥숟가락을 크게 떴다.

송화는 조유상의 철없는 행동거지가 막자란 탓이 아닐까 싶었다. 조대감의 나이가 지긋하고 보면 늦게 본 자식일 것이었다. 오냐오냐 그러다 보니 황당한 인간을 만들었을 터였다.

어떻게 생각하면 구김살이 없어 보이기도 하고 한편으로는 귀엽기까지 하지만 뭔가 갈 데까지 간 느낌이었다. 부모가 장만한 온실 속에서 분에 넘쳐 비뚤어질래야 더 비뚤어질 수 없는 사대부의 자식.

조유상이 다시 사래가 들려 억억거리자 조대감이 미닫이문 너머로 아들을 살폈다.

－어찌 고기만 그리 먹는 게냐. 그러니 자꾸 사래가 들리지. 물을 마셔가며 먹어라, 이놈아.

송화가 조유상을 보니 그제야 기가 좀 죽었다. 사래가 그치지 않았다. 물을 마셔도 내려가지 않는지 더 컥컥거렸다.

조대감이 벌떡 일어나더니 다가왔다.

자주 그러는 것 같다는 생각이 순간 송화의 뇌리를 스쳤다. 조대감이 아들을 바로 앉히고 겨드랑이 사이로 두 팔을 집어넣어 명치 끝을 마주잡아 두 무릎을 등에 받치고 사정없이 당겼다.

크악!

순간 조유상의 입에서 닭고기가 튀어나가 상 밑으로 굴렀다.

송화는 조대감의 침착한 행동이 이해가 되지 않았다. 어지간히 놀랐지만 손님들 앞이라 침착을 가장했던 모양이었다.

아니나 다를까. 아들이 제대로 숨을 쉬기 시작하자 그제야 조대감이 안도의 한숨을 휴, 하고 내쉬면서 주먹으로 조유상의 머리를 쥐어박았다. 자신도 모르는 사이에 나온 행동거지였다.

－이놈아, 어찌 그리 고기만 보면 정신을 차리지 못하누. 더욱이 손님들 앞에서……. 에이, 언제 철이 들려고 이러는지 원.

그렇게 나무라고 침착하게 걸레를 직접 들어 고기 덩어리를 치웠다.

그때부터 조유상이 좀 이상했다. 젓가락질을 제대로 못하는 것 같았다.

조대감이 자리로 돌아가 당황하는 아들을 보고 혀를 츱 찼다.

－아직도 젓가락질이 저리 서툴러서야 원! 어허, 이거 미안하외다.

내가 정신이 나갔구려.

　도윤이 웃으며 고개를 내저었다.

　-뭐 그럴 수도 있지요.

　조유상의 허리가 더욱더 굽어졌다. 사대부 행세를 하며 위엄을 떨던 아이 어른이 아니었다. 제 아비의 호령질에 주눅이 들 위세가 아니었는데 갑자기 꼬랑지를 내린 강아지 꼴이었다. 평상시에도 밥상머리에서 아비는 고기를 탐하는 아들을 그렇게 다스렸던 모양이었다.

　조대감의 나무람이 계속되었다. 아비의 호령질이 아들을 향해 다시 달려오자 아들은 더욱 주눅이 들어 등을 펴지 못했다.

　-허리를 펴고 앉아 먹어라, 이놈아. 그리 구부정하니, 먹으면 체하고 키로도 안 가고, 다 살로 가지 않느냐? 어허! 나물을 많이 먹으라니까! 쯧쯧…… 쩝쩝거리며 먹지 말래두!

　송화가 도령을 살폈더니 그는 아버지의 호령질이 그렇게 계속될 것이라는 것을 아는 눈치였다.

　-클 때는 다 그렇지요.

　도윤이 보다 못해 한마디 했다. 조대감이 아들을 더 나무라기 위해 자세를 잡다가 그 말에 그만 민망해져서 변명 아닌 변명을 했다.

　-허허, 나도 모르게 그만. 훌륭한 선비가 되길 바라는 아비 마음이니, 이해해주시오. 워낙 귀하게 얻은 아이라 아끼는 마음이 커서 그렇소. 안사람까지 떨어져 지내다보니, 내가 신경 쓸 일이 이만저만이 아니라…….

　-그러셨군요. 그런데 무슨 사연으로…….

　-모자간 궁합이 안 좋다 하여서 말이오. 저놈에게 해라도 갈까 떨

어져 지내고 있소이다.

　송화는 자신도 모르게 탁 하고 수저를 놓았다.

　순간 세 사람의 시선이 송화에게 쏠렸다. 송화는 아차 했다. 홧김에 자신도 모르게 그랬다는 생각이 그제야 들었다. 송화는 황급히 입을 열었다.

　-죄송합니다. 손이 미끄러워서 그만…….

　그제야 조대감이 그럼 그렇지 하는 표정을 지으며 허허허, 웃었다.

　-자자, 드십시다. 드십시다.

　송화는 마지못해 다시 수저를 들면서 형편없이 작아져 버린 조유상을 건너다보았다.

22

변의관이 갑자기 달려들어 만이의 가리개를 잡아당겼다.

만이가 기겁을 하고 눈을 크게 떴지만 이미 가리개는 벗겨진 뒤였다.

-아이고!

만이가 얼굴을 두 손으로 감싸 안았다.

-빨리 옹주마마에게 연통을 넣어야 한다!

그제야 변의관이 모든 것을 알고 있었다는 생각에 만이가 덜덜 떨며 일어났다.

-사흘 말미를 얻었느니라. 다른 의관이 이리 온다면 모두가 죽음이다 죽음. 알겠느냐?

변의관이 눈을 뒤집고 소리를 죽여 소리쳤다. 그제야 만이가 정신을 차리고 대답했다.

-아, 알겠습니다요.

-연통을 넣을 수 있단 말이냐?

-걱정 마세요. 어제 다행스럽게도 사가에 함께 있던 백이라는 애가 들어왔다 갔습니다. 걔가 옹주마마를 모시고 있다고…….

-그럼 빨리 연락을 하거라. 들어오시라고. 행여 이 모든 사실이 전하께 알려지는 날이면 네년만 목이 날아갈 줄 아느냐. 죽음이다, 죽음!

만이가 부들부들 떨다가 제풀에 그 자리에 주저앉았다.

조대감이 나무라면 나무랄수록 어린아이답지 않게 위엄을 떨던 아이 어른은 점점 작아져 본래의 아이 몫도 못 하고 있었다. 붓 끝이 덜덜 떨렸다.

붓을 쥔 조유상의 모습이 송화는 안타까웠다. 어느 한순간 조유상의 검지 손톱이 눈에 들어왔다. 이빨로 물어뜯은 흔적이다.

송화는 감당 못할 일이 있을 때마다 손톱을 물어뜯던 자신의 어린 시절 모습이 떠올라 눈물이 핑 돌았다. 홀아버지 밑에서 얼마나 마음이 아팠으면…….

송화의 마음이 곡진한데 조대감의 표정은 사정이 없었다. 아들을 향한 불만으로 구겨질 대로 구겨졌다. 그 얼굴이 말하고 있었다.

'에이 못난 놈! 손님들께 네가 시화에 능하다 그리 자랑을 하였는데, 이 아비 체면이 뭐가 되느냐? 어서 써보아라. 어서!'

그 바람에 눈치를 챈 사람들의 심사가 편치 않았다.

방 안을 가득 메운 불편한 공기에 송화는 밖으로 나가고 싶었지만 그럼 실망한 조대감은 아들을 더욱 잡을 것이었다.

밖으로 나가지도 못하고 안타까워하는데 도윤이 안 되겠다 생각했는지 문득 조대감을 향해 입을 열었다.

-식사 대접도 받았는데, 제가 궁합을 봐 드리면 어떻겠습니까?

도망갈 출구를 찾던 조대감이 얼씨구나 도윤의 말을 하고 반겼다.

-오호, 정말이오? 헌데 무슨 궁합을 봐준다는 것인지?

-부자간 궁합은 어떠신지요? 아까 도련님께 사주를 봐드린다 약조를 하여서.

-캬, 좋소이다. 혹 오늘 방문 이유가 유상이 때문인 것이오?

-실은 그렇습니다. 주상 전하의 명이 있었기에……. 눈치 채지 못하게 소매 속에서 놀아야 하는데 죄송합니다. 이리 지극히 맞아주시니 그만 속을 보이고 말았습니다.

-하하, 그렇군요. 내 눈치를 못 채고. 허허, 참.

조유상이 붓을 내려놓고, 잔뜩 풀죽은 채 한쪽에 앉았다.

송화가 그를 건너다보다가 도윤의 눈치를 보았다.

도윤이 그들의 사주를 묻고 적어나갔다. 그리고는 두 개의 사주를 보며 입을 열었다.

-도련님은 수 기운을 타고 났습니다. 물은 정신을 뜻하는데……. 안타깝게도 도련님에겐 자수의 맑은 물이 없습니다. 하여 생각이 생각을 잡아먹고, 우유부단하며 결단을 내리지 못하지요.

조대감의 표정이 점점 굳어갔다. 송화는 조유상의 표정을 살폈다. 얼핏 유상의 얼굴을 보니 겁에 질렸다. 도윤은 아랑곳없이 계속 풀어나갔다.

-조부모와 부모와의 원진살이 도련님을 간섭하고 방해가 되는데……. 무엇보다 도련님을 심약하게 만드는 것이, 바로 대감님의

드센 기운입니다.

-뭐라 하였소? 내가 문제란 말이오?

조대감의 음성에 섭섭함이 실렸다. 도윤은 역시 아랑곳하지 않았다.

-그렇습니다. 아드님은 관운을 타고났지만 대감님의 드센 기운이 도련님의 운을 바위처럼 막고 있습니다. 또한 부모 자식 간에는 빚 받으러 온 자식과 빚 갚으러 온 자식이 있는데, 아드님은 대감님께 빚을 받으러 온 자식에 해당됩니다.

조대감의 인상이 더 굳어졌다. 유상도 울음을 겨우 참는 듯했다.

송화는 도윤이 왜 저러나 싶었다. 참으로 눈치 없는 사람이 아닌가. 송화는 더 참지 못하고 밖으로 나왔다. 유상의 얼굴이 더욱 난감해졌다.

밖으로 나온 송화는 쪽마루에 엉덩이를 걸치고 앉아 먼 산을 바라보았다.

구름 몇 송이 흘러가고 있다. 그 그림자가 산등성이를 덮었다.

잠시 후 조유상이 나오더니 한쪽 구석으로 가 처박히듯이 하고는 울기 시작했다. 소리 없는 울음이었다.

그런 유상을 멀거니 바라보다가 송화는 그만 마음이 약해져 가까이 다가갔다. 유상이 눈물을 훔치며 등을 보였다.

-우십니까?

송화가 묻자 유상이 더 돌아앉았다.

-안 울었소……. 절루 가시오.

-이리 약해서 부마가 되시겠습니까?

유상이 입술을 깨물었다.

-안…… 울었다지 않소.

-그럼 되었습니다.

-난 부마가 되고 말 거요. 아버님을 위해서라도……. 그래야 어머
닐 뵈니까. 근데 내가 팔푼이 같아서…….

조유상이 감정에 북받쳐 꺼이꺼이 서럽게 울었다. 송화는 아버님
을 위해서라는 말이 가슴에 와 박혔다. 부자간의 사이를 알 수 있을
것 같은 생각이 들었다.

송화의 시선이 유상의 물어뜯은 손톱에 붙박였다. 그녀의 눈앞에,
유상 대신 손톱을 물어뜯는 어린 송화가 떠올랐다. 소리죽여 울던
어린 자신의 모습이었다. 송화는 자신도 모르게 유상의 손을 덥석
잡았다. 유상이 놀라 손을 빼내며 한마디 했다.

-놓으시오. 사내들끼리 무슨 망측한 짓이오?

-자책하지 마시오. 도련님 탓이 아닙니다.

송화의 따뜻한 말에 금세 유상의 눈빛이 달라졌다. 뒤이어 눈물
이 송화의 손등으로 떨어졌다. 송화는 말을 이었다.

-어쩔 수 없는 일로 자신을 탓하지 마시오. 춘화 운운하시던 도련
님은 어디로 가고……. 도련님은 제가 본 사내들 중 가장 사내다운
남자였소.

유상이 눈을 감았다. 어느 사이에 눈물이 그쳐 있었다. 송화가 눈
밑을 훔쳐주었다.

-내 근간에 나온 춘화집을 가지고 있소. 다음번에 들를 땐 그걸
가져오리다. 그러니 공부에 매진하시고 아버님 꾸중에 너무 괘념치
마세요.

그제야 유상의 눈빛이 반짝였다. 송화가 웃었다. 유상도 따라 웃
었다.

어느 사이에 방을 나온 도윤이 그들을 가만히 지켜보다가 섬돌로 내려섰다. 송화의 눈길과 도윤의 시선이 잠시 엇갈리듯 마주치다가 비껴나갔다.

-대단하십니다.

송화가 소롯길을 걸으며 뒤따라오는 도윤을 향해 비꼬았다. 검은 구름장이 물러가면서 산색이 밝아졌다. 도윤은 의외로 담담한 표정을 짓고 있었다.

-아니 어찌 분위기를, 그렇게 악화시킬 수 있습니까?

뒤따라오던 도윤이 걸음을 멈추고 앞서 걸어가는 송화를 멀거니 바라보았다.

이상도 하지. 아무리 봐도 옹주의 시녀나 할 여자 같지가 않다. 저 알 수 없는 언행만 봐도.

-난 그저, 보이는 대로 풀이했을 뿐이야.

걸음을 떼놓으며 도윤이 말했다.

-그렇게 매정하게 말할 수가 있다니요. 아무리 좋지 않다고 해도 그렇지요. 누군가의 인생입니다. 말하는 대로 되는 것도 아닌데, 좋은 쪽으로 풀이해도 되지 않습니까?

역시 천것답지 않은 말이다. 전혀 기죽음이 느껴지지 않는다. 이것 봐라, 하면서도 대답은 해야 할 것 같아 도윤은 입을 열었다.

-사주는 불변이야. 정해져 있지. 하지만 풀이는 사람마다 다르지. 나는 내 방식대로 풀었던 것이고 받아들이는 쪽은 또 나름대로 해석하면 되는 것이 아닌가. 헌데, 내가 왜 거짓을 말해야 하지?

-참 대단하십니다.

도윤은 어이가 없어 그녀를 멍하니 쳐다보았다. 그러다가 고함을 지르고 말았다.

-이년, 종것이 참으로 시건방진 것이 아닌가. 네년이 사주단자를 훔치지 않았으면 이런 일도 없었을 것 아니냐? 얼른 내놓기나 하지 그래.

송화가 어이가 없어 도윤의 눈앞을 손으로 휘휘 내저었다.

-앞이 보이긴 하십니까?

도윤이 싸늘하게 노려보았다.

-무슨 짓이야?

-하도 잘나서 눈에 뵈는 게 없어 보여서요. 꼴이 꼭 눈먼 장님 같습니다.

도윤이 걸음을 멈추었다. 정말 옹주의 시녀가 맞나? 도저히 시녀답지가 않다. 그래서 조유상 집으로 함께 들어간 것이지만 아무리 생각해도 이상하다.

-그 말…… 취소해.

도윤이 그녀를 시험해보듯 말했다. 송화는 아랑곳 않고 호호, 하고 웃었다. 도윤이 정말 화난 표정을 지었다.

-이년, 주제도 모르고 시건방지구나. 그 말 취소하는 게 좋을 게다!

송화가 생글생글 놀리듯 웃었다.

-못 하겠다면요?

도윤이 화가 있는 대로 나 다시 소리쳤다.

-내가 네 머무는 곳을 알고 있으니 도망은 가보았자다. 지금은

가지고 있는 것 같지 않으니 오늘은 물러간다만 각오를 해야 할 것이야.

그렇게 말하고는 도윤이 상대하기 싫다는 듯이 몸을 홱 돌려 가 버렸다.

송화는 그의 뒷모습을 멀거니 바라보았다. 그리고는 한마디 툭 내뱉었다.

-흥, 나도 재수 없어.

매정하게 돌아서 가는 도윤을 바라보다가 칫! 하며 송화 역시 돌 아서 버렸다.

23

시경은 편안히 누워 잠이 들기를 기다렸다. 잠이 들자 꿈이 계속되었다. 유배지에서 머리를 풀고 이 더위에 앉았을 아버지의 눈빛이 슬펐다. 자신도 모르게 어머니의 방으로 시선이 갔다.

어머니 홀로 이 밤도 눈물을 흘리고 계실 것이었다.

'싫다. 싫어. 그게 어디 여자냐. 네 아비가 오죽했으면 목숨 내놓고 말렸겠느냐.'

그랬던 적이 어제 같은데. 이제 그 아들이 스스로 부마에 응했다. 부마 후보로 나섰다고 하니 어머니가 말없이 눈물만 흘렸다.

-네 아버지가 안다면 통곡을 하겠구나.

말없이 눈물만 흘리던 어머니가 어제 아침 한 말이었다.

-그래서 얻은 것이 무엇입니까?

자신도 모르게 그렇게 말하고 또 어머니의 성심을 흐렸다는 생각에 아차, 했지만 이미 늦었다.

-그까짓 권력이 뭐라고. 네가 아무리 젊은 기운에 그 못난이를 맞아들인다 하더라도 깊이 생각하여라. 자손만대의 일이다.

-이 가문에 천년만년 못난 종자가 나온다 하더라도 가문의 영광 아니겠습니까. 부마가 되지 못한다면 이 가문은 망한 가문이나 진배없습니다.

늦은 조반을 끝내고 대청으로 나서는데 아랫것의 음성이 들려왔다. 문 앞엔 심복 육손이 무릎 꿇고 그대로 앉아 있었다.

시경은 방 안으로 들어갔다. 관상감 주부 박인이 앉아 있다가 일어났다.

-오래 기다리게 해서 미안하오. 조반이 늦어서 말이오.

박주부는 영빈의 권세를 등에 진 사람이다. 관상감 주부이므로 품계가 사헌부 감찰보다 높을 것도 없다. 주부는 종6품이고 사헌부 감찰은 정6품이다.

더욱이 사헌부 감찰에게는 간관(선과 악을 분별하여 국왕에게 진술함)의 임무가 주어져 있어 그 위세가 관상감 주부에 비할 바가 아니다.

물론 그런 자리를 얻을 수 있었던 것은 관상감 정으로 있던 아버지의 힘이 컸는데, 그런 아버지가 유배를 갔다고 해도 왕이 파직을 않고 있다는 것은 순전히 박주부와 영빈 그리고 아버지와 호형호제하는 영의정 영감의 덕일 것이었다.

-방금 온 것을요.

박주부가 깍듯이 말했다.

-자, 앉읍시다.

박주부가 봇짐에서 사주단자를 꺼내 서탁 위에 펼쳐 놓았다.

임자(壬子)년, 계축(癸丑)월, 갑자(甲子)일, 무진(戊辰)시
정사(丁巳)년, 을사(乙巳)월, 신미(辛未)일, 갑오(甲午)시

시경이 사주를 내려다보았다.

─나보다 몇 살 아래가 맞군요. 정사년 뱀띠라는 건 들었소만…….
뱀의 아가리 속으로 쥐가 들어가는 꼴이군. 하하하, 내가 쥐띠가 아
니오.

─임자년의 나으리는 나무의 기운이, 정사년의 옹주마마는 토의
기운이 강한 사주입니다. 오히려 좋을 수 있습니다. 목이 토의 기운
을 받을 수 있으니까요. 시를 조금 바꾸었지요. 무진시로. 이제 신과
진이 모두 있어 문무백관이 우러러보는 형세이며 이는 곧 왕의 운
으로까지 갈 수 있는 사주이옵니다.

시경의 눈빛이 반짝 빛났다.

─허나 옹주마마의 달에 불기운이 있습니다. 나리는 불이 뒤집어
진다고 해도 그 화가 나무로 옮겨 붙으니 큰 영화가 올 것입니다.
오히려 젊었을 때 화의 기운을 누르는 꼴이니. 이는 곧…….

무슨 말을 하려다가 박주부가 차마 말을 못 하고 입을 다물었다.
시경이 날카롭게 노려보았다.

박주부가 눈치를 보았다. 그는 이내 시경의 눈치를 살피다가 어
쩔 수 없다는 듯 입을 열었다.

─이는 곧 두 분 사이에 있는 원진살로 인해 마마가 병약해지거나
심약해지기를 바라야…….

-뭐요?

-만약 그리하지 않으면 나으리가 역운이 되고 말기에…….

-그래서 사주단자에 진시로 고친 거 아니오.

-당사주로도 최상입니다. 정확한 판단을 위해 양 사주를 섞어보는 이들이 있는데 특히 서도윤이 그런 면이 있지요. 전하야 까막눈이니 됐고 서도윤이 문젠데 신경 쓸 거 없습니다. 오히려 그런 점을 이용해 꾸민 것이니까요.

언젠가 박인이 사주를 봐주겠다고 해서 그에게 시가 자시라는 걸 말한 적이 있었다.

-그러니까 본래 사주대로 하면 옹주의 수명이 짧다?

-처음에는 뱀의 아가리 속으로 들어가는 꼴이나 곧 뒤집어지니 나리의 사주에 치여 그렇게 될 것이옵니다. 분명 왕기가 뻗치는 궁합이옵니다.

시경이 눈을 빛내며 주먹을 쥐었다. 그는 잠시 생각하다가 박주부를 쳐다보았다.

-예전에 할아버지가 하던 말이 자꾸 걸려서 말이오. 자정 전에 태어났다는. 언젠가 서도윤과 술자리에서 그 소리를 한 것 같은데 그게 자꾸 마음에 걸리는구려. 그럼 더 좋지 않은 건 자명한 사실 아니오.

-마음 놓으세요. 지금까지 이 나라의 역이 대국의 역을 그대로 이어왔고, 또 무슨 걱정입니까. 이미 사주단자에는 진시로 올렸는데요. 서도윤 감찰이나 잘 설득하시면…….

-그렇지요?

-여부가 있겠습니까. 제 생명의 은인이신데 제가 왜 헛소리를

하겠습니까. 헌데…… 이미 부마 내정자가 정해지고 있다는 소문이 들립니다. 병조참의 강상구 대감의 아들이라는 소문이 있습니다.

그래? 하는 낯빛으로 시경이 상체를 꼿꼿이 세웠다. 박인이 그를 쳐다보았다.

-내정자라 할지라도 궁합이 좋지 않으면 장담하긴 힘들지 않소?

-궁합이야 내 소관으로 쥐락펴락 할 수는 있겠지만 서감찰이 문제는 문제니 잘 해결하시기 바랍니다.

-말을 들으니 도윤에게 삼재가 들어 궁합을 못 본다고 하던데 무슨 걱정이오?

-삼재가 들긴 했으나 올해로 나가는 날삼재입니다. 그래서 전하께서도 그렇게 서두르지 않는 것 같기도 하고. 조사나 시키고 있는지도 모르지요. 올해라고 해도 벌써 반이 지나가고 있지 않습니까.

시경이 고개를 끄덕이다가 시선을 들었다.

-그나마 다행이긴 한데 도윤일 만나봐야겠군요. 내 알아서 할 테니 그대로 일이나 추진해 주시오.

-여부가 있겠습니까.

시경은 뒷짐을 지고 방 안을 돌며 도윤이, 도윤이 하고 몇 번 입속으로 되뇌었다. 그러다가 희미한 미소를 물었다.

24

옹주의 밥상을 들고 수라나인들이 나왔다. 한상궁이 기다리고 있다가 다가들었다.

-오늘은 좀 어떠시더냐?

상 위를 내려다보던 한상궁의 눈이 점점 커졌다.

-어지간히 비웠구나.

-오늘은 이상합니다. 식욕이 도는지 음식을 남기지 않았으니.

한상궁이 고개를 갸웃했다.

-이상하구나. 병이 나았다는 말인가.

그렇게 중얼거리다가 수라나인들이 상을 다시 들자 '잠깐만' 하고 상을 다시 내려놓게 했다.

한상궁의 눈이 숟가락에 머물렀다. 숟가락이 오른쪽에 놓여 있다.

-옹주마마는 왼손잡이가 아니냐?

-예?

수라나인 하나가 영문을 모르고 되물었다.

한상궁이 아차, 하고는 이내 아니다, 하고 돌아섰다.

수라나인들이 고개를 갸웃하며 상을 들고 나갔다. 한상궁이 그들을 바라보다가 옹주의 방을 바라보았다. 언제나 왼쪽에 있던 수저. 그 수저가 오른쪽에?

한상궁이 기억을 더듬었다. 그렇지, 그러고 보니 오늘만 아니구나. 그동안 언제나 오른쪽에 있었다. 그럼 뭐야, 옹주마마가 갑자기 오른손을 쓰기 시작했다?

말이 안 되는 소리다. 그럼 옹주마마가 아니라고? 한상궁의 시선이 푸르르 떨렸다. 이런 천벌 맞을 생각을……. 그러면서도 그녀는 고개를 갸웃했다.

한상궁이 처소를 나가자 살짝 빠져나온 만이는 달렸다.

백이가 주고 간 주소를 들고 달렸다. 그동안 병든 시늉을 하느라 그렇게 좋아하던 기름진 음식도 먹지 못했다.

오늘은 행여 힘이 부칠까 상을 비웠다. 문틈으로 내다보았더니 한상궁 고것이 숟가락의 위치를 보고 있었다. 심장이 쿵 하고 떨어졌다. 아차, 싶었다. 그랬다. 옹주마마는 왼손잡이였다. 그럼 숟가락이 왼쪽에 놓여 있어야 한다.

궁녀가 상을 들고 나가기 전에 숟가락 위치를 바꾸었다 하더라도 늘 그랬으니 그걸 기억하지 못할 여우같은 한상궁이 아니다.

이 일을 어쩌면 좋아 그래. 오늘이라도 그 입싸개 상궁이 전하께 알린다면……. 더욱이 변의관은 사흘 말미를 얻었다는데…….

만이가 숨을 헐떡이며 사나운 바람처럼 오고 있는 사이에, 백이의 방 안에서는 예전에 궁에 함께 있던 옥희마저 합세해 한 식구가 되어 있었다.

옥희 역시 이제 스무 살 남짓의 처자였다. 경상도에서 제 아비가 살길이 없으니까 돈 몇 푼에 딸을 팔았다. 그 장사치는 그 딸을 데려다가 궁으로 들여보냈다.

송화가 사가에 있을 때 백이보다 먼저 자유의 몸을 만들었는데, 난전이나 치다가 송화 소식을 백이에게 듣고는 아예 합세를 한 것이었다.

마침 송화는 옥희로부터 책비에 대한 것을 속성으로 배우고 있는 중이었다.

-요 이바구 책을 막 읽는다꼬 다 책비가 아잉기라예. 보이소, 질질 짤 때도 여러 가지가 있다 아입니꺼?

백이가 옹주마마에게 말투가 그게 뭐냐고 나무라도 옥희는 '경상도 말씨가 그란데 어짜라고' 하면서 고칠 생각을 하지 않았다.

송화가 친근함이 느껴지기도 해서 그대로 쓰라고 하자 '그렇지예' 어쩌고 하면서 엉겨 붙더니 오늘도 아예 친구 대하듯 하고 있었다.

-보이소. 억수로 슬퍼가 엉엉 소리 내 울 때도 있고, 쪼매만 울 때도 있고, 웃을 때도 마찬가지라예. 책비 할라카믄, 고런 세세한 부분들 있지예? 고걸 잘 살리야 되거든예. 저 같은 경우에는 난초 짠보까지 찍었습니더.

-그게 무엇이냐?

송화는 그녀의 말이 재미있기도 하거니와 책비라는 것이 흥미롭다는 생각에 멍하니 얼이 빠져 듣다가 물었다.

-한번 울리면 솔 짠보, 두 번 울리면 매화 짠보, 다섯 번을 울리야 난초 짠보라 카거든예. 짠보 되기 어렵심데이. 그래도 짠보가 돼야 책비라 할 수 있지예.

백이가 부엌에서 삶은 고구마를 건져 들고 방으로 들어왔다.

-그 정도 해도 돼. 어차피 자향각에 가서 강휘 도련님께 읽어드리는 거라…….

백이가 고구마를 놓으며 옥희에게 말했다.

-아, 그라면 진작에 말하지.

-왜 그래?

송화가 물었다.

-가보면 알깁니더. 강휘 도련님 보려고예?

-그런 것이 아니야.

-에이, 아이기는. 한양에서 강휘 모르는 여자가 어딨다고.

백이가 송화의 눈치를 흘끗 살피고 옥희에게 눈을 흘기며 손가락을 세워 입술에 붙였다.

옥희가 찔끔했다.

옥희가 가고 나자 송화가 백이에게 물었다.

-강휘 그 사람 말이다. 왜 그리 유명하단 거니?

백이가 호호, 웃었다.

-말도 마세요. 천하의 바람둥이랍니다.

-바람둥이?

-가보시면 아세요.

그렇게 말하고 자신이 깐 고구마를 송화에게 공손히 내밀었다.

송화는 백이와 함께 처소를 나서기 위해 준비를 하고 있었다. 오늘은 남장을 하면 안 된다고 했다. 강휘라는 사내가 여자 책비를 좋아한다는 것이다.

-그렇게 인물이 좋아?

-말도 마셔요. 그가 지나가면 여인들이 줄줄 따라다닐 정도랍니다. 그래서 언제나 쥘부채로 얼굴을 가리고 다니거든요.

송화가 서글프게 웃었다.

-그런 미남이 내게 오겠니?

-마마가 어때서요. 얼마나 예뻐지셨는지 마마님이 더 잘 아실 거 아니에요. 그분요, 장사할 때 몇 번 보고 책비를 데려다 주고 있지만 정말 생기기는 기가 막히게 생겼어요. 누구든 한 번 보면 빠지고 만다니까요.

-그래?

-오죽하면 그 사람 집 앞에 장옷으로 얼굴을 가린 양반집 규수들이 밤에 몰래 찾아와 담장 구석에 숨어 기다리고 있겠어요. 그러다가 강휘 도령이 바람에 휘날리는 꽃잎 밑에서 사색에 잠긴 모습을 보고는 상사병이 나 죽어나간 규수도 있답니다.

-죽어나가?

송화가 놀란 표정을 지으며 물었다.

-기생들이나 규수들이 찾아와 진을 치니까 포졸들이 와서 쫓는다고 애를 먹는답니다. 담벼락에 낙서도 심해서 그 집 하인들이 그걸 지우느라 아주 애를 먹는대요. 기방에 들면 기녀들이 그 방에만 정신이 팔려 서로 들어가겠다고 싸우고 난리가 난다니 알 만하지 않습니까.

-그런 미남이 부마 후보를 자청했다?

-사람들이 그래서 난리랍니다. 옹주마마께서 전생에 나라를 구한 게 분명하다고…….

송화가 서글프게 웃었다.

-그래, 그랬구나. 그 못난이가 무슨 복으로 세상 제일가는 미남을 얻는지 모르겠다고. 하기야 그게 세상의 이법이지 뭐니. 그러고 보면 우리 하느님 참 공평해. 세상 여자들 속을 좀 썩이기 위해서도 내가 골라야 할랑가 보다.

백이가 웃었다.

-제발 그러시지 마셔요. 얼마나 예뻐지셨으면 옥희 놀라는 것 보세요. 거의 까무러치잖아요. 마마의 늘씬한 자태 대놓고 뽐낼 만해요. 세상 여자들 모두 부럽게 마마님 변했다니까요.

그동안 못난이라 얼마나 손가락질 받았느냐는 듯이 백이가 말했다. 서글픈 웃음이 송화의 입가에 흘렀다.

-그런데 오늘 만날 약속은 어떻게 잡은 거니?

-난전에서 장사할 때 기녀들에게 선물을 사주고는 했는데, 내가 예전에 옹주마마를 모셨다는 걸 그분이 알아요. 어제 길에서 만났는데 한 번 들르라 그러더라고요. 그래서 제가 말했지요. 글 읽어주는 새 책비를 한 사람 구해두었다고.

두 처자가 자향각으로 들어서자 행랑아범이 그녀들을 안내했다.

복도로 올라서니 가얏고 소리와 고소한 기름 냄새가 어우러졌다.

송화는 기방이 처음이라 어리둥절한 채로 여기저기를 살폈다.

방마다 기녀들의 간드러진 웃음소리로 가득 찼다. 때로 기녀들과 사내들의 낯 뜨거운 농지거리도 흘러나오고는 하였다.

-별천지가 따로 없구나!

백이의 뒤를 따르며 송화가 소곤거렸다.

-세상의 온갖 잡놈들이 드나드는 곳이니 그럴 수밖에요.

긴 복도를 지나가다가 구석진 방 앞에서 백이가 걸음을 멈추었다.

-이곳이 옥희가 치장하던 곳이에요.

백이가 문을 열었다. 화장방이 비어 있었다. 여기 저기 울긋불긋한 옷들이 걸렸고 화장대가 준비되어 있었다. 화장에 필요한 물감 종지들이 즐비했다.

-앉으셔요. 좀 더 꾸미게.

송화가 앉자 백이가 송화를 꾸미기 시작했다. 연자육을 빻은 가루로 분을 바르고 콧부리도 음영을 주어 날렵하게 세우고 모가 난 곳은 모가 없어져 보이도록 해놓으니 사람이 또 달라 보였다. 머리 옆에 꽃핀도 꽂고 나름 어여쁜 책비로 치장을 했다.

-되었어요. 천하의 바람둥이라도 반하겠어요. 눈이 금실금실한 것이 윤곽이 뚜렷해져 더 매력적이에요. 그러나 저러나 마마를 이렇게 만들어놓은 그 의관, 저도 한 번 만나보고 싶네요. 도대체 어떻게 했길래……. 그 바람둥이 오늘 임자 만났네, 호호호.

송화가 눈을 흘기자 백이가 아차, 하고는 손으로 입을 막았다.

-어머, 어머……. 이년의 주둥이가. 죽여주시옵소서.

-아직은 결정된 것이 아니다만 한 나라의 부마가 될지도 모르는 분이 아니냐. 불손한 언사는 삼가도록 해.

-송구하옵니다.

-아무튼 들어보니 한량에다 순 난봉꾼이구나.

-하오나 꼭 그분 눈에 들 것이에요.

송화가 코웃음을 쳤다.

-천하의 음란한 미녀들이나 보던 사람이…….

그들은 화장방을 나와 백이가 늘 옥희를 데려오던 곳으로 갔다.

백이가 들어가는 곳을 둘러보았더니 꼭 목욕실 같았다. 김이 서려 있었다.

백이가 하얀 수증기를 손으로 휘저었다.

잠시 기다리자 발 너머에서 사내의 음성이 들려왔다. 아주 미성이었다.

-늦었구나.

백이가 의자에 앉아 있다가 벌떡 일어났다.

-죄송합니다. 옥희가 아파서, 새 책비를 데려오느라 늦었어요.

-새 책비?

백이가 송화에게 눈짓을 했다. 이어 발이 걷히는가 했더니 늘씬한 사내 하나가 나타났다. 창의를 걸친 모습이었는데 막 목욕을 끝낸 것 같았다.

백이가 허리를 굽혔다.

송화도 따라 허리를 굽히며 사내의 얼굴을 보았다. 아! 절로 속에서 탄성이 터졌다.

강휘라는 자가 맞는 것 같았다. 얼굴이 하얗다 못해 푸른색이 돌았다. 참으로 백옥 같다. 그래서인지 청수한 인상이다. 우뚝한 콧날. 먹으로 뭉툭 찍어놓은 것 같은 눈썹. 반듯한 이마, 촉촉한 눈매. 그 눈에 어린 묘한 색기…….

내가 이 사내를 가례청에서 보았던가. 도저히 기억에 없는 것 같았다. 그에게서 백합 향기가 났다. 과연 여자들이 취할 만하다는 생각이 들었다. 움직일 때마다, 풀어헤친 앞섶 사이로 언뜻 속살이 보였다.

-너로구나. 이름이 무엇이냐?

취한 듯 강휘를 넋 나간 표정으로 살피고 있는데 그의 음성이 들려왔다.

-천만이입니다.

송화는 얼떨결에 대답했다,

-천만이? 허, 이름도 특이하구나. 따라들 오너라.

백이가 어서 따라가자고 눈짓을 했다. 이어진 방을 향해 강휘가 앞서 갔다. 송화는 홀린 듯 그의 뒤를 따르며 감격에 겨워 혼잣말을 입속으로 뇌까렸다.

아바마마, 성은이 망극하옵니다. 드디어 임자를 만난 것 같사옵니다.

송화의 입가에 서서히 미소가 떠돌았다.

앞서가던 강휘가 자신의 방으로 들어갔다. 잘 꾸며진 방이었다. 기방에 어울리지 않는 방이었다. 바람둥이의 방도 아니었다. 여느 대갓집 사랑채를 그대로 옮겨놓은 것 같았다.

문갑, 사방탁자, 연상, 그 뒤 편안히 누울 수 있는 두터운 보료와 장침, 안석, 벽에 걸린 족자들, 문갑 위의 난들, 연상 위의 문방사우…….

강휘가 스스럼없이 보료 위로 가 누웠다. 풀어헤친 창의 사이로 가슴이 드러나고 희멀건 다리가 드러났다.

사내는 두 여자의 시선 따위는 개의치 않는 눈치였다. 그는 더운지 기방에 딱 어울리는 혼례용 진주부채로 부채질을 하기 시작했다.

백이가 다가가더니 그의 얼굴을 다듬기 시작했다.

미용에 필요한 기구들이 들어 있는 상자를 열어 빗을 꺼내 앞머리를 다듬고 엄지와 검지로 이마를 눌러댔다. 멍하니 바라보고만 있자 스르르 강휘의 시선이 송화에게로 향했다.

-뭐하느냐, 애기야? 책 읽지 않고. 어서 읽어보아라.

송화가 그제야 후다닥 연상 앞에 앉았다. 그리고는 보자기를 풀어 춘향전을 꺼내었다.

미리 옥희가 꼽쳐둔 갈피를 넘겨 읽기 시작했다.

-애, 방자야. 내 너의 고을 내려온 지 수삼 일이 되었으나, 놀기 좋은 경치를 몰랐으니 어디 어디가 좋으냐? 방자 여짜오되, '아니, 여보시오, 도령님. 인제 공부하시는……'

그렇게 읽어나가는데 코고는 소리가 들려왔다.

강휘가 어느 사이에 코를 골고 있었다.

백이가 싱긋 웃었다. 강휘의 얼굴이 꽃잎투성이다. 꽃잎을 찧어 갈분 가루에다 섞어 피부에 윤기가 흐르도록 덧칠한 것이 분명하다. 궁에서 궁녀들이 그랬던 것처럼.

-꼭 꽃이 잠든 것 같습니다.

백이가 강휘의 얼굴을 내려다보며 말했다.

-자는 모습도 아름답구나.

얼굴에 바른 꽃잎을 닦아내고 누에고치 집에 백분을 묻혀 얼굴에다 두드릴 쯤에야 강휘가 눈을 떴다.

-죄송합니다. 곤히 주무시는 걸 알면서도 시간을 지체할 수 없어……

-되었다. 잠이 들었구나.

강휘가 일어나 정좌하자 백이가 족집게로 눈썹을 정리한 후, 눈썹먹을 기름에 개어 강휘의 속눈썹을 그렸다. 그리고는 홍화환을 연지로 제조한 후, 금가루를 섞어 눈두덩에 옅게 발랐다.

백이가 잠시 다음 준비를 하는 사이 강휘가 그제야 생각난 듯 송화를 쳐다보았다.

-음성이 참으로 생긴 것만큼이나 묘하구나.

그렇게 말하고는 백이를 보고 웃었다.

-어딘가 모르게 사람의 마음을 끌어당기는 힘도 있고……. 옥희 고거는 너무 평범해. 음성도 너무 카랑카랑해 좀 소리를 죽이라고 해도……. 잘 데려왔다.

그렇게 말하고 송화를 다시 쳐다보았다.

-계속해서 올 수 있겠느냐?

-그럼요.

잠시 송화가 고개를 숙였다 시선을 들어 그의 눈치를 살피며 물었다.

-뭐 하나 여쭈어봐도 되는지요?

백이가 다시 화장을 시작하자 강휘가 얼굴을 맡기며 그러라는 듯 입술로 대답했다.

-소문에 들으니 아름다운 여인들 마다하시고 부마 간택에 나선다고 하시는데 왜 부마가 되려 하시는지요?

송화가 속마음을 드러내자 화장을 하던 백이가 멈칫했다.

그녀는 도구를 가지러 간다며 밖으로 나갔다. 강휘가 밖으로 나가는 백이를 바라보다가 장난스레 웃었다.

-왜 부마가 되려고 하느냐고? 근데 너 그거 어찌 알았느냐?

-여자 치고 이 바닥에서 그걸 모르는 사람이 어디 있겠습니까. 그 옹주, 박색이라던데?

강휘가 알고 있다는 듯이 고개를 주억거렸다.

-알고 있다.

-그런데 왜 어여쁜 여인들을 두고…….

강휘가 장난스레 웃었다.

-하하하, 내가 부마가 되면 평생 놀고먹을 수 있지 않겠느냐.

-그 옹주가 아니라도 평생을 먹여 살릴 여인은 수두룩하지 않습니까.

그제야 강휘가 본마음을 드러냈다.

-역시 책비들은 가치관이 다르구나. 그러니까 먹고살기 위해 못난이를 택하는 것은 아닌 것 같다?

-그렇지 않고서야…….

강휘가 고개를 끄덕였다.

-그래, 맞다. 세상 사람들은 뭘 몰라.

그렇게 말하고 강휘가 확신에 찬 시선을 들었다.

-세상에 박색은 없다. 꽃마다 향이 다르듯 여인의 매력 또한 각기 다른 법이지. 이름 모를 산야에 피는 야생초는 그 모습이 초라해도 그 향기로 이 세상은 따뜻해지는 것이 아니냐.

강휘는 그렇게 말하다가 갑자기 송화를 빤히 쳐다보았다. 송화는 고개를 숙였다.

말솜씨 또한 일품이네. 저러니 세상 여자가 사족을 못 쓰지. 못된 놈! 그러는데 송화를 살피던 강휘의 눈이 점점 커졌다.

-그러고 보니 너…….

-예?

강휘의 느닷없는 말에 송화가 반사적으로 대답하며 시선을 들었다.

너라니? 송화는 자신의 신분과 위장이 들통이 났나 하는 생각에 겁이 더럭 났다.

-그러고 보니 바로 네가 산야의 야생초가 아니냐.

-네에?

-허허, 오묘하게 생겼도다. 화장을 하였느냐?

-아주 엷게 했습니다. 이 얼굴에 화장을 더하면 무엇하겠습니까.

-아니다. 이곳에서 화장을 진하게 하던 얼굴을 보다가 민낯을 보니 참으로 신선해 보이는구나.

송화의 눈이 자신도 모르게 점점 커졌다.

-그래, 이름 모를 들꽃이 따로 있겠느냐. 정말 산야에 핀 이름 모를 들꽃을 보는 듯하구나.

송화는 때 아닌 칭찬에 고개를 숙였다. 미친놈. 칭찬을 해주니 가히 싫지는 않다만 들꽃이라, 그럼 역시 못생겼다는 말이 아니냐.

하기야 잘생기고 화장만 떡칠하는 여인들만 상대하다 보니 이제 싫증도 날 만하겠지. 그러니 꾸미지 않은 여자에게 구미가 당긴다? 에이, 드런 놈.

그런 생각을 하며 시선을 드니 강휘가 어느새 동경에 자신을 비춰보고 있었다.

-사람들은 날더러 잘생겼다고 하지만 요즘은 이게 내 얼굴일까 싶을 때가 있다. 분칠에 찌든 얼굴. 자연적 향기라고는 없는 이 얼굴. 이 얼굴이 뭐가 좋다고 그렇게들 성화인지…….

그렇게 중얼거리다가 송화를 향해 시선을 던졌다.

-차라리 네 얼굴이 부럽구나. 너를 안으면 들꽃 향기가 날 것 같으니 말이다.

-그럼 꾸미지 않으면 될 것이 아닙니까?

하하하, 강휘가 웃었다. 금세 서글픈 얼굴이 되었다.

-그럼 또 무슨 낙으로 살까? 이 분향이라도 사라지면 무슨 낙으로 살까. 향이 사라지듯 한순간 모든 게 사라질까 두려워. 그래서 어리석게도 이리 모습을 가꾸는지 모르겠구나.

송화는 눈을 감았다. 미의 수렁에 빠진 어리석은 사람이라는 생각이 들었다. 그럴 테지. 그렇게 자신의 용모 하나만을 믿고 살아왔겠지. 그러니 이제 사람들에게 잊혀지는 게 두려울 테지.

송화는 갑자기 그가 외로워 보인다는 생각이 들었다. 많은 사람의 사랑을 독차지하고 있지만 홀로 외로웠을지도 모른다는 생각이 들었다.

-몹시 외로워 보여요.

연민 어린 송화의 말에 강휘가 깜짝 놀란 얼굴로 돌아보았다.

-내가 외로워 보인다고?

강휘가 예사스럽지 않다는 표정을 지었다.

-그래, 맞다. 외로운 게 싫고 겁이 나는 게 사실이다. 언제나 꿈을 꾸면 내 얼굴이 흉측해져서 홀로 벌판에 버려져 있어. 거리로 들어가면 사람들이 돌팔매질을 해대지. 그래서 부마가 되기로 한 것이다. 그럼 끝없는 관심을 받을 것이 아니냐.

-부마가 되고서도 외로워지면요? 그땐 어떡하지요. 왕이 되어야할까요? 그러다 목숨을 잃을지도 모르지요. 어차피 인간은 홀로 태

어나 홀로 가는 외로운 존재가 아닌가요?

강휘의 눈이 점점 커졌다.

-너 같은 책비는 처음 본다. 서책을 얼마나 읽었기에. 그렇지! 자고로 여자나 남자에게서는 그런 냄새가 나야지. 잘생기면 뭐하누, 사람들에게 인기가 있으면 뭐해. 내 인생을 살 수 없는걸.

-맞아요, 살가죽만큼 허망한 것이 어딨겠어요. 꽃이 시들 듯 금방 시들 운명인 걸요. 열흘 붉은 꽃 없다고 했습니다. 그럼 죽지 않는 마음이 문제겠지요.

강휘가 더욱 놀랍다는 표정을 지었다. 어디 있다가 이제 내게 나타났느냐 하는 표정이었다.

-참으로 아름답구나. 어떤 꽃이든 사랑을 주고, 관심을 주어야 피어난다고 생각하며 살아왔는데 거기서 한 발 더 나아가다니. 이리 오너라. 너의 향기를 한 번 맡아보고 싶구나.

송화가 고개를 숙이고 다가가지 않자 강휘가 동경을 놓고 다가들었다.

제정신이 아니었다. 송화가 본능적으로 뒤로 물러섰다.

-왜 그러느냐?

오히려 강휘가 이상하다는 듯이 물었다.

-이러지 마세요.

-내가 싫으냐?

-싫습니다.

강휘가 더 다가들었다.

-한 번도 날 거부한 여인이 없었느니라.

강휘가 더 다가들자 송화가 소리쳤다.

-싫습니다.

-하하하, 내가 싫다고? 내가? 천하의 강휘가 싫다고? 나도 네가
싫다.

강휘의 돌변에 송화가 눈을 크게 떴다. 이 남자 왜 이래? 그런 생
각을 하는데 강휘가 송화의 손을 덥석 잡았다.

-왜 이러십니까?

-내가 널 어떻게 할 것 같으냐?

-네에?

-놀래기는. 널 화장 한 번 시켜보면 어쩔까 해서 그런다.

강휘의 돌변에 놀란 송화가 갑자기 뻘쭘해져서 고개를 숙였다.
역시 못된 놈이다. 방금까지 야수처럼 달려들더니 뭐라고? 화장을
시켜봐?

-이리 오너라.

-그래도 싫습니다.

-왜 싫다는 거냐?

이때 방문 앞에 백이가 와 섰다. 그녀는 문을 열려다가 심상찮음
을 느끼고 귀를 가져다댔다. 강휘의 사정하는 소리가 흘러나왔다.

-왜 망설이는 것이냐? 한 번만, 딱 한 번만 하자. 응? 널 꼭 만족
시킬 것이다. 특별한 경험을 하게 해주겠다.

-싫습니다. 이 손 놓으세요.

놀란 백이가 씩씩거리기 시작했다. 씨……. 감히 옹주마마께…….
에이 쌍! 백이는 다짜고짜 문을 박차고 들어가면서 외쳤다.

-안 됩니다!

두 사람이 그녀를 돌아보았다. 백이가 보니 강휘가 거부하는 송

화에게 화장해주겠다고 조르고 있다.

이미 강휘는 연지 붓을 들고 송화의 얼굴로 가져가고 있고 송화는 싫다며 얼굴을 돌리고 있다.

쳐다보는 둘의 시선이 황당했다. 백이는 그만 민망해져서 꼬리를 내리고 들어가 앉았다. 그때 송화의 음성이 들려왔다.

-왜 이러십니까? 제 민낯이 들꽃 같다고 하시고서는. 그게 제 향기라고 하셨잖습니까?

-그렇긴 하다만……. 나는 말이다. 아름답게 변모하는 그 과정이 참으로 좋으니 어쩌냐. 너의 그 밋밋한 얼굴에 과감한 염장을 한다면, 아주 크게 바뀔 것이다. 내 장담하마.

-분명 칭찬은 아니네요.

-하하하, 칭찬이다 칭찬이야. 마음도 예쁜데 얼굴마저 더 예쁘게 되면 얼마나 좋으냐. 그러니 내게 맡겨나 봐.

백이가 송화를 향해 눈을 껌벅였다. 그 눈이 말하고 있었다. 어서 하라고 하세요.

-좋아요. 대신 너무 진하게 말구요.

그제야 강휘가 그녀를 돌아보았다. 그리고 씩 웃었다.

-진작 그럴 것이지.

강휘가 송화를 앉히고 분을 바르기 시작했다.

-생긴 것은 몰라도 살결은 다듬은 살결이네. 이런 살결 되기가 쉽지 않은데, 너 책비 주제에 화장방에 들락거리느냐? 살결 관리해?

송화가 당황하여 고개를 내저었다.

-아닙니다.

분을 바르고 음영을 주어 색조를 맞추고 큼직큼직한 이목구비를 화장으로 잡자 송화의 얼굴이 완전히 바뀌었다. 얼굴선이 더욱 시원시원해 보였다.

　-이렇게 색조 화장이 잘 어울리는 얼굴을 본 적이 없다. 아아, 멋지구나!

　색조 화장을 끝낸 강휘가 동경을 가져왔다.

　송화가 보니 낯선 얼굴이 거기 있다. 송화가 봐도 멋져 보인다. 내 얼굴이 이렇게 어여뻤던가.

　-정말 나으리 실력이 보통이 아니십니다.

　백이가 놀라며 진심으로 강휘를 추켜세웠다.

　-좋다. 그런 의미에서 오늘 내가 한 턱 쓰마. 나가자.

　백이와 송화가 대답할 사이도 없이 강휘가 두 처자의 손을 잡고 끌고나갔다.

　그가 촘촘히 기방이 들어선 낭하를 달려 나가자 기방에서 얼굴을 내민 기녀들이 놀라 까르르 넘어졌다.

25

기방 안이 연초 연기와 술 냄새로 가득 찼다.

송화는 구토가 나올 것 같았으나 꾹 참았다. 요리상이 어지럽다. 도대체 기생이 몇 명이나 들어와 난리를 치는지 모르겠다.

술이 취하기 전에는 백이와 송화를 앉혀 놓은 참이어서인지 하나 같이 점잖을 떨었다. 한량들은 점차 술이 취하자 기녀들을 끼고 난 장판이었다.

송화는 기방 풍경이 처음이라 혐오감만 들었다.

강휘를 보기가 무섭게 가무를 하는 기생이든 소리를 하는 기생이 든 이성을 잃고 허물어졌다. 그저 옆으로 불러주기만을 바라는 눈 치들이었다.

강휘는 제 잘난 멋에 취해 기방의 법 같은 것은 완전히 무시하고 있었다. 술이 있는 대로 취해서이기도 했다. 백이와 송화는 안중에 도 없는 것처럼 양 옆에 두 기생을 끼고 기고만장이었다.

기방에 처음 들어오는 기생을 보자 곁에 불러 앉혀서는 그대로 손을 집어넣었다.

　송화는 그에 대한 기대가 무너져 가는 서운함과 기방에나 틀어박혀 사는 그의 인간됨이 너무 실망스러워 구역질이 났다. 더욱이 그런 강휘를 기녀들까지 놀려댄다.

　-부마가 되면 첩을 두는 건 고사하고, 옹주가 죽어도 평생 홀아비 신세로 늙어야 한다던데 아이고, 우리 도련님 어쩌면 좋으실까.

　송화는 화가 나 술을 입으로 털어 넣었다. 털어 넣고 보니 너무 쓰다. 처음 먹어보는 것이라 목에 사래가 들려 캑캑거리자 좀 전에 강휘를 놀리던 기녀가 히물히물 그런 송화를 비웃다 강휘에게 말을 이었다.

　-부마 후보 지금이라도 취소하면 아니 된답니까?

　강휘가 술잔을 들고 껄껄거렸다.

　-아이, 그러다 정말 부마라도 되시면 어쩌오? 옹주도 눈이 있을 터인데.

　강휘가 술에 취해 피식피식 웃었다.

　-그럼 뭐든 몰래 하면 되지 않느냐? 아슬아슬한……. 고게 진짜 재미지. 내 월담을 해서라도 너희들을 만나러 오마.

　먼저 번 기생이 아양을 떨었다.

　-약조하시는 겁니다.

　강휘가 고개를 끄덕였다.

　-그럼 저는 사다리를 대령해놓겠나이다.

　-그래? 좋다. 너는 내 둘째해라.

　곁에 있던 기생이 앙탈부렸다.

-오라버니, 나는······.

-하하하, 너는 내 셋째하면 되지.

그렇게 말하고 게슴츠레한 눈을 떠 술잔으로 옆의 한량남인 친구를 가리키며 말했다.

-넌 넷째하고.

송화가 어이가 없어 멍하니 쳐다보고 있자, '너도 껴주랴?' 하고 물었다.

송화는 그를 노려보다가 술을 벌컥벌컥 들이켰다.

아아, 징그럽구나. 그만 일어나려는데 강휘가 게슴츠레한 눈을 뒤집고 게트림을 했다.

송화의 무서운 눈이 그의 얼굴로 달려갔다. 강휘가 무심코 시선을 돌리다가 송화의 시선과 딱 마주쳤다.

으헤헤, 하고 강휘가 웃었다.

-오! 우리의 지혜로운 책비, 책비가 있었지. 그래, 잘 왔다, 백이야. 가서 책비의 서책 좀 가지고 오너라. 내 한 번 들어봐야겠다.

백이가 송화에게 눈을 껌벅이며 득달같이 달려 나갔다. 같이 합석했던 한량이 한마디 했다.

-에이, 무슨 소리야? 김빠지게. 뭔 책을 읽는다는 거야?

-이 무식한 사람아, 한 번 들어봐. 기가 막힐 테니. 저따우 소리가락에 비할 것 같아. 아아, 백이야, 뭐하느냐. 빨리 가져오너라.

백이가 금세 춘향전을 들고 나타났다. 강휘가 게슴츠레한 눈으로 송화에게 고함을 질렀다.

-어서 어서 읽어보거라.

송화는 하는 수 없이 책을 펼쳐들고 말았다. 아직은 좀 더 두고 보자는 심산이었다. 강휘의 노는 꼴은 몸서리나지만 술이 취한 마당이다. 그리고 모든 이의 이목이 자신에게 집중되어 있는 상황이다.

이때 옆방으로 통하는 문이 살며시 열리고 기녀 하나가 그 문으로 들어왔다.

그녀는 강휘에게 다가가 인사를 하고 정중하게 말했다.

-나리, 옆방의 손님들이 그렇게 유명한 책비가 있다면 함께 감상하면 어떻겠느냐고 청을 넣었습니다. 어떡할까요?

그때 옆방 문이 열렸다.

옆방에서 술을 들고 있던 도윤과 시경의 모습이 드러났다. 그들이 이쪽 술판을 향해 목례를 보내었다.

-실례하겠소이다. 흥을 즐기려 왔으니 함께 흥을 좀 나눠주십시오.

시경이 말하자 강휘가 그 와중에도 정신을 차리며 응수를 했다.

-어허, 사나이가 흥을 즐기는데 지위고하가 어디 있고 자타가 있을 수 있겠소. 술상머리에서야 한 가족 아니오. 그럽시다. 같이 즐깁시다.

송화는 술상머리에서 서책을 읽기 위해 한숨을 푹 쉬었다. 그리고는 고개를 드는 순간, 건넌방에서 자신을 보고 있던 도윤과 눈이 딱 마주쳤다.

아니, 저 사람?

도윤도 깜짝 놀란 표정이었다.

아니, 저 사람이 왜?

송화는 어이가 없어 당황하다가 겨우 정신을 잡았다.

-뭐하느냐? 기다리고 있지 않느냐?

강휘가 다그쳤다.

어쩌면 좋아. 송화는 당황한 표정을 감추지 못하다가 서책에 눈길을 주었다. 놀라 바라보던 도윤의 눈길이 눈앞을 스쳤다.

-어서 읽어봐. 난 춘향이와 이도령 첫날밤 지새는 대목이 좋더라.

-그렇지, 그렇지! 그 대목이 죽이지. 춘향아, 이리 오너라. 업고 놀자. 그래, 그래. 바로 그 대목…… 춘향이 목소리가 아주 간드러지지. 으아, 빨리 읽어보라니까.

한량들의 열화 같은 주문에 송화는 어쩔 수 없이 갈피로 시선을 던졌다.

-……만첩청산 늙은 범이 살찐 암캐를 물어다 놓고, 이는 다 빠져 먹지는 못하고 어헝어헝 가지고 놀 듯, 북해 흑룡이 여의주를 물고 채가서 요리조리 가지고 놀 듯……

-좋구나!

누군가 벌써 소리에 취해 무릎을 탁 치며 추임새를 놓았다. 한량 하나가 일어나 덩실덩실 춤을 추며 다음에 나올 구절을 읊조렸다.

-애, 춘향아 우리 한번 업고 놀자…….

송화가 얼른 받아치지 못하고 어리벙벙한 시선으로 한량을 쳐다보기만 하자, 그 옆의 한량이 안타까운지 퉁바리를 놓았다.

-아, 뭐하는가? 얼른 받아 읊어야지.

송화는 그제야 정신을 가다듬고 다음 대목을 읽기 시작했다.

-아이고, 부끄러워. 어찌 업고 논단 말이오?

송화의 뻣뻣한 낭독과 태도에 한량들이 '원 저래서야' 하다가 자지러질 듯 웃어대었다. 그러자 백이가 바들바들 떨었다. 어쩐다? 우리 마마. 저것들이 옹주마마를…….

말은 못 하고 발을 동동거렸지만 막상 말리지는 못하고 어쩔 바를 몰랐다. 그 와중에 한량들이 한마디씩 했다.

-허! 강휘 나리 귀가 멀었나? 춘향이가 저리 뻣뻣해서야 첫날밤을 어찌 치를 거라고?

그래도 송화는 계속해서 읽어 내려간다.

-건넌방 어머니가 알면 어떻게 허실라고 그러시오?

한량 하나가 다시 송화의 글을 이어 받아쳤다.

-네 어머니는 소시 때 이보다 훨씬 더했다고 허드라. 잔말 말고 업고 놀자.

그리고는 벌떡 일어나 송화에게 다가가 등을 돌려대며 업히라는 시늉을 하며 소리를 해댔다.

-이리 오너라. 업고 놀자…….

기생들이 까르르 넘어갔다. 송화가 바로 받아치지 못하자 그 모습이 우스워 더욱 비웃어댔다.

도윤이 술잔을 비우고 불편한 얼굴로 송화를 바라보았다. 송화와 도윤의 시선이 마주쳤다.

계속해서 송화가 기를 못 펴자 이윽고 강휘가 나섰다.

-그만 읽거라!

송화가 자리로 돌아오자 도윤이 눈을 감으며 시선을 떨구었다.

-잘 들었습니다. 좋군요.

시경이 그 와중에도 예를 차렸다. 강휘가 그냥 목례로 인사를 받았다.

사잇문이 닫혔다. 그때 장지문이 열리며 복도에서 서성거리던 사내 하나가 불쑥 술청으로 들어섰다.

사내를 발견한 강휘가 벌떡 일어났다.

동시에 송화의 얼굴이 사색이 되었다. 백이의 얼굴도 마찬가지였다.

-아니, 자네?

강휘가 놀라자 뒷모습의 사내가 핫핫핫, 하고 웃었다.

-그동안 잘 있었는가?

강휘가 달려와 사내의 손을 덥석 잡았다.

-어디를 돌아치다 이제 나타났는가 그래. 여태 얼마나 자네를 기다렸는지 아는가.

-하하하, 그래서 이렇게 오지 않았는가.

-잘 왔네. 잘 왔어.

사내가 술상머리에 앉자 송화의 시선이 그의 얼굴에 붙박였다.

강휘가 반가워하며 손을 잡는 사내. 그의 목소리가 귀에 익었다.

-누구냐?

도윤이 둘의 대화를 듣다가 옆의 기생에게 낮은 소리로 물었다.

-방중술의 대가십니다.

-방중술?

사내가 제 흥에 겨워 일어섰다. 순간 그의 얼굴에 도윤과 시경의 시선이 가 멈추었다.

이개시?

둘 다 그렇게 외쳤다. 도윤의 얼굴이 순식간에 일그러졌다.

시경의 얼굴도 마찬가지였다. 시경의 눈이 점점 가늘어지다가 고개가 숙여졌다.

-저놈이 어떻게?

도윤이 시경을 향해 물었다.

시경이 난감해 눈을 감았다. 개시가 박주부의 끄나풀이고 그 뒤에 영빈이 있다는 사실을 진즉에 알고 있었다. 분명 영빈이 포도장을 구워삶았을 것이었다. 그렇지 않고서야 이 판에 나타날 리 없다.

강휘와 농지거리를 마친 이개시의 시선이 옆방으로 돌아왔다.

거기 도윤과 시경이 있자 화들짝 놀라는가 했더니 이내 건너왔다.

-아니, 스승님!

개시가 비꼬듯 그렇게 부르며 도윤의 손을 덥석 잡았다.

도윤이 어이없어 하다가 느물거렸다.

-누구냐, 네놈 뒷배가? 이리 나온 걸 보니 예사롭지 않구나.

-세상 다 그런 거 아닙니까요.

개시가 느물거렸다.

-허허, 참 세상 말세일세. 그래, 여기가 네놈 거처인가 보군?

-이제 돌아왔지요. 보무도 당당하게. 하하하…….

도윤이 풀썩 웃었다. 개시답다는 웃음이었다.

-그 사이 방중술의 대가가 되었다?

-그때 스승님께 충격을 받아서, 초심으로다 뭐 두루두루 공부 중입니다.

도윤이 피식 웃었다.

-내 얼마나 스승님을 찾아 헤맸는지 아시오?

-거, 자꾸 스승 스승 하는데, 누가 스승이란 건가!

도윤이 짜증을 내자 개시가 넉살좋게 달라붙었다.

-아이고, 스승님, 부끄러워하시기는!

개시의 시선이 시경에게 멎었다.

-오랜만입니다!

시경이 그제야 이개시를 쳐다보았다.

-오랜만이외다.

영빈의 뒷배를 받고 있다는 걸 안 후로 무시할 수만은 없다는 생각에 시경이 예전과는 달리 정중하게 그를 대했다. 도윤이 그런 시경이 이상해 건너다보았다.

시경이 술만 마시자 도윤이 고개를 숙였다. 그는 속으로 고개를 주억거리고 있었다. 개시가 이렇게 멀쩡히 포도청을 나왔다면 계속 죄인 취급은 할 수 없다 그 말일 것이었다. 그가 죄인이었을 때야 함부로 다룰 수 있었겠지만 엄연히 제자리로 돌아온 사람이다.

-귀하고 귀한 두 분이 이리 행차하셨는데, 자자, 우리 자리로 옮기시지요.

이개시가 강휘의 방으로 두 사람을 이끌었다.

그 사이에 송화가 백이에게 눈짓을 하며 물었다.

-저 개시놈 사가에서 데리고 있던 놈 아니니?

-맞아요.

백이가 대답했다.

-그럼 날 알아보았을 텐데?

-갸우뚱하는 거 같아요. 마마님이 원체 많이 변해놔서. 그리고 옹주마마가 여기 와 있을 리도 없고요. 하지만 설마 하는 눈치더라고요. 시침을 딱 떼고 계세요.

도윤과 시경이 괜찮다고 극구 사양하는데 개시는 막무가내로 두 사람을 이끌었다.

-나 옛날 감정 없습니다. 포도청에서 다 밝혀내 무죄석방 되었으니 말입니다. 그제야 오해 받을 만도 했습지요. 자자, 가십시다.

도윤과 시경이 마지못해 개시의 손에 이끌려 옆방 사잇문을 넘었다. 강휘의 패거리들과 시경과 도윤의 인사가 이루어졌다.

-종로통에 사는 강휘라 하오.

-서도윤이오.

-윤시경이외다.

서로 인사가 있고 나서야 술판이 무르익었다.

송화는 자신의 방으로 건너온 도윤을 한 번씩 바라보았다. 언감생심 시경은 쳐다볼 생각도 못하고 도윤과 시선이 마주치면 고개를 숙이고는 했다. 술잔이 계속해서 돌았다.

술에 취한 강휘가 갑자기 개시를 향해 휘파람을 불었다. 개시가 바라보자 손가락을 까닥였다.

강휘에게 간 개시가 그와 무슨 말을 나누더니 도윤에게로 돌아왔다.

-저기 도련님께서, 스승님이 궁합을 잘 본다고 하니까 좀 봐달라고 하는데…….

도윤이 노골적으로 코웃음 쳤다.

-돈은 부르는 대로 준다 합니다.

도윤이 스스로 잔에다 술을 따르며 냉소적으로 씹어뱉었다.

-일 없네.

-병마절도사 댁 강휘 도련님이신데 이번에 부마가 될 수도 있다니까.

하하하, 하고 도윤이 웃다가 술을 홀랑 입속으로 털어 넣고 잔을 탁 놓았다. 그리고는 벌컥 화를 내었다.

-글쎄, 일 없다니까!

그런 도윤을 강휘가 빙글빙글 웃으며 쏘아보았다. 그러다가 이개시를 향해 쉰소리를 했다.

-그럼 개시 자네가 대신 보지 그래.

-허허허, 무슨 소리인가? 스승님 앞에서.

-꿩 아니면 닭이라고. 내 대충 보아하니 천하 걸물들은 다 모아놓은 것 같은데. 여기 부마 후보가 있다고도 하고.

강휘가 시경이 부마 후보라는 것을 모를 리 없다. 그동안 부마 후보로 뽑히기 위해 음으로 양으로 마주쳤기 때문이었다.

-그런데 서공!

강휘의 부름에 도윤이 건너다보았다.

-이개시가 스승이라고 부를 정도라면 역학 실력이 보통이 아니라는 말이신데…….

도윤의 입가에 미소가 떠돌았다. 그때 개시가 한마디 거들었다.

-아, 우리 스승님 솜씨야 천하제일이지.

강휘가 짐짓 눈을 크게 떴다.

-그래? 그럼 서감찰이 궁합 실력을 한 번 보여주시면 어떻겠소?

도윤의 입가에 미소가 돌았다.

-왜 싫소이까?

강휘가 정색을 하고 물었다. 도윤이 그를 건너다보았다. 주위 사람들의 눈이 그들을 향했다.

-이것도 인연인데 봐줄 수도 있는 거 아니오.

그렇게 말하고는 강휘가 주위를 둘러보았다.

-보자. 누가 좋을까.

강휘가 둘러보다가 송화와 눈이 딱 마주쳤다.

-아, 저기 있네. 우리 책비. 좀 전에 측간에서 개시가 그럽디다. 내 방중술을 보니, 책비가 가장 알맞은 상대라고. 저런 여인이 싫증이 나지 않는다는 거요. 야생화 같아서…….

그렇게 말하고 강휘가 기다려보라는 듯이 송화에게 한쪽 눈을 찡긋했다.

도윤이 어이없어 하다가 오기가 나 기녀에게 문방사우를 좀 가져오너라, 하고 말했다.

기녀가 문방사우를 대령하자 도윤이 술상 위의 술과 안주를 팔로 밀어버렸다. 상 아래로 우르르 술과 안주 그릇들이 뒤엉키며 굴렀다.

강휘가 손뼉을 치며 핫하하, 하고 웃었다.

-대단하군. 대단해. 패기가 저 정도는 되어야지.

-먹을 갈아라.

도윤이 기녀에게 명령했다. 기녀가 술을 벼루에 붓고 먹을 갈기 시작했다.

-먼저 생년월일시를 말해보오.

도윤의 말에 강휘가 자신의 생년월일시를 댔다.

그것을 도윤이 받아 적고 송화를 쳐다보았다.

송화가 난감해 하자 도윤이 문득 내명부에서 본 만이의 사주를 생각해내고 고개를 주억거렸다.

-가만, 내가 알아내보지?

사람들이 하나 같이 놀랐다. 만이의 나이가 스물이었다. 송화옹주보다 분명 위였다. 그럼 송화옹주가 정사년이니까 병진년이다.

-병진년이지?

도윤이 송화에게 물었다. 송화가 놀라며 고개를 끄덕였다.

-캬! 역시 내 스승이 될 만하다. 얼굴만 보고도 태어난 해를 아네.

-몇 월생인가?

도윤이 송화에게 물었다. 송화가 넌지시 보고는 달을 댔다.

-날은 말하지 않아도 된다.

좌중이 또 한 번 놀랐다.

도윤이 달과 날을 써넣었다.

-맞느냐? 책비니까 글을 알 거 아니냐?

송화가 보고는 고개를 주억거렸다.

강휘가 어이가 없어 하다가 벌떡 일어났다.

-서공, 이게 말이 된다고 생각하시오? 어떻게 제대로 묻지도 않고 알 수 있단 말이오? 아하, 그러니까 둘이 이미 알고 있었다?

도윤의 시선이 침착하게 강휘의 얼굴로 향했다.

-내 이렇게까진 안 하려고 했소만 아는 방법이 있지요.

-뭐요? 아는 방법?

도윤이 팔을 송화에게 뻗쳐 얼굴 한 중앙을 가리켰다.

-저 얼굴을 자세히 보시오. 첫째 명궁이 바르지 않소. 한쪽이 죽고 한쪽이 살았소. 죽은 쪽이 음이요, 산 쪽이 양이오. 죽은 쪽이 음이니 음지요, 산쪽이 양지니 양이오. 그래서 배분하면 음지는 동지 섣달부터 다음 해 5월까지요. 그럼 자연히 산 곳의 달수가 나올 거외다. 산 쪽은 6월에서 동지섣달까지요.

강휘가 얼떨떨해 말도 하지 못하다가 소리를 질렀다.

-무슨 말인지 모르겠으나 그래도 그렇다.

-하하하, 어려울 것 없소이다. 거기서 다시 육등분하여 가장 함몰된 부분을 찾으면 음의 달수가 나오는 것이오. 물론 양이면 양쪽으로 찾아야 하겠지요.

강휘를 위시해 좌중이 얼어붙었다.

-어쨌든 본인이 맞다고 하니 봅시다. 시도 맞지?

-맞습니다. 낮에 세상에 나왔어요.

송화의 대답에 강휘가 눈을 휘둥그렇게 떴다.

-정말 맞단 말이냐?

확인하듯 강휘가 송화에게 물었다. 송화가 고개를 끄덕이자 강휘가 고개를 홰홰 내저었다.

도윤은 어느 사이에 책비와 강휘의 사주를 짚었다. 그런데 사실은 강휘와 송화옹주의 궁합을 짚고 있었다.

어차피 송화에게 물어 적은 사주는 그녀가 눈치를 채고 응할 것이라 생각하고 꾸며낸 것이었다.

이참에 강휘라는 자와 송화옹주와의 사주를 보기 시작했다.

송화옹주 사주가 정사(丁巳)년, 을사(乙巳)월, 신미(辛未)일, 갑오(甲吾)시다.

강휘라는 자의 사주는 을묘(乙卯)년, 계미(癸未)월, 계해(癸亥)일, 갑자(甲子)시다.

도윤은 두 사주를 잠시 생각하다가 강휘를 바라보았다. 사주를 아는 자는 개시뿐일 터이니 그의 시선을 의식할 필요가 없다. 개시가 토를 단다면 눈을 부라리면 넘어갈 것이다.

-사주부터 봐드리자면, 해묘미 삼합으로, 그 중 재기, 재능, 재색

에 탁월한 사주를 지녔소. 천간과의 합도 좋아서 관운의 성취를 돕고, 조상의 운도 받고 있구만. 시화에 능하고, 악기깨나 만지는 기인으로 명성과 인기가 있을 것이오.

기녀들이 맞다고 신기해하며 웅성댔다. 정작 강휘는 고개를 갸웃했다.

다시 도윤의 사념이 회오리처럼 머릿속에서 뒤엉켰다. 그렇구나. 강휘 저자의 일주는, 대해수로 물중의 물이다. 운의 흐름이 삼합으로 돈다는 것은 물을 사방으로 뿌린다는 것을 의미한다. 즉 여인은 물론, 사내까지 주위에 넘쳐난다는 말이다. 하여, 여자가 이 점을 끝없이 인내해야만 부부애가 유지될 것이다.

이를 제하면, 두 사람은 성격, 성향이 같아 화복을 누리기는 하겠다. 그런데 저 자식 왜 저리 만이에게 추근대지. 왜 저러는 거야?

계속 송화에게 치근덕대는 강휘를 향해 도윤이 눈길을 들었다. 도윤은 이맛살을 찌푸렸다.

도윤이 자신을 바라보다 시선을 거두자 강휘가 한마디 했다.

-왜, 우리 애기랑 나랑 궁합이 좋지 않소?

도윤이 시선을 들고 그를 바라보며 고개를 내저었다.

-쉬이 말을 못 하겠구려.

-그게 무슨 말이오?

도윤의 태도가 심상찮아 강휘가 물었다.

-내 경고하리다. 그 여자, 가까이 하지 마시오.

강휘가 꿈틀 놀랐다.

-어쩜 이리 안 좋을 수 있는지, 내 말하기도 죄송할 지경이오.

강휘가 송화에게 둘렀던 어깨 팔을 슬그머니 거두었다. 도윤이 그 모습을 보며 질렀다.

-천간지지끼리 합이 이리 맞는 게 없는 것은 처음 보았소. 형충파해의 살이 다 있는 것도 신기하오. 가장 수위가 낮은 정도가…….
보자, 인사(寅巳) 형살이 있으니 이럴 수가, 결국 범죄나 저지르거나, 단명할 수 있고, 진해원진살이 있어 사고수가…….

강휘가 펄쩍 뛰며 자세를 고쳐 앉았다.

-그만, 그만. 술 맛 떨어지게. 그만 됐소.

개시가 보고 있다가 머리를 긁적이며 나섰다.

-허나, 저는 다르게 읽힙니다. 여기 보면…….

도윤이 뜨끔해서 개시의 말을 막았다.

-뭔 짓이야. 어디서 입을…….

개시가 멋쩍어져서 도윤을 멍하니 바라보았다.

그때 미닫이문을 열고 수기생이 방으로 들어왔다. 나이가 꽤 들어 보이고 화장이 짙었다.

-도련님들! 궁합을 듣기만 하시렵니까? 이젠 진짜 합을 보셔야지요.

기녀가 강휘의 팔을 잡아 일으켜 세웠다.

-일어나시어요.

그러자 다른 기녀들도 한량들의 팔을 잡아 일으켜 세웠다.

-자, 술래놀이 하러 밖으로 나가요.

한량들이 좋아라 하고 기녀들의 손을 잡고 비틀거리며 따라 나갔다.

그러자 기다렸다는 듯이 방마다 문을 열어젖히고 술꾼들이 기녀들의 팔을 잡고 밖으로 나왔다.

술에 취한 사내들과 기녀들이 덩실덩실 어깨춤을 추며 정원으로 몰려나갔다.

어느 사이에 어스름이 졌다. 보름달이 떠올랐다. 이곳저곳 꽃들이 만발했다.

정원과 연못, 그리고 정자. 연못에 형형색색의 연등을 띄워놓았다. 정원이 환하게 빛나고 있다.

기녀들이 상대의 눈을 가리고 앞에서 놀려대었다. 기녀들의 손목에 하나 같이 방울이 매달렸다. 방울 소리를 따라 남자들은 기녀들을 잡으려고 허둥거렸다.

-볼 만하군.

도윤이 그 광경을 한심하게 보고 있는데, 시경이 이죽거리며 밖으로 발길을 놓았다.

그의 뒷모습이 사라지자마자 어느새 송화가 비틀거리며 옆에 서 있었다. 도윤이 빈정거리듯 한소리를 했다.

-종년 치고 재주도 좋아. 책비 짓을 다하고. 그것도 글을 알아야 하는 것을……. 정말 이상하단 말이지. 그리고 어찌 그렇게 입이 거칠까. 아직도 술이 덜 깬 것이 아닌가.

-멀쩡합니다. 다 깼어요. 그러나 저러나 왜 자꾸 제 뒤를 따라다니실까. 종년 뒤 따라와 봐야 뭔 이득이 있다고.

-이것이 말하는 게 종년 같지 않다니까. 그리고 어떻게 내가 네 뒤를……. 하 참!

도윤이 어이없어 하다가 피식 웃었다.

-내 사주 말이오. 그거 누구 사주요?

-뭐 대충.

-어쨌거나 그럼 모두 거짓 아니오? 내 얼굴에서 보았다던 생년월

일이!

-사실 처음에는 꾸며내긴 했는데 짚어본 결과 그게 이상하단 말이지. 네 얼굴을 찬찬히 살펴보니까 관상학적으로 송화옹주의 사주가 그대로 네 얼굴에 박혔으니 말이야. 내가 아직 실력이 부족해 그리 보이는지는 모르겠다만.

그제야 송화가 피식 웃었다.

-어명을 받고 우리 옹주마마 궁합을 보고 돌아다니신다더니 우리 마마 귀신이 제대로 붙은 모양이시다. 둘러대다 보니까 자신에게 스스로 취한 것이 아닙니까?

-정말 너 같이 유식한 천것은 처음 본다. 웬만한 양갓집 규수 뺨치겠으니. 하기야 그랬을지도 모르지. 하하하, 그래. 그럴지도 모르겠구나.

그리 말해 놓고 도윤은 또 이상하다는 생각이 들어 말을 이었다.

-아무리 생각해도 모르겠다. 도대체 네 정체가 뭐냐? 겁도 없이 이런 데까지 와서 경거망동이니…….

송화는 갑자기 그런 도윤이 귀엽다는 생각이 들었다.

그런 생각이 들자 송화는 도윤의 뺨을 두 손으로 감싸 쥐었다.

아직도 술이 덜 깬 것이 분명했지만 그녀는 스스로 느끼지 못하고 있었다. 도윤이 놀라 눈을 크게 떴다.

-어, 이것이 미쳤나? 감히 누구에게. 이, 이거 놓아라.

송화는 장난스럽게 웃기만 할 뿐 그대로 도윤의 뺨을 두 손을 감싼 쥔 채 놓지 않았다.

-아직도 술이 덜 깬 것이 아니냐?

송화는 입만 물고기처럼 벙긋거리며 말하는 도윤을 향해 배시시 웃었다. 도윤이 그 모습을 보다가 자신의 가슴이 쿵쾅거리고 있음을 느꼈다.

-놓아라. 놓지 못하겠느냐.

-날 따라다니면서 궁합 좀 보지 마시오. 왜 그러는 거요? 대체…….

도윤이 그제야 그녀의 손길을 뿌리쳤다.

-너 미쳤니? 종년이 어디라고 감히…….

-그건 내가 할 소린걸.

송화가 히잇, 웃으며 말했다.

-아니, 이것이 좋다 좋다 하니까 상투를 잡으려고…….

송화가 도윤의 얼굴을 놓더니 큰 나무 둥치에 털썩 등을 기댔다. 그녀는 눈을 감은 채 나무에 머리를 기대었다.

그런 송화를 가만히 보다가 도윤은 자신도 모르게 눈을 감았다. 천것이긴 하지만 거부할 수 없는 이 무엇. 이상도 하지. 도대체 이 야릇함은 무엇일까.

-별이 뜨는구나.

송화가 웃으며 도윤을 돌아보았다. 사랑스런 눈길이다.

-모르시나 봐. 초저녁별은 이미 낮에 떠 있다는 걸. 님 마중 하는 별이지요. 얼마나 님이 그리웠으면 대낮에 얼굴을 내밀고 기다리겠어요. 나도 저렇게 기다리는 사람이 있었으면 좋겠어요. 그러나 저러나 왜 자꾸 날 따라 다니세요?

허, 이 말솜씨 좀 봐. 하기야 천것이라고 해도 책비로 와 사내를 희롱할 정도니 나기는 난 것이 분명하다.

송화가 나무 등걸에 머리를 기댔다가 힘없이 머리를 늘어뜨렸다.

-아직 술이 덜 깼나 봐요.

-내 그럴 줄 알았다.

그러면서 도윤이 송화의 고개를 자신의 어깨에 기대게 했다.

-이상한 일이다. 왜 이리 신경이 쓰이는지.

-혹시 날 좋아하는 거 아니에요?

도윤이 속을 들킨 것 같아 깜짝 놀랐다.

-뭐?

-덥다. 덥구나.

송화가 옷고름을 풀어대며 중얼거렸다. 송화가 이번엔 저고리를 벗으려고 하자 도윤이 기겁을 하고 말렸다.

-너. 너 미쳤느냐?

도윤이 자신도 모르게 송화의 옷고름 사이로 시선을 던지다가 눈을 크게 떴다. 거기 사주단자를 쌌던 보자기가 속저고리 안에 있는 것을 보았기 때문이었다. 그리고 그 천 사이로 비치는 송화의 뽀얀 젖무덤…….

도윤이 그만 황급히 시선을 돌리는데 송화를 찾아다니던 백이가 그 광경을 보고는 고함을 질렀다.

-그 손 떼지 못하오. 어디 함부로!

도윤이 놀라 돌아보다가 백이가 달려와 밀어버리자 비칠비칠 옆으로 물러났다.

-아니, 얘가 미쳤나?

백이가 송화를 덥석 잡으며 소리쳤다.

-괜찮으셔요? 에구머니! 그러게 소녀가 뭐라 했습니까. 술 드시면 안 된다고 하지 않았어요.

도윤이 그들을 멍하니 바라보았다. 백이가 갑자기 종것에게 극존칭을 쓰며 행동하는 것이 이해되지 않아서였다. 백이가 송화를 이리 저리 살피다가 도윤을 돌아보았다.

　-어찌 이곳으로 모신 것입니까?

　-모시다니?

　-함부로 할 분이 아니십니다!

　백이가 송화를 부축했다.

　-가십시다. 이제 가십시다. 걱정마시와요. 제가 모실 것입니다.

　백이가 힘겹게 송화를 부축하고 걸어갔다.

　도윤이 두 사람을 멍하니 바라보다가 바닥에서 반짝이는 주머니를 발견하고 허리를 굽혔다. 분명 송화의 허리춤에서 본 향낭이다.

　도윤은 향낭을 주워들고 두 사람이 간 곳을 바라보았다. 이미 두 사람은 멀리 멀어져가고 있었다. 도윤은 그들을 부르려다 그만두었다.

26

-아이고, 마마. 도대체 어디를 그렇게 다니시는 겁니까요?

첫날 와서 만나지 못하고 다음날 새벽에 달려온 만이가 송화가 눈을 부비며 문을 열어주기 무섭게 기겁을 하고 들어섰다.

-어쩐 일이냐?

-말도 마소서. 난리가 아닙니다.

방으로 들어서며 만이가 호들갑을 떨었다.

-백이는 어디 간 것입니까?

-고향에 부모가 아파 내려갔다. 어서 안으로 들기나 해라.

송화가 앉자 만이가 예를 올렸다.

만이의 얼굴이 새하얗게 질렸다. 궁중에 필시 무슨 일이 일어난 것을 직감하면서 송화는 만이의 표정을 계속 살폈다.

-변의관이나 저나 이제 죽을 지경에 이르렀습니다. 전하께서 마마님의 병이 낫지 않는다고 변의관에게 사흘 말미를 주었다고 합니

다. 벌써 이틀이 지났으니 이 일을 어찌합니까요? 의관을 바꾸겠답
니다.

-의관을 바꿔?

-혼사를 앞둔 옹주의 고뿔 하나 잡지 못한다며…….

-이거 큰일이구나.

-그러니 어찌합니까요? 그리고 한상궁 말입니다. 저도 모르게 오
른쪽 손을 쓰는 바람에 눈치를 챈 것 같사옵니다. 제가 밥상 수저
쓰는 거 보고 말입니다.

-이상하군.

도윤은 좀 전부터 내려다보던 만이의 향낭을 뒤집어보았다. 색동
모시로 조각 잇기를 해서 만든 것이다. 거기에다 봉황이 수놓아졌
다. 종것이 지닐 만한 물건이 아니다.

향낭도 그냥 향낭이 아니다. 금실로 수놓은 봉황 무늬 봉자낭이
다. 봉황이라면 궁중의 것이다. 궁중의 향낭을 종것이 왜?

백이의 말소리가 귓가를 때렸다.

'함부로 할 분이 아니십니다!'

도윤은 또 고개를 갸웃했다. 이상도 하지. 진지한 얼굴로 봉자낭
을 바라보다, 열어보았다.

안을 들여다보다가 그는 피식 웃었다. 긴급한 약재나 들어 있을
까 했는데 박하엿이었다. 술 취한 눈으로 돌아보던 송화의 얼굴이
떠올랐다. 자신도 모르게 미소가 번졌다. 그녀를 떠올리자 자꾸 웃
음이 입가에 번졌다.

한순간 인기척을 느끼고 밖을 내다보다가 마당에 서 있던 가윤과 눈이 딱 마주쳤다.

가윤이 당황해 헛기침하며 푸른 하늘을 올려다보았다.

도윤은 향낭에서 박하엿을 꺼내 입속에 넣어 씹으며 밖으로 나갔다.

가윤이 그제야 제 형을 돌아보며 딴청을 부렸다.

-향낭 아닙니까?

-응, 누가 주더구나.

-여자 향낭을요?

-그래, 약낭으로 쓰라며. 줄까?

가윤이 도윤이 꺼내주는 박하엿을 흐릿한 눈길로 보며 물었다.

-엿 아닙니까?

-박하엿이다. 먹을 만해.

가윤이 엿을 받아 요리조리 살피다가 입속으로 넣었다.

-맛이 괜찮은데요. 근데 형님, 원래 단것은 질색하지 않으셨어요? 엿이라고는 거들떠보지도 않으시는 분이…….

가윤이 묘한 미소를 입가에 떠올리며 말했다. 도윤이 당황했다.

-그, 그랬지. 그런데 사람 입맛이 변하더구나. 너는 별걸 다 기억한다.

말해놓고 보니 정작 멋쩍다는 생각이 들었다. 도윤은 그 멋쩍음을 만회라도 하려는 듯 가윤의 어깨를 툭 쳤다.

가윤이 눈치를 챘다는 듯 미소를 물었다. 도윤이 발걸음을 옮기는데 혼자 분주하게 부엌 안팎을 왔다 갔다 하는 개시가 보였다.

-아니 저 화상이…….

그러다가 개시를 향해 고함을 질렀다.

-여기서 뭐하는 겐가?

개시가 부엌으로 들어가려다 말고 반갑게 배시시 웃었다.

-아이고, 스승님. 이제 일어나셨나 보네.

-아니, 왜 안 간 것이야?

-성질도 급하시긴, 원. 시장하시죠? 쪼끔만 기다려요.

개시는 아직도 죄인 취급을 해대는 도윤에게 부아가 치밀면서도 사람 좋게 웃었다.

나이를 따져 보아도 내가 저보다 많고 품계가 낮아서 그렇지 관상감 밥을 수월찮게 먹은 몸이다. 시국이 시국이라 비록 떠돌이 사주쟁이가 되었지만 그렇다고 생판이 아닌데 여전히 아랫것 취급이고 반말지거리였다. 제가 감찰이면 감찰이지.

하기야 감찰이 아무나 되는 것은 아니다. 요직 중의 요직이요, 그러기에 명망 있는 인물들이 임명되기 마련이고, 다른 관원들이 함부로 할 수 없는 지위이긴 하다. 그렇다고 하더라도 아직도 제 종 부리듯 하대를 해대며 박대를 하다니.

-이봐!

도윤이 불렀지만 개시는 은근히 부아가 나 들은 체 만 체하고 부엌으로 들어가 버렸다.

밖으로 나온 도윤이 방으로 가자 벌써 가윤과 개시가 상을 받고 있었다.

도윤이 가윤의 곁에 앉으며 개시를 싸늘하게 건너다보았다.

-조반 먹고 가.

가윤이 심하다는 생각이 들어 개시를 보고 웃다가 제 형을 돌아보았다.

-왜 그리 매몰차십니까? 형님의 제자라면서요?

-제자는 무슨!

셋이 밥을 들기 시작하자 개시가 눈이 어두워 제대로 집지 못하는 가윤에게 반찬을 집어주었다. 가윤이 친절하게 받는다.

-고맙습니다.

-이것도 좀 드시오.

그러면서 다른 반찬을 가윤의 밥그릇에 놓아주었다.

저놈의 넉살. 자존심도 없나? 암튼 묘한 인물이야. 그리 혼이 나고도 달라붙으니 무슨 심산일까? 도윤이 수저를 놀리며 그런 생각을 하는데 가윤이 고마워하며 웃는다.

-근데 나이가 어찌 되십니까?

-열여덟 되었습니다.

개시의 물음에 가윤이 전혀 의심 없는 어투로 대답했다. 남을 의심할 줄 모르는 맑은 심성이 그대로 배어나는 어투다.

-으응? 열여덟? 그럼 동갑이네. 띠 동갑!

도윤이 그렇게 말하는 개시를 못마땅한 눈으로 건너다보았다.

가윤에게 반말하며 능청스럽게 구는 속이 뻔히 보이는 것 같아 더욱 얄밉다.

-어지간히 드셨으면 이제 그만 가지 그래?

도윤의 말에 개시가 우악스럽게 숟가락을 탁 놓았다.

-정말 너무 한다고 생각지 않으십니까? 내가 스승님 집까지 와서 이러는 것에는 이유가 있다 생각지 않으시냐고요! 눈 먼 건 동생이 아니라 스승님이시네.

개시가 부아가 제대로 나 버럭 소리를 지르자 도윤이 멍하니 쳐다보았다.

뭐 이런 화상이 다 있나?

어이가 없는지 도윤의 눈이 멀뚱멀뚱했다.

-하고 싶은 말이 뭐야?

-여즉 몰라서 묻소? 네? 스승님, 아직도 내가 그 사건의 몸통이라고 생각하시는 겝니까 지금? 소싯적 훈도였던 내가 혼자서 온갖 비리를 저질렀다고 생각한난 말이오?

개시가 흥분해 밥풀을 튀겼다. 그리고 말을 이었다.

-생각하면 억울해서 자다가도 벌떡 일어나오.

도윤이 개시의 입에서 터져 나온 밥풀을 털어내고는 화가 나 눈을 크게 떴다.

-비리를 저지르긴 저질렀잖은가!

개시도 지지 않겠다는 듯이 턱을 세우고 들이밀었다.

-박인이 저지른 죄는 온데 간 데 없고…… 왜 나만 갖고 그러시오?

억울해서 못 살겠다는 듯이 개시가 눈을 치떴다. 도윤이 그런 그를 무시하고 나섰다.

-자기 죄만 생각하지 그래. 남까지 공연히 끌어들이지 말고.

-정말 몰라서 하는 소리요?

개시가 갑자기 소리를 낮추었다.

-사헌부 감찰 윤시경, 그자가 자료를 없앤 거 말이오. 윤시경 뒤엔 박인, 박인 뒤엔…… 영빈마마…….

-그 입 다물어! 무엄하게 함부로 추측하며 웃전을 능욕하다니!

도윤의 눈이 점점 커지다가 버럭 고함을 질렀다.

도윤이 소리를 지르자 개시가 잠시 놀랐다가 아무렇지도 않게 다시 밥을 떠먹기 시작했다.

　-에이, 명리학을 헛배웠지, 사주가 뭐요? 상황을 보는 눈이요. 그렇게 눈이 어두워서야……. 스승님이라 한 걸 거둬야겠네.

　도윤이 눈을 치뜨는데 그때 하인의 음성이 들려왔다.

　-도련님, 서찰이 왔습니다.

　도윤이 개시를 향해 주먹을 쥐었다가 밖을 내다보았다.

　하인이 도윤에게 서찰을 내밀었다.

　도윤은 별실로 들어가 안을 열어보았다. 낯익은 푸른 천이 나왔다.

　어제 보았던 만이의 속저고리 깊숙이 찔려 있던 납작한 보퉁이.

　도윤은 방금 서찰를 전한 하인을 도로 불렀다.

　-이걸 누가 전하더냐?

　-심부름꾼 아이 말로는, 어떤 여인이 전하라고 했답니다.

　도윤이 알았다 하고는 짚이는 게 있어 미소 지으며 중얼거렸다. 그래, 여인이겠지.

　도윤이 다시 봉투 안을 들여다보았다. 잃어버린 사주단자가 들어 있었다.

27

어디선가 가야금 소리가 들려왔다. 기녀들을 막 내보낸 참이었다.

술이 연거푸 몇 순배 돌았다. 안주도 들지 않는 시경을 보다가 도윤이 안주 한 점을 집어 그의 앞접시에 놓았다.

시경이 말했다.

-요즘 이상한 소문이 돌고 있더군.

-무슨 소문?

-이미 부마의 대상자가 결정되었다는…….

-그래?

처음 듣는 말이라는 듯 도윤이 되물으며 술을 들이켰다.

-그래서 하는 말인데, 어떻겠나?

-뭐가?

-나와 옹주 말일세. 자네가 최상의 합이 되게 힘을 좀 써주면……. 소문에 병조참의 강상구 대감의 아들 강휘라는 자가 이미

내정되었다고 떠돌고 있는 마당일세. 그자보다 월등하게 좋은 궁합이 나오도록 사주를 만들어줬음 해서 말이야.

도윤이 들고 있던 잔을 놓았다.

-농이 좀 지나친 거 아닌가? 자네 입에서 그런 말이 나오다니. 날 떠보려고 하는 소리지?

시경이 풀썩 웃었다. 그리고 도윤을 똑바로 건너다보며 고개를 내저었다.

-아니야. 날 좀 도와 달라고 말하고 있는 걸세.

도윤이 계속 어이없는 표정을 짓다가 이번에는 그가 풀썩 웃었다.

-자네, 지금 제정신이 아니군.

시경이 술을 홀랑 입속으로 털어놓고 잔을 탁 놓았다.

-그럴지도 모르지.

-사주 조작한 관리를 잡아넣은 게 얼마 전인데 지금 무슨 말을 하고 있는 겐가? 나더러 그 같은 일을 하라고?

그렇게 말하고 도윤이 시경을 건너다보았다.

시경이 눈을 감았다. 내가 경솔했나? 순간 그런 생각을 했다.

그의 아버지로 인해 내 아버지가 유배를 당했다. 진심을 보인다면 제 아버지로 인해 그리 되었으니 최소한 연민이라도 가질 것이라 생각했는데…….

시경은 오히려 이제 와 부마 자리나 노리는 친구가 실망스럽다는 표정을 짓고 있는 도윤의 얼굴을 멀거니 상 너머로 건너다보았다. 부마라도 되어야 내 가문이 일어설 것이라는 것을 누구보다 모르지 않을 터인데…….

시경은 자조적인 웃음을 물었다.

274

도윤은 여전히 그런 시경이 이해되지 않는다는 얼굴이었다.

-자네가 부마 후보로 올랐다는 걸 알았을 때부터 이상하게 생각은 했지만 왜 그러나 자네?

-그럼 보았겠군?

도윤이 침통하게 고개를 끄덕였다.

-면목 없네.

-자네 변한 것이 아닌가. 사주조작을 다하고. 그런 사람이 아니지 않은가. 꼭 그렇게까지 해야 했나?

도윤이 시경의 변함이 믿기지 않는다는 듯이 말했다.

시경이 씁쓸하게 웃었다.

도윤은 순간 치받아 올라오는 경멸감을 속으로 삼켰다.

시경의 눈에서 눈물이 비쳤다. 스스로 생각해도 자신이 비감해 미쳐버릴 것 같다는 표정을 짓고 있었다.

-그만두자. 이런 말.

도윤이 속이 터질 것 같아 더 말하고 싶지 않다는 듯 고개를 내저었다.

-맞아. 이래서는 안 되지. 우리가 어떤 사인데…….

-사이가 문제가 아니다. 됨됨이의 문제지. 실망이네. 그 정도밖에 안 되는 사람이었다니.

-그러나 친구야, 오늘의 나를 봐라. 아버지의 유배로 내 가문이 어떻게 되었는지. 언제 어느 때 내 가문이 멸문의 길로 들어설지 몰라. 그나마 뒤를 봐주는 이들에 의해 아직은 견디네만.

도윤이 완강하게 고개를 내저었다.

-그렇다고 맞지도 않은 궁합을 억지로 맞출 수는 없지.

도윤의 말에 시경이 풀썩 웃었다. 자신이 생각해도 그렇다는 웃음이었다. 그래서 민망하다는.

그런 시경을 향해 도윤이 말을 이었다.

-자넨 어떨지 모르지만 솔직히 말해 나 역시 내 아버지의 주장이 옳다고 생각하는 사람이야. 그걸 자네도 알고 있지 않은가. 친구를 위해 진실을 부정할 수는 없는 일 아니냐 그 말이야. 왜! 내 아버지 문제니까.

-내 아버지 문제이기도 하고.

시경이 자포자기식으로 느물거렸다.

-맞아. 나는 내 아버지의 신념이 틀렸다고 할 수는 없어.

시경이 이해한다는 듯이 고개를 끄덕였다.

-그럼 더 말해 무엇하겠는가.

시경이 소리쳤다.

-내가 자네의 궁합을 묵인한다고 함세. 아니 자네를 옹호한다고 하세. 그럼 결국 내 손으로 내 아버지의 신념이 틀렸다고 칼질하는 것이 아니고 무엇인가.

시경이 듣고 있다가 고개를 끄덕였다.

-맞아, 인정해. 자네가 옹주와의 궁합을 인정해준다면 내 아버지의 주장이 옳고 자네 아버지가 틀렸다는 말이 될 테니까.

-그래도 날더러 그래라?

도윤이 무섭게 시경을 쏘아보았다. 어느 사이에 그의 눈이 시뻘겋게 물들어 있었다.

그런 도윤에게 시경이 말을 이었다.

-박인 주부가 그러더군. 자네가 눈만 감으면 지금까지의 역으로

볼 때 별 하자가 없다고. 지금까지 그렇게 우리의 역을 보아왔는데 무슨 상관이냐고.

-그럼 그리 보면 될 것이 아닌가.

-그래도 깨어지니 그냥 진시로 묵인해 달라는 말이야.

도윤이 고개를 홰홰 내저었다.

-그럼 왜 자네 아버지가 유배를 갔는가?

도윤의 매정한 언사에 시경의 입가에 살기가 감돌았다. 그 살기가 도윤을 향해 쏟아졌다.

-바로 자네 아버지 때문이지.

시경을 건너다보는 도윤의 눈가에 핏발이 섰다.

-정신 차려, 이 자식아!

시경이 오달지게 입술을 물고 고개를 끄덕였다. 눈물 한 방울이 주르륵 흘러내렸다.

-어쩌다 우리가 이렇게 되었는지……. 이 자식아, 왜 그러는 거야? 가문을 살리기 위해 꼭 이래야 되겠어!

시경이 도윤을 향해 냉정하게 턱을 똑바로 들었다.

-그래, 이 개자식아! 친구를 위해 눈 한 번 감아주는 게 그렇게도 어렵냐!

-그건 아니지. 바로 내 아버지의 신념을 배신하는 행위가 될 테니까. 내 아버지를 역적으로 만드는 일이 될 테니까. 그리고 무엇보다 진실을 호도하는 일이 될 테니까.

-넌 어릴 때부터 내가 원하면 무엇이나 들어주었다. 내가 길을 가다 수박이 먹고 싶다면 수박 밭으로 숨어들어가 수박을 따다 주던 놈이었다. 네 아버지가 먹으려고 놓아둔 엿을 나에게 가져다주던

놈이었다. 그래, 문파가 무슨 소용이던가. 문파가 다른 것은 우리들에게 아무 것도 아니었다. 네 아버지의 문파와 내 아버지의 문파가 원수지간이었다고 해서 그것이 너와 나의 것이 될 수는 없었어. 결국 네 아버지의 문파가 내 아버지의 문파에 의해 제거되었다 하더라도……. 그리하여 뿔뿔이 흩어져 시장바닥의 점쟁이들이 되고 말았다 하더라도……. 내 아버지를 향한 네 아버지의 원이 그렇게 깊었다 하더라도 말이다.

-그래, 그랬었지. 그래서 우리는 더 가까워졌을지 모른다. 두 아이의 부모들은 서로 못 만나게 했었지만 말이다. 그런데…….

-그래, 우리는 언제나 하나였다. 허나 이제 알겠구나. 너와 나는 결코 하나가 될 수 없다는 것을. 그래도 나는 네놈의 동생 가윤이를 위해 청나라에서 용하다는 의원을 알아보고 있었는데. 가윤이가 완전히 장님이 되기 전에 고쳐주려고 말이다.

동생 가윤이 말에 도윤의 눈빛이 흔들렸다. 시경이 영악스럽게 슬쩍 그의 눈치를 보았다. 난감해 고개를 숙이고 있던 도윤이 잠시 후 고개를 들었다.

-가윤이를 내세워 진실을 호도하지 마라.

도윤이 비로소 술잔을 단숨에 비우고 벌떡 일어났다. 술집을 나가는 도윤을 시경의 날카로운 시선이 따랐다.

-개자식!

백이가 부엌으로 들어가 보고는 호들갑을 떨었다. 밥솥에 밥이 다 되었고 화톳불에 장국이 끓고 있다.

-아이고, 마마. 새벽부터 마마께서 다 하신 것입니까? 언제 해보
셨다고.

-네가 하는 것을 한두 번 보았니. 서당개 삼 년이면 풍월을 읊는
다더라. 하물며 사람이…… 어지간히 끓었으면 상 차려서 밥 먹자.

백이가 부엌으로 들어가자 송화가 따라 들어갔다.

-그런데 백이야, 서감찰 그자 말이다. 그자가 술이 취해서인지 몰
라도 내가 신경 쓰인다 하였다. 그게 무슨 뜻이냐?

-신경 쓰인다고요?

-그래.

백이가 잠시 생각하다가 대수롭지 않게 말했다.

-사주단자 때문이겠지요. 잘 전달했으니 이제 그분도 신경 안 쓰
실 겁니다.

-그래, 그런 거겠지?

그럼 그렇지, 하는 생각에 송화가 실망해 금세 풀이 죽었다.

백이가 아차, 하는 표정을 지으며 송화의 눈치를 살폈다.

-왜 뭐, 또 다른 말을 하더이까?

송화가 고개를 내저었다.

-아니다.

대답은 그렇게 하였지만 도윤이 머리를 자신의 어깨에 기대게 하
는 모습이 떠올랐다. 그때 취하기는 하였지만 분명히 보았다. 도윤
의 그 그윽한 눈빛.

백이가 계속 송화의 눈치를 살피다가 빙긋 입가에 웃음을 떠올
렸다.

-마마께 뭐 더 듣고 싶은 말이 있었나 봅니다.

송화가 마음을 들킨 것처럼 고개를 홰홰 내저었다.

-아, 아니다! 그런 뜻이 아니야!

-마마, 사내는 단순하답니다. 좋으면 좋다 확실히 말해야지, 말하지 않으면 속도 모르는 멍청이들이라니까요.

-내가 뭐라 하더냐? 괜히 넘겨짚지 말아라.

백이가 또 싱긋 웃었다.

-송구합니다. 마마, 이제 그만 궁으로 들어가셔요. 옹주마마도 걱정되고, 또 만이도 걱정되어서…….

송화가 한숨을 내쉬었다.

-안 그래도 오늘 입궁하련다. 한 사람만 더 만나고.

걱정스럽게 백이가 쳐다보았다.

수라나인이 상을 놓고 나갔다. 만이는 모락모락 김이 피어오르는 죽 그릇 앞에 앉았다.

검은 천으로 얼굴을 가린 채 수저를 들 생각도 않고 밥상 너머 앉은 한상궁을 보았다.

-생각이 없다니까.

-전복죽입니다.

만이가 안 먹는다며 고개를 내저었다.

-어서 회복하셔야지요. 한 수저 뜨시는 걸 보고, 나가겠습니다.

만이는 할 수 없이 수저를 들었다. 그녀는 천을 살짝 들어 한 입 떠먹었다. 맛있다. 한상궁을 곁눈질하자, 바닥에 시선을 두고 있다. 다시 한 입 떠먹었다. 맛에 정신이 팔려, 또다시 한 입. 몰랐다. 어느 사이에 한상궁이 가까이 다가와 있다는 것을.

-언제부터 왼손을 쓰셨습니까?

한상궁의 말에 깜짝 놀란 만이가 멍하게 수저를 든 채로 한상궁을 쳐다보았다.

한상궁이 만이의 얼굴에 가려진 천을 사납게 벗겨 던졌다.

에그머니나! 비명소리와 함께 만이의 얼굴이 드러났다. 만이의 얼굴을 쳐다보는 한상궁의 눈이 뒤집어졌다.

-네가 어찌!

한상궁이 할 말을 잇지 못하고 만이의 얼굴을 쳐다보다가 발길로 내질렀다.

-이년이 지금까지 옹주마마 행세를 한 것이 아닌가.

-아이고!

만이가 뒤로 넘어지며 신음을 터트렸다.

-옹주마마는 어디 계시냐?

한상궁이 소리쳤다.

-모, 모릅니다.

-이년, 옹주마마를 어찌하고 네년이 옹주마마가 되어 있단 말이냐?

만이가 발딱 일어나 두 손을 모아 싹싹 빌었다.

-살려주오. 살려주오.

한상궁의 고함소리와 만이의 비는 소리에 밖에 있던 조상궁이 놀라 방으로 들어왔다.

일어난 상황을 보며 어쩔 바를 몰라 하는데 한상궁이 다시 만이의 가슴을 걷어찼다.

-옹주마마 어디 계시냐니까?

-오실 게요. 곧 오실 게요.

-그러니까 지금까지 네년이 옹주마마 행세를 했단 말이냐? 이런 천인공노할! 조상궁, 문고리를 채우게.

조상궁이 얼른 문고리를 잠갔다.

28

영빈의 뒤에 쳐진 병풍의 그림들이 꿈틀거렸다. 햇살 때문일지도 몰랐다.

-다시 말해 사헌부 감찰 윤시경의 사주와 옹주의 사주가 그럴 수 없이 좋다 그 말 아닌가?

영빈이 박인에게 물었다.

-그렇사옵니다. 윤시경의 사주가 옹주마마와 가장 좋은 합을 이루고 있사옵니다.

-그럼 고민할 것이 뭐 있나? 흐흠, 말인즉슨 가장 좋은 합으로 만들어 가고 있다, 그 말이로군?

박인이 고개를 조아렸다.

-염려하지 않으셔도 되옵니다. 여희 공주마마에 이어 송화옹주까지 출합하면 세자마마의 운이 트여 그동안 더뎠던 천문도 열리고 총명과 건강을 얻게 되실 것이옵니다.

-이보게. 내가 이상하게 생각하는 건, 윤시경의 아비 되는 자 말일세. 그 아비가 종래의 역으로 궁합을 보다 그리 되지 않았는가. 이번에도 그러다 사단이 나는 건 아닌가?

그제야 박인이 속을 드러냈다.

-마마, 연월은 별 상관이 없사오나 시가 문제이니 그리 참고하였다는 말이옵니다.

-그랬더니?

-네 명의 부마 후보자들 중 윤시경이 세자마마와 합이 가장 좋습니다.

-그럼 옹주와의 합은?

-말해 무엇하겠습니까. 그리 좋은 편이 아니옵니다. 그러니 세자와 합이 맞는 사람을 찾은 게 아니겠습니까. 윤시경의 사주에는 진과 신에 천문이 들어 있어 지략과 용맹이 뛰어나 이것이 다소 부족한 세자마마를 뒤에서 보필하며 마마를 왕으로 높이게 되는 사주이옵니다. 그럼 자연히 그 기에 가려 송화옹주의 사기는 떨어져 객사할 것이옵니다.

영빈이 눈을 가늘게 뜨고 미소 지었다.

-내 일찍이 그자의 그런 면을 보아왔소. 이제 거의 다 왔으니 한 치의 실수도 없이 잘 해내시오.

-명심하겠사옵니다.

-우리 세자 때문에 박주부와 여기까지 오지 않았는가? 지금도 그 날을 생각하면······.

영빈의 눈 속으로 그날의 광경이 스치고 지나갔다. 난데없이 여우비가 내리던 날 송화가 당도하기 무섭게 세자가 게거품을 물고 넘어졌다. 참으로 끔찍한 일이었다. 그 후로 박인 주부의 청을 받아들여 여종 말년이를 옹주 곁에서 떼어냈다.

-그리고 일전에 말하던 그 옹주 유모년 말이오.

-으아리라고 하옵지요.

-송화옹주의 액을 그년이 막고 있다고 하고서는 왜 말이 없는 게요?

-다 계획을 세워 놓았사오니 걱정을 마옵소서.

-이왕 작정을 했다면 손발을 빨리 잘라내야 할 것이오.

-알겠사옵니다. 걱정 마옵소서.

고개를 끄덕이는 영빈의 눈이 싸늘하게 빛났다.

아바마마, 아바마마, 그렇게 애타게 부르다가 문득 꿈에서 깨어났다.

꿈에서 깨고도 송화는 제정신이 아니었다.

무슨 꿈이 이래? 왜 갑자기 으아리가. 정말 궁에 무슨 일이 있는 게 아닐까?

그런 생각을 하고 있는데 헐레벌떡 백이가 방 안으로 뛰어들었다.

-옹주마마, 옹주마마.

-왜 이리 호들갑이야.

꿈자리를 생각하다 말고 시선을 들며 송화가 물었다.

-되었사옵니다. 되었다구요.

-뭐가 말이냐?

-드디어 옥희가 남치호 집 집사의 허락을 받아내었다고 하옵니다.

-뭐라?

-말도 마셔요. 그 집 집사 끈질긴 놈이라고 하지 않습니까. 옥희가 연줄 연줄로 접근했는데 살살 눈웃음까지 쳤다고 하더이다.

-누구라더냐? 내가 책을 읽어줄 사람이?

-그 댁 마님이랍니다.

-마님이라면, 남치호란 자의 어머니?

-그렇답니다. 반신불수가 된 지 꽤 오래되었다고 합니다. 책 읽어주는 책비가 있었사온데 시집 가 버리는 바람에 그렇지 않아도 구하고 있었던 모양이에요.

-잘됐구나.

-옥희가 올 것이니 따라가면 될 것입니다. 그런데 얼굴이 왜 이러십니까? 핏기가 하나도⋯⋯.

-잠시 졸았는데 꿈자리가 이상해. 그나저나 남치호만 만나보고 일단 궁으로 들어가 봐야 될랑갑다.

-그러세요. 만이 고거 아주 죽을 맛일 겁니다.

송화는 자신도 모르게 고개를 주억거렸다.

-미리 예측하지 못하는 것이 바로 사람의 팔자입니다. 숙향은 다섯 살에 부모와 헤어져 사방을 떠돌다가, 스무 살이 되면 다시 부모를 만나, 부귀영화를 누리게 될 것입니다.

송화가 잠시 사이를 두는데 험, 하고 남자의 헛기침 소리가 들려왔다.

-어머니, 치호입니다.

밖에서 사내의 음성이 들려왔다.

마비된 몸으로, 입을 벌리고 허공만 보는 안주인이 대답은 못하고 송화에게 눈짓을 했다. 아마도 들어오라고 하는 것 같았다.

-들어오시랍니다.

송화가 대신 대답했다.

문이 열리는가 했는데 사내가 성큼 방 안으로 들어왔다.

송화의 시선이 남치호의 얼굴에 붙박였다.

스물은 넘은 나이. 마른 몸집. 눈웃음을 잘 짓는, 순하고 평범한 인상. 하지만 어딘가 서늘한 느낌이 느껴졌다.

-그냥 계속하시지요.

남치호가 송화에게 말했다. 송화는 고개를 숙여 예를 표하고 다시 읽기 시작했다.

-또한 일남일녀의 자녀를 둘 것이며, 일흔에 죽음을 맞이할 것입니다, 라고 관상가가 말했지만 김전은 믿지 않았다. 그러나 한편으로 염려가 되어 숙향의 생년월일시를 금실로 수놓아 비단주머니 속에 넣어두었다……

송화는 거기서 중단했다. 남치호가 빤히 쳐다보고 있다는 느낌이 들었기 때문이다.

송화가 책을 놓으며 쳐다보자 남치호가 눈치를 채고, '아, 이거 제가 방해가 됐나 봅니다. 모친께서 평소 즐기시던 이야기라 저도 모르게 빠져들었습니다' 하고 말했다.

송화가 다시 책을 읽으려고 하자 남치호가 자리를 피했다.

만이가 이를 악물고 훌쩍거렸다. 매를 든 한상궁이 무섭게 만이를 노려보았다.

-이년, 전하께 알려야 정신을 차리겠느냐?

종아리를 걷고 서서 울기만 하는 만이다.

한상궁이 다시 회초리로 종아리를 쳤다. 만이의 종아리에서 피가 스멀스멀 배어 나왔다.

변의관이 황급히 들어서다가 상황을 눈치 채고 부들부들 떨었다. 결국 만이가 실토를 하기 시작했다.

-백이에게 가 계십니다.

-백이가 누구냐?

-옹주마마께서 사가에 나가 계실 때 데리고 있던 아이입니다.

-거기 왜 가 계신단 말이냐?

-부마 후보들을 만나 보시겠다며…….

한상궁이 어이가 없어 입을 딱 벌렸다.

-방금 뭐라고 하였느냐?

-부마 후보들을 먼저 만나 보셔야겠다며…….

-세상에 이런 일이……. 그럼 변의관도 이 일을 알고 있었다는 말이 아니냐?

밖을 향해 아랫것을 부르자 그제야 만이가 다시 실토를 했다.

-아, 알고 있었을 것이옵니다.

-그럼 변의관도 한패다 그 말이렷다?

-눈치가 그랬사옵니다.

-이럴 수가! 아무래도 보통 일이 아니다. 전하께 고해야겠다.

그때 변의관이 막아선 궁녀들을 뿌리치고 방 안으로 들어갔다.

-한상궁, 제발 옹주마마가 돌아오실 때까지만 참아주시오.

변의관의 출현에 한상궁이 멍하니 쳐다보다가 회초리를 툭 던져버렸다.

-도대체 무슨 짓을 하고 계셨던 것입니까? 국법에 어긋난 일이라는 걸 모르십니까? 한 나라의 옹주가 사가로 나가 부마 후보들을 만나고 다닌다뇨. 세상에 그런 법은 없습니다. 그렇지 않아도 나라 안팎으로 곤란한 마당입니다. 궁합이 맞지 않아 가뭄이 들었어요. 전하께서 이 사실을 알아보십시오. 그냥 두고 볼 것 같습니까?

-그래서 옹주마마께서 나가신 것입니다.

-그래서라니요? 그래서라니요? 그걸 변명이라고 하십니까! 의관으로서 부끄럽지도 않습니까. 옹주의 방종에 동조를 하다니요. 알릴 것입니다. 전하께 알릴 거예요.

-한상궁!

한상궁이 나가려고 하자 변의관이 그 자리에 무릎을 꿇었다.

-한상궁, 하루만 봐주시오. 돌아오겠다고 했다지 않소. 그러니 하루만 지체해주시오.

-그리는 못합니다.

한상궁이 밖으로 나오다가 멈칫 섰다. 그대로 돌아서서 다시 방안으로 들어갔다.

-네가 그 백이라는 년의 집을 알고 있으렸다?

만이가 덜덜 떨다가 발딱 일어났다.

-네네, 알고 말구요.

한상궁이 다시 밖으로 나갔다. 궁녀들과 내관이 어쩔 바를 모르고 허리를 굽혔다.

-이내관.

이내관이 허리를 굽히고 있다가 나섰다.

-저 아이를 데리고 빨리 옹주마마 있는 곳으로 가서 모셔오세요.

-네네.

-조용히 움직여야 합니다. 빨리요. 전하께서 아시는 날에는 우리 모두 죽습니다. 죽어요.

그리고는 방 안을 향해 소리쳤다.

-이년, 빨리 나오지 못하겠느냐.

새파랗게 질린 만이가 뛰어나갔다.

29

송화는 섬돌을 내려섰다. 햇살이 따갑다.

-어디 계시냐?

송화가 아랫것에게 물었다.

-사랑채에 계세요. 저를 따라오세요.

사랑채에 이르자 삼십대 사내가 나오더니 이 집 집사임을 밝히고 봉투 하나를 내밀었다.

송화는 봉투를 받고 부엌을 들여다보다가 멈칫했다. 행랑채 부엌에 하인들이 옹기종기 모여 있었는데 모두 하나 같이 기력 없고, 헐벗은 모습들이다.

그때 남치호가 사랑채 문을 열고 나왔다.

-아, 들어오시지요. 이리 모시라고 했습니다.

-방금 새경은 받았습니다.

송화가 말했다.

-얼마 넣지 못했습니다.

　방으로 들자 남치호가 자리를 권했다.

　-어머님께서 어쩌다 그리 되셨는지? 아, 괜한 질문을…….

　송화가 자리에 앉으며 물었다.

　-아닙니다. 어머님은 정이 많은 분이신데, 아끼는 여종이 사고로
죽자 그때의 충격으로 저리 되셨습니다. 억장이 무너질 일이지요.

　남치호가 한숨을 쉬었다.

　-허나 어머님이 쓰러지시고 나서, 저는 불편하고 어려운 이들에
게 더욱 눈을 돌리게 되었습니다. 이젠 다 남 같지가 않아요.

　-지극한 효심에 하늘도 분명 감복하실 겁니다.

　-저도 그리 됐으면 합니다. 저는 그만 볼일이 있어 나가보아야 하
니, 아무쪼록 어머님을 잘 부탁드립니다.

　송화도 일어나 뒤따라 마루로 나왔다. 좀 전에 새경을 전해주던
사내가 다가왔다.

　-저는 무심이라고 합니다.

　-아, 네. 천만이입니다.

　마루에서 신발을 찾아 신는데 부엌에서 아이 하나가 허리를 펴지
못하고 나왔다. 바짝 말라 나무꼬챙이 같았다. 몹시 주린 듯이 보였
다.

　-왜 나왔어. 어서 들어가.

　무심이란 사내가 아이에게 소리쳤다.

　아이가 송화에게서 눈길을 떼지 못하고 바라보다가 부엌으로 들
어갔다.

　-저 아이, 어디 아픈가요?

송화는 무심이란 사내에게 물었다.

-아닙니다.

-몹시 배가 주린 듯 보이네요.

무심이 경계하듯 송화를 힐끔 쳐다보았다. 볼일이 끝났으면 어서 가라는 표정이었다. 뒤이어 부엌에서 말소리가 들려왔다.

-이 자식아, 뭐 얻어 처먹으려고 나간 거야.

방금 밖으로 나온 아이에게 누군가 하는 말 같았다.

-그럼 배가 고픈 걸 어떡해.

-그래서 동냥이라도 하려고 했던 거야?

그때 누군가 끼어들었다.

-네미, 하루에 한 끼, 것도 풀죽만 먹는데 배가 안 주릴 턱이 있나. 나라도 나가 먹을 것 좀 달라고 해야겠다.

사내 하나가 부엌에서 뛰어나왔다. 막상 그는 뛰어나와서는 할 말을 못 하고 멈칫 섰다. 무심이란 사내의 눈길을 의식한 것 같았다. 송화가 무심이란 사내를 쳐다보았다.

-사람들이 배가 고픈 모양입니다.

-아닙니다.

무심이 황급히 대답했다. 그리고는 방금 뛰어나온 사내를 향해 신경질을 부렸다.

-손님도 오셨는데 왜들 그래?

-배가 고파서 그런다 왜?

-아니, 이 자식이.

무심이란 사내가 화를 내다가 송화의 눈치를 흘끔 보았다.

-배가 고프다니요?

송화가 사내에게 물었다.

-배가 고프니까 고프다고 하지. 돈이나 있으면 좀 주고 가슈. 쌀을 사 밥이나 좀 해먹게.

사내의 말에 송화가 어이가 없어 멍하니 쳐다보는데 무심이 나섰다.

-들어가지 못할까?

송화가 곳간 쪽으로 시선을 던졌다.

-혹시…… 곳간이 비었나요?

-비긴! 미어터지려고 하지. 저긴 도련님만 열 수 있어. 다른 사람이 건드…….

그때 무심이 입을 막듯이 나섰다.

-너 주둥이 못 닥치니!

그렇게 고함치고 송화에게 짜증을 내었다.

-거, 얼른 가시오.

송화는 다시 이상하다는 생각이 들어 고개를 갸웃했다.

-가라니 가긴 하겠지만, 배가 고프다고 쌀값을 좀 달라고 하지 않습니까?

송화가 부엌에서 나온 사내에게 조금 전에 받은 새경 봉투를 내밀자 사내가 얼른 낚아채고 부엌으로 내뺐다.

-저 자식이 증말.

무심이란 사내가 부엌으로 달렸다.

그때였다. 송화가 돌아서려는데 남치호가 불쑥 송화의 앞을 가로막았다.

-주제넘으시구려.

갑자기 변한 남치호의 행동에 송화가 놀라 뒤로 물러섰다. 좀 전의 남치호가 아니었다.

-그냥 배가 고프다기에……

송화가 얼버무리자 남치호의 눈빛이 싸늘하게 변했다.

-적선을 베푸셨다? 그래도 내 어머니 책비로 오신 분이라 예사롭지 않아 보여 곱게 봐주려고 했는데, 여봐라. 이년을 끌고 가라.

어디서인가 장정들이 달려 나오더니 순식간에 송화를 잡아끌었다.

-이, 이게 무슨 짓이오!

-주둥이 닥쳐라, 이년. 글을 아는 것이 그나마 신통하여 잘 대해 주었거늘……

그녀를 잡아끌며 누군가 송화의 머리를 쥐어박았다.

도윤은 내명부에서 만이의 명부를 다시 찾고 있었다. 내관이 가져온 명부들을 황급히 뒤져나가는 중이었다.

드디어 만이가 나타났다.

-이 아이다.

도윤은 저번과는 달리 유심히 살펴보았다. 그의 눈 속으로 천만이의 생년월일이 들어왔다.

용띠. 병진년생. 맞다. 전에 본 그대로다. 용모의 특징이 기록되어 있다.

얼굴이 둥근 편이며, 목 뒤에 검은 사마귀가 있다?

그럼 만이가 아니다. 내가 본 만이의 얼굴은 둥글지 않다. 그리고 목 뒤에 검은 사마귀도 없다.

점점 도윤의 표정이 복잡 미묘해졌다.

그럼 틀렸다는 말이 아닌가.

자향각에서 술래잡기 하던 그날, 백이가 만이에게 무엇이라 했던가. 그리고 그가 가고 난 뒤에 본 봉자낭. 왕실 여인을 상징하는, 봉황 무늬의 봉자낭…….

그럼 만이의 정체가 바로…….

해가 지고 있다. 도윤은 송화의 처소를 향해 부지런히 걸었다. 가서 어떡하겠다는 복안은 없었다. 그저 확인하고픈 생각뿐이었다.

한참을 걸어가다가 발걸음을 멈추었다.

무슨 확인? 확인을 어떻게 해?

그렇게 몇 번이나 발걸음을 놓았다 멈추었다 하다 보니 어느 사이에 송화의 처소 근처에 다다랐다.

도윤은 막상 송화가 있는 곳으로 가지 못하고 주위를 맴돌았다. 멀리 바라보니 처소는 아무 일도 없는 것처럼 고요하다.

때마침, 궁녀들이 일상적인 수다를 떨며 지나갔다. 본능적으로 몸을 숨겼던 도윤은 다시 터덜터덜 언덕을 내려오기 시작했다.

30

여기저기서 신음소리가 들려왔다.

고신에 육신이 찢긴 죄수들이 여기저기 널렸다.

창살을 사이에 두고 도윤과 시경이 그를 지켜보았다. 그날 이후 두 사람이 처음 만나는 자리였다. 싸늘한 기운이 감돌았다. 아직 서로 눈도 맞추지 않았다.

두 사람은 그저 책무상 만난다는 생각을 하고 있었다.

-나가세. 일이 끝났으니 술이나 한잔해.

두 사람은 저잣거리로 굽어들었다. 자향각 근처였다.

주막으로 들어서자 재빠르게 심부름하는 애가 다가와 물을 가져 다놓았다.

시경이 도윤을 건너다보았다.

-내 청을 생각해보았나?

도윤이 잠시 생각하는 사이, 막걸리와 전이 상 위에 놓였다.

그제야 도윤이 시선을 들었다.

-이미 그 말은 끝난 거 같은데…….

시경의 입가에 조소가 물렸다.

-내 말 오해하지 말게. 사주 조작도 마뜩하지 않거니와 자네 사정을 모르는 것도 아니고…….

역시 그럴 줄 알았다는 듯이 시경이 시선을 떨구었다. 그의 음성이 찬 얼음덩이 같았다.

-역시 실오라기 같은 희망을 건 내가 잘못이었나? 그렇지! 이미 끝난 이야기지?

-이번만큼은 내 충고를 받아들이게. 자네가 다치지 않기를 원하네.

시경이 도윤을 꿰뚫듯이 노려보았다.

-다치다니? 누가 누굴 다치게 한단 말인가?

-토사구팽이라 했네. 내 아버지와 자네 아버지. 아직도 권력의 이치를 깨닫지 못하겠는가?

-한 시진일세. 그거 눈 감기가 그리 어려운가?

도윤이 고개를 내저었다.

-자네에게는 한 시진이지. 그러나 모두의 생사가 달렸다면…….
아무튼 더 이상 이 일로 내게 간청하지 말게.

도윤이 단호하게 잘랐다. 시경이 피식 웃다가 고개를 끄덕였다.

-어쩔 수 없지. 내가 최종 간택까지 오르다 보니 욕심이 과해져서…….

그렇게 말하고 시경이 노골적으로 도윤을 비웃었다.

-쇠는 부러지지만 갈대는 휘어질 뿐이야. 선친이 순식간에 쓰러졌을 때 깨우친 바네. 바람이 부는 쪽으로 기울면 살게 되어 있지.

-많이 변했군. 그러나 바람의 방향은 늘 바뀌는 법이라는 걸 알아야 해.

시경이 그렇게 말하는 도윤을 쏘아보았다. 도윤이 잠시 시선을 피했다가 시경의 기세에 눌리지 않으려는 듯 그를 노려보았다.

조상궁이 득달같이 달려 들어갔다.

박인이 안에서 기다리고 있다가 시선을 들었다.

조상궁이 박인에게 귓속말로 무슨 말인가를 했다. 그의 눈이 점점 커졌다.

이번에는 박인이 사헌부로 달렸다. 사헌부가 코앞이었다. 시경이 서류를 정리하고 있는데 박인이 들어섰다.

-어쩐 일이오?

시경이 묻자 박인이 귀에 대고 속삭였다. 말을 듣고 난 시경이 벌떡 일어섰다.

-방금 뭐라고 했소? 옹주가 부마 후보들을 차례로 만나고 다닌다고?

-그렇다고 합니다.

-아니, 말이 되는 소리를 하시오. 그럼 처소에 있다는 송화옹주는 누구란 말이오?

-글쎄 옹주의 아랫것이 얼굴을 가리고 옹주 짓을 하고 있었다지 않습니까.

-뭐? 그럼 송화옹주는 어딨소?

-책비 짓을 하며 부마 후보들을 하나하나 만나다가 지금은 남치

호 집으로 들어갔다고 합니다.

되묻는 시경의 눈앞으로 자향각에서 본 책비의 얼굴이 떠올랐다. 어딘가 이상하더라니.

-그런데 남치호라니?

뒤늦게 시경이 깜짝 놀라 고함을 질렀다.

-그 인간 백정에게 걸렸다고?

-그 집으로 들어간 후 지금까지 소식이 없다고 하지 않습니까.

-무엇이라!

시경이 서둘러 나가며 박인에게 물었다.

-계집종이 백이라고 했소?

-그렇습니다. 광교 파숙간 바로 옆집.

-그곳은 내가 잘 아는 곳인데…….

-하옵고. 전하게 나으리와 옹주마마의 궁합풀이를 올려드렸으나 예상했던 대로 서도윤 감찰의 풀이까지 보고 나서 판단하겠다고 하였습니다. 여러 일들이 꼬이기 전에 서둘러 해결하심이…….

시경의 발걸음이 비틀거렸다. 남치호라……. 남치호가 누군가. 부마 후보가 되기 전부터 사헌부에서 주시하던 인물 중 하나다.

거리의 부랑인들을 데려다가 종을 만들어 팔아먹는 천하의 인간 백정. 생긴 것은 평범하고 고상하게 생겼어도 그렇게 가문을 이어가고 있는 놈이다. 아직까지 확실한 증거가 없어 추적하고만 있었는데, 남치호라…….

-여봐라, 말을 대령하라.

시경이 마방으로 달리며 소리쳤다. 명이 떨어지기 무섭게 마방지기가 말을 몰고 나왔다.

-왜 그러십니까요, 나리?

시경이 그대로 말 등으로 몸을 날렸다.

말이 돈화문을 돌아 광교로 순식간에 접어들었다. 광교를 지나자 백이의 집이 눈앞이었다.

파숙간 옆집이라고 했겠다? 말에서 뛰어내려 문을 두드렸다. 백이가 나타났다.

-여기 만이라는 애가 있느냐?

-누구십니까?

-사헌부에서 나왔느니라. 그 아이 어딨느냐? 남치호의 집으로 갔지?

그걸 어떻게 아느냐는 듯이 백이가 눈을 크게 떴다.

-남치호의 집이 분명해?

-그, 그렇습니다.

시경이 말 등에 몸을 실어 남치호의 집으로 달렸다. 그 모습을 보며 백이가 중얼거렸다.

-무슨 일이래? 좀 전에도 감찰이라는 사람이 왔다가더니……. 저 사람들 자향각에서 본 사람들 같은데?

백이는 그렇게 중얼거리다가 송화옹주에게 생각이 미쳤다.

-뭔 일이 있나? 아이고, 궁에서 무슨 일이 기어이 터진 모양이다. 이 일을 어쩌누.

도윤은 남치호의 집을 멀거니 올려다보았다. 만이 행세를 하며 돌아치는 송화의 뒤를 좇아 남치호의 집까지 오긴 했지만 왜 들어간 사람이 나오지 않는지 모를 일이었다.

남치호는 사헌부의 요주의 인물로, 모습을 드러내지 않고 아랫것들을 시켜 인신매매를 한다는 설이 있는 사람이다. 그런 그가 부마 후보로 떠올랐다는 것을 알았을 때 처음에는 그가 아닌 줄 알았다.

도윤은 더 이상 기다릴 수가 없어 들어가 보기로 했다. 왕의 명으로 남치호와 송화옹주의 궁합을 보러왔노라고 하면 된다.

-이리 오너라.

행랑아범이 신발 소리를 내며 달려오는 것 같았다. 늙은이가 문을 열었다.

-주상 전하의 명으로 나왔느니라. 남공 있는가?

-무슨 일로?

-부마 후보 일로 왔다고 전하면 알 것이니라.

-잠시만 기다려주십시오.

행랑아범이 사랑채를 향해 종종 걸음을 놓았다.

잠시 후 남치호가 직접 나타났다.

-오서 오십시오.

안으로 들어서보니 안마당 한쪽이 모두 장독대다. 풍수상으로 볼 때 모든 좋은 기운을 모아 보겠다는 수작이다.

저 항아리에 더덕, 계피, 인삼, 백피 등 백여 가지 약초가 담겨져 있으리라. 안방이 다른 집들과는 달리 사랑채와 마주하고 있다. 병든 노모를 언제든지 뵐 수 있도록 정중앙에 배치한 안목이 놀랍다.

사랑으로 들자 찻잔이 두 개 그대로 놓였고 방석 두 개가 찻잔을 사이하고 있었다. 사랑에 손님이 들었다는 증거다. 그럼 송화옹주가 여기로 들었다는 말인가? 그런데 나오지는 않았다. 어디로 간 것인가?

—앉으시지요. 아, 아랫것이 아직 찻잔을 치우지 않았군요. 여봐라. 여기 좀 치우거라.

아랫것이 달려왔다. 이십대의 젊은이였다. 도윤을 보고 꾸벅 예를 올리고 찻잔을 거두어갔다.

—집이 참 좋습니다.

새로 간 방석 위로 앉으며 도윤이 말했다.

—서감찰에 대해서는 일찍이 들었습니다.

—그렇군요.

—그런데 무슨 일로?

—이번 부마 후보로 점지되었다면서요?

남치호가 고개를 주억거렸다.

—그리 되었습니다.

—그래서 될 만한 인물을 미리 한 번 만나보라는 어명이 있었기에…… 송화옹주와 궁합을 봐도 되겠습니까?

—그야 어려울 거 없지요.

그때 차를 가지고 아랫것이 들어왔다.

—여기 놓고 벼루를 좀 내오너라.

아랫것이 문방사우를 두 사람 사이에 가져다놓았다.

도윤이 붓을 들어 송화옹주의 사주를 써나갔다.

정사(丁巳)년, 을사(乙巳)월, 신미(辛未)일, 갑오(甲午)시

그렇게 쓰고 남치호를 쳐다보았다.

-직접 쓰시지요.

-전하의 명으로 나오셨다면 이미 알고 계실 것 아닙니까?

남치호가 웃으며 말했다. 이번에는 도윤이 웃었다.

-확인 차원이지요. 이해해주십시오.

남치호가 붓을 들어 먹을 듬뿍 묻히더니 다음과 같이 썼다.

을묘(乙卯)년, 갑신(甲申)월, 경인(庚寅)일, 을유(乙酉)시.

두 사람의 사주를 이번에는 도윤이 썼다.

정사(丁巳)년, 을사(乙巳)월, 신미(辛未)일, 갑오(甲午)시

을묘(乙卯)년, 갑신(甲申)월, 경인(庚寅)일, 을유(乙酉)시

　도윤이 두 사람의 궁합을 매서운 눈빛으로 훑었다. 을묘년 토끼
띠라면 송화옹주보다 두 살 위다. 납음으로 볼 때 송화옹주는 토화
토금이다. 남치호는 수수목수.

　여자는 토 성질이 강하고 남자는 수 성질이 강하다. 수가 토를 밀
어낸다고 생각하지만 결국 밀어내지 못한다.

　여자는 기둥이 두 개인 이주요, 남자는 그나마 사주이지만 천간
은 금극목의 형국. 사주에 있는 목의 기운이 그대로 죽어간다. 나무
의 기운은 생명력이고, 몸도 마음도 목 기운이 있어야 생명에 발동
이 생기는데, 갈수록 나무는 사라지고, 서슬 퍼런 칼날만 보인다.

　남치호가 도윤의 눈치를 살폈다. 점점 굳어지는 얼굴을 보며 그

의 눈빛이 점차 서늘하게 빛났다.

두 사람의 궁합을 풀어가는 도윤의 생각은 더욱 깊어져갔다.

가뭄으로 생계가 힘든 천민들에게 양식을 나누어주며 선하게 눈웃음치지만 가식이다. 강한 금의 기운으로 인해 결국 날카로운 칼만 남는다. 그렇다. 장원급제한 지금의 모습은 일시적이다. 최악의 원진살밖에 보이지 않는다.

일과 시가 부딪혔으니, 배우자, 자식 인연이 없고, 연월이 부딪혔으니, 부모운도 없다. 그런데 이건 뭔가. 뺏고 뺏기는 충살이 보인다. 묘유의 충과 인신의 충.

묘유의 충은 관심과 욕심을 둘 데가 많아 정신이 분산되었다가 결국 찾지 못하고, 정신적인 문제로 발생될 것이다. 인신의 충은 살기(殺氣). 전쟁 중이면 모를까, 항상 칼을 품고, 뭐든 베어야만 하는 사주다. 그래서 집으로 들어섰을 때 음산한 사기(死氣)가……

두 사람의 궁합을 풀고 난 도윤이 이윽고 고개를 들었다.

―어떻소이까?

남치호가 미소를 띠며 물었다.

―좋군요. 자세히 말씀 드릴 수는 없습니다. 전하의 명이니까요.

속을 숨기고 말하면서 도윤이 그의 눈치를 살폈다.

상을 보자 눈동자가 흔들리고 있다. 눈동자가 흔들리고 있다는 것은 마음의 동요를 뜻한다. 적의를 품었거나 살생을 한 후다. 그렇지 않고는 저렇게 실핏줄이 흰자위에 돋았을 리 없고 계속해서 흔들릴 리 없다.

―지금까지 세 명의 후보들을 보았는데 그 중 제일 나은 거 같군요.

묘한 미소가 남치호의 얼굴에 흘렀다. 그래서 눈빛이 더 날카로

위 보였다.

-혹 작년에 상을 당하셨습니까?

도윤이 고개를 갸웃하다가 물었다. 남치호가 아연하게 도윤을 쳐다보았다. 여전히 실핏줄이 거미줄처럼 얽힌 눈이었다. 검은 동공이 아직도 흔들리고 있다. 그러나 웃고 있는 그의 입은 침착했다.

-정말 용하시군요. 작년에 아버님을 잃었지요. 그 바람에 어머님마저 건강이 그리 좋지 않습니다.

-그렇군요.

-귀하게 자란 것 같습니다?

도윤이 다시 그의 표정을 흘끗 살피며 물었다.

-부모님께서 자식을 그리 원하다 어머님 마흔이 넘어 절 보셨으니까요. 아, 그런데 그런 것이 사주에 다 나타나나요?

-그렇습니다.

-정말 희한하군요.

-자연의 이치이지요.

남치호가 느껴지는 게 있어 고개를 주억거렸다.

31

그들이 대화를 나누는 사이, 남치호의 행랑채에서는 이상한 일이 벌어지고 있었다.

하인들이 행랑채로 밥 냄새를 맡고 하나둘 모여들었다. 그들은 아이 어른 할 것 없이 허기에 굶주려 밥을 푸기도 전에 달려들어 손으로 집어 먹었다.

남치호에 이끌려 부엌 바닥에 패대기쳐진 송화가 그 모습을 좀 전부터 멍하니 바라보다가 고개를 내저으며 탄식했다. 어떻게 이런 일이!

밥 먹는 이들을 보니 몸이 성한 이가 없다. 손가락이 하나둘씩 없는 하인들이 태반이다. 다리가 없는 이도 있다, 열 살도 안 된 아이의 입가엔 찢어진 끔찍한 흉터가 보였다.

책비로 온 사람을 잡아 부엌 바닥에 패대기칠 정도라면 저자 바닥 어디에서 데려온 사람들이 분명했다. 그러다 말을 듣지 않으면 매질을 하거나 손가락을 자르고 심지어 도망간 자를 붙들어 본보기로 다리를 잘라버리는 만행까지 저질렀을 것이다.

시간이 흐르자 손으로 밥을 퍼먹던 이들이 뻐드러져 코를 골기 시작했다.

송화는 아궁이 옆에 쪼그리고 앉았다.

잠시 후 어린아이 하나가 들어오더니 다급하게 송화를 흔들었다.

-일어나요.

설핏 눈을 뜨자 갑자기 어디선가 비명소리가 들려왔다.

-왜?

주위에 위험이 없다고 판단한 아이가 자신을 따라오라고 손짓했다. 송화는 엉거주춤 일어나 아이의 뒤를 따랐다.

남치호는 서감찰을 내보내고 엷게 한숨을 물었다. 그는 집안을 쓱 훑어보았다. 아랫것들 손을 보다가 지하실에서 나온 마당이었다.

그는 다시 지하실로 가기 위해 행랑채로 향했다. 더 독해져야 한다고 그는 생각하고 있었다. 남아 나이 벌써 이십대를 넘었다. 누구는 나라를 세우고 태산을 옮길 나이다. 그렇지 않고서야 무엇을 하겠는가. 독해지지 않고서야 어떻게 가문을 지키고 왕족이 될 수 있겠는가.

부마만 된다면 이 나라를 움켜쥘 기회도 생길 것이다. 그럼 99간의 대옥이 무슨 소용인가. 그저 간(間)이란 건물 칸살의 넓이를 재는 단위일 뿐. 사치를 금해 국법으로 왕이 아니면 100간이 넘는 집을 지을 수 없다. 그렇다 해도 아버지는 자신의 꿈인 99간의 집을 가지지 못하고 돌아가셨다.

사대부가 최대한 넓게 지을 수 있는 99간의 집. 그 집이 뭐라고 눈만 뜨면 부정을 저질렀다. 부를 축적하려면 사람이라도 잡아들여 팔아치우지 않고는 안 된다는 것을 그로부터 배웠다.

행랑채 지하실로 들어서자 집사가 횃불 속에서 아랫것들을 족치고 있었다. 남치호가 들어서자 집사가 다가왔다. 이제 삼십대의 사내였다. 코가 매부리코고 눈이 가늘었다.

-불었나?

집사가 고개를 내저었다. 남치호는 집사가 던져놓은 쌀부대를 집어 들고 묶여 있는 늙은이에게 다가갔다.

-왜 이렇게 질긴가 그래?

늙은이가 겁을 집어 먹고, '난, 난 모르는 일이오!' 하고 소리쳤다.

-다시 묻지.

남치호가 소고기 덩어리를 들어 보였다.

-이거, 어디서 났는지 말해라. 곳간 손댄 것이 맞지? 곡식 빼내어 산 거 아니야?

늙은이가 몸을 떨며 고개를 내저었다.

-난 모르는 일이오.

남치호가 그대로 노인의 가슴팍을 발로 찼다. 노인이 바닥에 넘어져 비명을 지르자 짓밟았다.

-불란 말이다. 사지를 갈기갈기 찢어 뒷간에 버리기 전에…….

그 모습을 보다가 무심이 나섰다. 그도 집사에게 고문을 당해 입술이 터졌고 다리를 절고 있었다.

-저…… 저…….

무심이 나서며 말을 더듬자 남치호가 눈을 뒤집어 노려보았다.

-뭐야?

무심이 다리가 후들거려 서 있지 못하고 주저앉으며 입을 열었다.

-책비, 책비가 돈을 주며 사오라고 했습니다.

-뭐라고? 책비? 그 계집년? 그 계집년이 돈을 주었다?

남치호가 집사를 노려보았다.

-그년 처넣지 않았나?

-아마 그 전에 돈을 준 모양입니다.

-그년 어디 있어?

-아직…… 이곳에…….

-흥, 웃기는군. 어디서 위신 떨어지게 책비 년에게 또 구걸을 해! 당장 데려와! 이년의 눈깔을 도려내버릴 것이다.

송화가 문틈으로 그 광경을 목격하고는 몸을 떨었다.

무서워서 움직이지 못하자 아이가 송화를 억지로 잡아끌었다. 그들이 뒷문으로 겨우 이동하는데 고함소리와 비명소리가 들려왔다.

-왜 저러는 것이야?

-원래 저래. 빨리 와! 잡히면 적어도 병신 돼. 이 문으로 나가서 무조건 도망쳐.

-남치호 저 사람, 그래 보이지 않았는데…….

송화의 음성이 떨렸다.

-미친놈이야. 쳇! 안방마님이 누구 땜에 병신 됐는데?

-그건 사고가 나서…….

-사고 같은 소리하네. 마님 수양딸이 곳간 문 열었어. 그랬더니…… 저놈이 벌준다고…… 목만 내놓고 땅에 묻었지. 그 땡볕에 안

뭬지고 배겨? 그래서 마님 쓰러진 거야. 저게 죽인 거라고. 빨리 가!

그사이 집사가 헐레벌떡 남치호를 향해 달려왔다.

-이년 도망갔습니다.

-뭐? 찾아라. 빨리.

그들이 지하실을 나갔다. 부엌마당으로 뛰었다. 지붕이 없는 부엌이다.

맞은편 제식청은 제사음식을 보관하는 곳. 통풍이 잘 되어야 하니 벽 대신 가느다란 문살이 촘촘하다. 들어가 보라는 듯이 치호가 집사에게 눈짓을 했다.

안을 보고 나온 집사가 고개를 내저었다.

아직 밖으로 빠져나가지 못한 두 사람이 행랑채 부엌으로 숨어들었다. 부엌 뒷문이 열렸다. 담장 너머로 마을 정경이 시원하게 펼쳐진 것이 보였다.

-빨리 가. 저 담을 넘어. 어서!

-같이 가.

-난 괜찮아. 갈 데도 없고. 어서!

송화가 뒷문으로 빠지는데 남치호 일행이 그 앞까지 와 있었다.

집사가 몇 명을 데리고 솟을대문 쪽으로 뛰었다.

송화가 뒷문으로 나가니 성벽 같은 담장이 가로막고 있다.

송화가 기어오르지 못해 안달하자 아이가 뛰어나와 엉덩이를 받쳤다.

겨우 담장에 올라앉은 송화가 서글프게 웃어주고는 그대로 뛰어내렸다.

그 바람에 기와 두 장이 담장 밑으로 떨어져 깨어졌다. 송화의 엉덩이를 받쳐 주던 아이가 기겁을 하고 맞은편으로 뛰었다.

송화는 뛰기 시작했다. 무작정 앞만 보고 뛰었다. 이미 어스름이 지고 있었다.

-무슨 소리냐?

기왓장 깨어지는 소리를 듣고 남치호가 소리쳤다.

-부엌 쪽입니다.

-횃불을 밝혀라.

남치호가 집사에게 명령했다. 집사가 횃불을 밝혔다. 그들이 부엌에 당도했지만 이미 아무도 없다. 남치호가 혀를 츱 찼다.

-이년이 어디 숨은 거야?

-빠져나간 거 같습니다. 뒷담 기와 두 장이 떨어졌어요.

담장을 살펴보던 집사가 돌아와 말했다.

-쫓아라. 얼마가지 못했을 거다.

그들이 담장을 뛰어내려 송화를 쫓기 시작했다.

그 시각, 도윤은 남치호 집을 나와 골목 구석에 몸을 숨기고 있었다.

산등성이를 바라보니 집 뒤꼍 너머로 횃불이 일렁거리고 있다. 고함소리도 들리는 것 같았다.

저기다. 저기!

순간 본능적인 느낌이 도윤을 사로잡았다. 그는 산등성이를 향해 뛰기 시작했다.

일렁이는 횃불이 빠른 속도로 송화를 쫓았다. 이미 횃불은 송화의 등 뒤까지 따라 붙어 있었다.

누군가 둔기를 쳐들어 송화를 사정없이 내려쳤다. 송화가 맥없이 꼬꾸라졌다.

송화가 엉금엉금 소나무 밑으로 기어가 나무 둥치를 의지하고 앉아 남치호 무리를 바라보았다.

-왜 이러는 것이오?

남치호가 능글능글 웃으며 가까이 다가갔다.

-내 손에 들어와 도망간 연놈이 없다.

남치호의 눈에 살기가 서렸다.

-제발 이러지 마시오.

남치호가 같잖다는 듯이 웃었다.

-네년이 날 아주 가소롭게 봤구나.

-사, 살려주시오.

-애들에게 소고기를 사오라고 했다고? 네년 뱃속도 못 채워 책비나 하는 주제에 날 모욕하다니.

-제발, 제발 이러지 마시오.

남치호가 단도를 빼들고 재밌다는 듯 웃었다. 그가 칼날을 호호, 불었다. 그리고는 송화를 보며 느물거렸다.

-이 칼로 천상 네년의 눈깔을 도려내어야겠다. 그도 아니면 아예 밥줄을 끊을까? 아니면 다리를 분질러 앉은뱅이를 만들까?

송화는 안 되겠다는 생각에 그제야 본색을 드러냈다.

-이놈, 가, 감히 내가 누군지 아느냐! 목숨을 부지하고 싶다면, 지금이라도 당장 풀어라!

송화의 외침에 남치호가 능글능글 웃었다.

-이년이 기어이 미쳐가는 모양이다. 지껄이는 입부터 찢어야겠다.

순간 송화의 머릿속에 입이 찢어졌던 아이의 모습이 떠올랐다. 텅빈 눈의 남치호가 천천히 다가들었다. 남치호가 우악스럽게 송화의 턱을 움켜잡고, 억지로 그녀의 입을 벌렸다.

번쩍이는 단도가 그녀의 입으로 쑤셔 박히려는 찰나 남치호의 목에 예리한 칼날이 파고들었다.

-거둬라!

뭐야 이건 하는 표정으로 남치호가 일어섰다. 그리고는 송화에게서 손을 떼고 피식 웃으며 뒤로 물러섰다.

-또 어인 일이실까. 지나던 길이시면, 갈 길 가시지 그러오. 집안 일입니다.

-풀어라.

남치호의 입가에 가소롭다는 웃음이 흘렀다.

-몸종이 말을 안 들어 법도를 가르치고 있는 것이외다. 허니, 참견 마시오!

도윤이 남치호를 무시하고 송화를 묶은 줄을 칼로 끊었다.

송화가 풀려나자 남치호가 하인들에게 도윤을 공격하라는 신호를 보냈다. 하인들이 검을 단련한 도윤의 칼날을 당해내지 못하고 꺼꾸러졌다.

하인들이 맥을 못 추고 당하자 남치호가 옆구리에 칼을 들이대고 도주하기 시작했다. 계곡이 보이는 낭떠러지로 송화를 끌고 간 남치호가 소리쳤다.

-물러서라.

도윤이 다가들었다.

-물러서라고 했다. 이년의 목을 베어 물가로 던져버릴 것이다.

-그럼 네놈도 목을 내놓아야 할 거다.

뒤에서 남치호의 하인들이 몰려왔다. 도윤이 그들을 향해 돌아섰다.

-멈춰라.

낯익은 소리에 도윤이 돌아보니 윤시경이었다. 그가 부하 육손과 장사들을 데리고 몰려와 있었다.

남치호의 부하들이 그들의 앞을 막았다. 남치호의 부하들과 육손의 무리들이 엉겨 붙었다.

남치호가 지켜보다가 송화를 절벽 끝으로 이끌고 갔다. 그녀를 구하려고 도윤이 남치호의 하인들을 베면서 나아갔다.

도윤이 다가들자 남치호가 소리쳤다.

-다가오지 마라.

도윤이 그래도 다가들자 남치호가 가차 없이 송화의 손을 놓아버렸다.

비틀거리던 송화가 그대로 절벽 밑으로 떨어져 내렸다. 그 모습을 내려다보던 도윤이 송화를 구하기 위해 절벽 아래로 뛰어내렸다. 그 순간, 남치호가 휘두른 단도에 팔이 스쳤다.

뒤이어 윤시경이 남치호에게 달려들어 어깨를 내리쳤다.

남치호가 넘어지자 윤시경의 시선이 시커먼 계곡을 내려다보았다. 이미 두 사람의 모습은 보이지 않았다.

4부

환상의 궁합

32

푸우…….

물 속 깊이 떨어졌다가 수면 위로 올라온 도윤이 물을 내뿜었다.

주위를 둘러보았다. 저만큼 물살을 타고 멀어지는 송화가 보였다. 도윤이 서둘러 그곳으로 헤엄쳐 갔다.

가까스로 송화를 낚아채서는 강가로 나와 귀를 그녀의 코에다 가져다대었다.

숨소리가 들리지 않자 두 손으로 가슴을 짓누르기 시작했다. 반응이 없다.

도윤이 다급하게 송화의 입속으로 숨을 불어넣었다. 몇 번을 반복해서야 송화가 꺽꺽거리며 먹은 물을 토해내기 시작했다.

그제야 도윤이 털버덕 주저앉았다.

송화가 일어나자, '괜찮으십니까?' 하고 물었다. 송화가 몸을 떨며 고개를 끄덕였다.

도윤이 윗옷을 벗어 그녀의 어깨에 둘러주었다. 그리고는 주변을 둘러보았다. 그의 시선이 낮은 산 정상에 붙박였다.

-저 고개를 넘어야겠소. 그런데 이 상태론 무리일 듯싶은데…….
우선 몸부터 말릴 곳을 알아봅시다.

도윤이 일어나 송화를 부축했다. 송화가 몸을 가누지 못하고 비틀거렸다.

-업히시오.

도윤이 앞으로 나가 등을 내밀자 송화가 망설이다가 물었다.

-왜 저에게 갑자기?

하대를 하다가 정중히 대하느냐는 말이었다.

도윤이 그녀를 멀거니 쳐다보다가 허리를 숙여 예를 표했다.

-옹주마마!

송화가 눈을 감았다.

그녀는 잠시 후 눈을 떠 말없이 도윤의 등에 업혔다.

도윤이 땅거미가 짙게 깔린 황량한 산기슭을 걸어갔다.

송화를 업고 비척거리며 걷는 발걸음이 무거웠다.

송화는 도윤의 등을 통해 자신의 가슴이 뛰고 있다는 것을 느꼈다.

도윤 역시 뛰고 있는 송화의 심장 소리를 느꼈다.

한참을 나아가자 그들 앞으로 작은 폐가가 하나 나타났다.

만이를 앞세우고 내시가 황급히 백이의 집으로 들어섰다.

-이곳이 맞느냐?

주인을 찾아도 반응이 없자 내시가 만이에게 물었다.

-맞습니다.

-기척이 없구나. 문을 열어보아라.

만이가 문을 열었다. 빈방이다.

내시가 다른 곳을 뒤지는 궁인들을 바라보았다. 다른 곳을 살피던 일행도 없다는 신호를 보내자 내시가 만이를 향해 눈을 부라렸다.

-네 이년, 어디서 수작질이냐!

만이가 주눅이 들어 어찌할 바를 모르고 서성거렸다.

-네가 이러고도 성할 성싶으냐!

내관이 볼멘소리를 내었다.

-여기가 맞다니까요.

-그럼 왜 없는 것이냐?

만이가 대답을 못하자 내관이 금군들을 향해 소리쳤다.

-이년을 끌고 돌아가자. 전하께 고해야 할 것 같다.

홀쩍홀쩍 만이가 울기 시작했다. 금군들이 달려들어 만이를 묶었다.

밝은 달빛이 폐가 마당에 가득했다. 썩어가는 문짝으로 달빛이 스며들었다.

도윤이 송화를 구석자리에 내려놓고 북데기를 모아 그녀가 누울 자리를 마련했다. 그러다 달빛에 드러난 송화의 치맛자락에 번진 핏자국을 보고 깜짝 놀랐다.

-어찌 된 거요? 왜 말을 안 했소!

도윤이 상처를 들추려 하자 송화가 움찔 몸을 웅크렸다.

-아, 좀 보자니까!

송화가 그제야 도윤의 상처를 발견하고 눈을 크게 떴다.

-제 것이 아닌 것 같습니다.

-무슨 소리요?

송화가 달려들어 도윤을 곁에다 앉혔다.

-팔 좀 이리로…….

송화가 도윤의 상처 난 팔을 당겨 팔목을 걷었다. 옷이 잘 올라가지 않자 이로 물어뜯어 찢었다. 상처가 드러났다.

송화가 치맛단을 걷어 북북 찢기 시작했다. 도윤이 말없이 그녀를 쳐다보았다. 송화가 치마를 찢은 천으로 도윤의 상처를 감았다.

두 사람의 시선이 뒤엉켰다. 어색한 침묵이 주위를 휘감았다.

-불을 좀 피워야 되겠소.

도윤이 침묵을 깨려는 듯 말했다.

-어떻게요?

-찾아보면 불쏘시개가 어디 있지 않겠소.

잠시 후 도윤이 불쏘시개를 들고 나타났다. 불길이 타올랐다. 그제야 자신의 팔을 감싼 모습이 확연히 드러났다.

상처를 감싼 천 위에 수놓아진 꽃송이가 예사롭지 않다. 피가 배어올라 수를 놓은 곳에 붉은 꽃이 피었다.

도윤이 갑자기 생각난 듯 봉자낭을 꺼냈다.

-다 젖었네.

-어, 내 봉자낭.

도윤이 송화에게 건넸다.

-어디서 났어요? 어디 두었는지 통 기억이 나지 않아 애 먹었는데…….

-내 입술을 도둑맞던 날.

그렇게 말하고 도윤이 미소 짓자 송화가 고개를 돌리며 수줍게
웃었다.

불이 타올랐다.

두 사람은 나란히 누워 타오르는 불꽃을 말없이 지켜보았다.

-저를 어찌 찾으셨어요?

불꽃에 시선을 붙박은 채 송화가 물었다.

-그대가 질색하는 궁합을 보고…….

-말씀드리지 못한 게 있어요. 맞아요, 사실 전…….

-날이 밝는 대로 궁으로 모셔다 드리리다.

듣지 않아도 안다는 듯이 도윤이 송화의 말을 잘랐다.

-신분을 숨기려거든 제대로 하시든지……. 부마 후보들이 있는
곳마다 가 계시고, 훔쳐간 사주단자를 다시 주인에게 돌려주고…….
처음엔 만이란 궁녀에게 시킨 일인 줄 알고 지켜보았는데…… 옹주
마마시더군요.

말없이 한참을 있던 송화가 말을 이었다.

-남치호만 만나보고 들어갈 생각이었습니다.

-겁도 없고, 무모하고……. 어차피 부마 선정은 웃전에서 하는
것을.

-사주, 궁합은 정해진 것이지만 미리 그것을 알면 내 마음을 다스
리고 준비할 수 있지 않겠느냐는 생각에……. 받아들이는 것에 따
라 모든 것이 바뀔 수 있다고 생각했거든요.

도윤이 여전히 불꽃에 시선을 붙박은 채 말이 없었다.

-오시지 않았다면 전 끔찍한 변을 당했을 거예요.

-그만 눈 좀 붙이시오.

-다시 궁으로 들어가야 하는데…… 어디론가 더 멀리 가고 싶습니다. 내가 아직 철이 없어서 그런 건지…….

송화는 그렇게 말하고 도윤의 눈을 쳐다보았다. 도윤이 그녀를 가만히 마주 보았다.

-명리학의 귀재라 소문을 들었는데, 허면 인연이 뭔가요? 인연이라는 게 있긴 있는 것인가요?

도윤이 송화의 물음에 가만히 생각하다 잠시 후 입을 열었다.

-인연이 왜 없겠소. 인연에 의해 이 세상이 존재하는 것을. 작은 스침도 내 안에 품었을 때 인연은 비로소 생기는 것을.

말을 끝맺는 도윤의 눈가에 한 여인이 내달려왔다.

그녀도 그렇게 물었었다. 어느 꽃피던 계절에.

그때 그녀는 울먹이고 있었다.

-인연이라는 게 뭐지요? 인연이 있긴 있는 겁니까? 말씀해보세요! 우리가 인연이 아니라면 그럼 도대체 세상 어떤 사람들이 인연이란 말인가요?

-미안하오. 외숙부의 뜻이 워낙에 완고하니 말이오.

백화가 울며 고개를 가로저었다.

-싫습니다, 싫어요. 왜 도련님 뜻은 없고 외숙부 뜻만 따르는가요?

-외숙부님은 내게 아버님과 같은 분이오.

-혼례를 치르고 도련님이 부임할 곳으로 따라가겠습니다.

외숙부 앞에 무릎을 꿇었었다. 그때 아버지는 궁중 혼사에 잘못 관여해 멀리 탐라로 유배를 가 있을 때였다. 그렇기에 살림을 관장하던 외숙부의 영향력은 절대적이었다. 그래서 빌었다. 제발 백화를 받아달라고. 왜 백화를 외숙부가 탐탁지 않아 했는지 모를 일이었다.

-내 안 된다 하지 않았더냐!

-숙부님, 혼례를 치르도록 허락해주십시오.

-그 여식의 사주를 보았느니라. 네가 아비가 알아보아라. 무엇이라고 하겠느냐. 그래서 내린 결정이다. 네가 그동안 명리학을 껍데기만 공부했어. 그 여식과는 띠도 맞지 않아 혼삼재이고, 태어난 달은 서로가 상충이며 살부대기살이 있어 초년만 지나면 이별수이고 화극금, 즉 불로 쇠를 녹이는 격이니 네가 버텨낼 재간이 없다고 하더구나. 또한 그 여식은 우리 집안과도 합이 맞질 않아 집안에 우환을 몰고 오는 사주라고 하더라.

그때 어찌 알았을까. 그녀가 자신의 사랑을 죽음으로 대신할 줄. 그녀가 남긴 마지막 말.

-사람이 태어나 살아가고 죽는 것이 정해졌다면, 그리고 정해진 대로만 산다면 그것이 인생이라 할 수 있을까요?

목을 맨 그녀를 보았을 때 하늘이 무너지는 것 같았다. 그래서 떠났다. 북방으로.

설산의 초소에서 그녀를 그렸다. 얄궂다 싶었다. 도대체 무슨 인연일까 싶었다.

기름등잔 밑에서 인간의 운명을 생각했다. 삶과 죽음. 그것은 별개의 것이 아니었다. 하루에도 수십 명의 젊은 병사들이 주검으로 실려 오고 실려 갔다. 소위 그것이 운명이란 놈이었다.

정녕 우주의 이치가 무엇일까 싶었다. 왜 저들은 이곳에서 한날한 시에 죽어가는 것일까? 받아 나온 사주 때문에? 그러나 이상하다. 한날에 태어난 쌍둥이의 생도 똑같지는 않다.

그녀는 말했다. 사람이 태어나 살아가고 죽는 것이 정해졌다면 그리고 정해진 대로만 산다면 그것이 인생이라 할 수 있을까요?

주어진 운명대로 살고 일어날 일을 피할 수도 없고 굴복할 수밖에 없다면 인간의 의지란 게 과연 필요한 것인가 싶었다. 그러다 명리학에 미치고 사주학에 미치고 궁합에 미치고…….

참으로 허망한 일이었다. 그 속에 만남과 헤어짐의 이치가 있다 한들, 이미 그녀는 이 세상 사람이 아니었다. 살아 있음이 죄였다. 그녀를 따라 죽어가지 못함이 죄였다.

송화는 말이 없었다. 타오르는 불꽃에 시선을 붙박고 있었다. 바람이 불꽃을 흔들었다.

-그때 난 깨달았소. 바람이 부는 건 어쩔 수 없는 일이나 바람을 맞는 방법은 그 사람의 지혜와 의지에 달려 있다는 것을……. 두려움은 마음을 어둡게 하여 판단을 흐리게 하고 인연을 무의미하게 만들 뿐. 소싯적 나의 두려움이 나를 어리석게 하였고 인연의 끈을 놓치게 하였으니 말이오.

도윤이 스르르 눈을 감는데 불꽃에 붙박인 송화의 눈에서 또르르 눈물이 흘러내렸다.

얼마나 잔 것일까. 불길도 사그라지고 달빛도 기울었다.

잠들어 있던 송화가 갑자기 몸을 사시나무 떨 듯 떨기 시작했다.

깜박 잠이 들었다가 번쩍 눈을 뜬 도윤이 송화의 이마를 짚어보았다. 불덩이다. 벌떡 일어나 불씨를 살려 불길을 돋우었다. 다시 송화의 이마를 짚어보자 역시 불덩이다.

잠시 고민하던 도윤이 겉옷을 걸치고 나가려는데 송화가 옷자락을 힘없이 움켜잡았다.

-어디 가십니까?

-깼구려. 이대로 있으면 위험하오. 사람을 불러올 테니, 조금만 참으시오.

-제발, 저만 두고 가지 말아요.

도윤이 송화의 눈을 보며 말했다.

-약조하리다. 절대로 혼자 두지 않겠다고.

-그러니까 옹주마마를 찾지 못했다?

-빈 집이었습니다. 혹시 몰라 보초를 세워두고 오긴 했습니다만.

-큰일이군요.

한상궁이 한숨을 쉬며 어찌할 바를 몰라 서성거렸다.

-전하께 알려야 하지 않겠습니까?

내관의 말에 한상궁이 시선을 떨구고 깊이 생각하다 고개를 주억거렸다.

-이러다 정말 무슨 일이 생긴다면 우리도 성치 못할 것입니다.

-그렇다고 미룰 수도 없는 일 아닙니까? 즉시 알리지 않은 걸 알아보십시오. 더 낭패를 당할 터인데……

-마지막으로 이러면 어떻겠소? 부마 후보들을 찾아보는 거요.

-아니, 어떻게⋯⋯.

-사람들을 풀어보면 어떻겠소. 부마 후보가 모두 넷이니 네 편으로 나눕시다. 말이 새나가면 안 되니 그 쪽에서 두 편을 만들고 우리 쪽에서 두 편을 만들리다. 그렇게 찾아보는 수밖에 없지 않소?

가만히 생각하던 내관이 뾰족한 수가 떠오르지 않자 고개를 주억거렸다.

-일단 그렇게 한 번 해보지요. 그러나 전하께 알려 신속하게 찾는 것이 낫지 않을까 합니다.

-그렇긴 하오만 일단 찾아보고 합시다.

-알겠습니다.

도윤은 뛰었다. 송화를 살리기 위해 뛰었다. 길은 어둡고 험난했다. 지지한 풀숲이 계속되다가 잡목 숲이 우거진 길 없는 길이 시작되고는 했다. 경사를 내려오면 오르막이 시작되고.

도윤은 모르고 있었다. 동여맨 상처에서 피가 번져 나오고 있다는 것을. 그리고 폐가 안에 홀로 두고 온 송화를 향해 다가드는 검은 그림자를.

어느 사이 새벽이 밝아오고 있었다. 저잣거리를 한참 헤매서야 한 약방이 나왔다. 도윤이 미친 듯이 문을 두드렸다. 그 소리에 잠에서 깨어난 의원이 부스스한 눈을 부비며 나왔다.

이 길이 맞는 것인가. 그래 이 길이 분명하다. 도윤은 약봉지를 다시 단단히 움켜쥐고 뛰었다. 약을 짓다 말고 의원이 그랬다.

-허허, 그러다 댁이 먼저 죽겠수.

의원이 보니 도윤의 팔에서 피가 흘러 방바닥을 적시고 있었다. 그래도 어서 약이나 지어달라는 도윤을 의원이 달랬다. 죽어가는 눈앞의 환자가 먼저라며 상처를 치료받지 않으면 약도 지어주지 않겠다고 했다.

-당신 같은 의원만 있다면 세상이 이렇지는 않을 게요.

도윤의 말에 의원이 한마디 했다.

-세상이 어떻길래요. 세상은 변함이 없다오. 겨울이면 눈이 내리고 봄이면 꽃이 핀다오. 인간의 심사가 문제지요. 인간의 요망한 심사. 허허허.

그 웃음이 차라리 공허해 보였다.

드디어 폐가가 보이기 시작했다. 조금만 더. 도윤은 이를 악물고, 걸음을 재촉했다.

도윤이 이윽고 폐가 안으로 들어섰다. 이미 불꽃은 꺼져버렸고 송화가 누워 있던 자리는 텅 비었다.

-옹주마마!

도윤이 안타깝게 부르며 주위를 두리번거렸다.

그러나 어디에서도 송화의 대답소리는 들려오지 않았다.

33

　여기가 어딘가? 어디선가 아이들이 부르는 노랫소리가 아스라이 들려왔다.

　눈을 떴다. 희미하게 무엇인가 보인다. 불빛인가? 무엇이 자꾸 일렁거린다. 일렁거리던 물체가 점점 다가온다. 아! 그러고 보니 사내의 얼굴이다. 서감찰이구나!

　송화는 자신도 모르게 미소를 지었다. 그때 뭉툭한 음성이 들려왔다. 가만! 음성이 낯설었다.

　송화는 다시 사내를 보았다. 낯선 남자다. 송화는 눈을 몇 번 껌벅거리고 사내를 자세히 쳐다보았다. 아! 윤시경이다. 서감찰이 아니다.

　-이제 정신이 좀 드십니까?

　언젠가 본 적 있는 그 사람이다.

　-기억하실지 모르겠습니다. 윤시경이라 합니다.

　-제가 어찌 이곳에…….

-누추한 곳이지만, 이리 모시게 되어 영광입니다, 옹주마마.

-절 아십니까? 그런데 절 데려온 분은?

-서감찰 말씀이군요. 서감찰이 마마를 뫼시고 왔습니다. 여기가 더 안전하다며.

-그분은 지금 어디 계십니까?

-곧 오실 것입니다. 그럼 좀 더 쉬옵소서.

그렇게 말하고 시경이 방을 나갔다. 방을 나가는 그의 입가에 싸늘한 미소가 물렸다.

시경은 육조거리를 걸어 사헌부로 들어갔다.

거기 도윤이 사람 같지 않은 모습으로 서성거리는 게 보였다. 분명 없어진 송화를 찾아 이곳저곳을 뒤지다 사헌부까지 왔을 것이다. 그는 거의 제정신이 아니었다.

-어떻게 된 것인가?

시경이 시침을 뚝 떼고 물었다.

-못 보았나?

시경이 도윤을 보니 행색이 말이 아니다. 팔에 상처까지 나 피가 흐르고 있다.

-어떻게 된 것이야?

-옹주마마를 구하기는 했네만 약을 구하러 간 사이 그만…….

-그만?

-갑자기 없어졌지 뭔가.

-뭐라고? 옹주가 없어져? 어디에 있었기에?

-지금 생각해보니 보라산 기슭이었네.

-왜 거기까지 갔던가?

-남치호 그자에게 쫓기지 않았나. 그래 옹주를 모시고 산을 넘었는데…….

-흐흠, 약을 구해 돌아와 보니 옹주가 없어졌다?

-맞네.

-자네 지금 그걸 말이라고 하는가?

도윤이 한숨을 쉬었다.

-옹주가 몰래 출궁을 하고. 게다가 이제 옹주가 사라졌다니!

시경의 얼굴에 경멸의 그림자가 어른거렸다. 그는 피식 웃기까지 하고 있었다. 그걸 의식 못할 도윤이 아니었다.

-자네 짓이군.

시경이 정색을 하고 도윤을 쳐다보았다.

-내 짓?

-우리가 물속으로 떨어지는 것을 본 것은 자네야. 남치호를 해치우고 찾아 나섰다면 옹주마마가 있던 폐가에 이르지.

-그럴 리가!

시경이 도윤의 시선을 피하며 먼 곳을 바라보며 중얼거렸다.

-열길 물속은 알아도 한 길 사람 속 모른다더니. 어떻게 자네가!

-그건 내가 할 소리지. 이제야 네놈이 본색을 드러냈으니. 넌 옹주의 무엇이 되고 싶은 것이냐?

-뭐라고?

시경의 노골적인 물음에 도윤이 되물었다.

-내가 모를 줄 알았나. 네놈 역시 옹주마마를 탐하고 있다는 걸.

-당치도 않은 말 지껄이지 마라!

시경이 오히려 어이없다는 듯이 웃었다.

-오호통재라! 좋아한다 말하려니 부마 후보도 아닌 감찰의 대역 죄요, 안 좋아한다 말하려니 가슴에 멍이 들고……. 옹주를 연모하여 납치한 대역 죄인으로 자넬 몰고 갈 수도 있어. 마지막으로 묻지. 내 청을 진정 거절할 텐가?

-도대체 자네 왜 그러나? 정신 차려!

-정신을 차릴 사람은 바로 자네지. 오늘 가윤이 생일이라던데 생일상은 받았는지 모르겠군.

그렇게 말하고 시경이 도윤을 보며 비루하게 웃었다.

-흐흐, 생일상을 받은 게 아니라, 흐흐흐.

왜 갑자기 가윤이 말을? 도윤은 불길한 예감에 서둘러 자리를 떴다. 필시 가윤에게 무슨 일이 있는 것 같았다. 집으로 달리는 도윤의 팔에서 피가 뚝뚝 떨어져 내렸다.

집으로 들어서자 집안이 쥐 죽은 듯 조용했다.

도윤은 안으로 들어서다가 멈칫 섰다. 기둥에 묶여 있는 개시를 발견했기 때문이다.

도윤이 다가가려 하자 개시가 눈으로 무슨 말인가를 했다. 자객들이 기다렸다는 듯 여기저기서 뛰어나와 도윤을 공격했다.

도윤이 본능적으로 그들을 막아냈다. 한 팔로 두 명의 자객들과 맞서는데……. 개시가 눈치를 보며, 묶인 밧줄을 풀기 위해 몸부림을 쳤다.

밀리던 도윤이 뒷마당으로 달렸다. 자객들이 끈질기게 달려들었다. 그들을 막아내며 앞마당으로 나왔다. 결박된 채 우물 위에 매달린 가윤이 보였다.

-가윤아!

그때 도윤의 앞으로 시경의 수하 육손이 쓰윽 모습을 나타냈다. 도윤이 깜짝 놀라 그를 쳐다보았다.

-네놈은?

-안녕하시오. 서감찰 나리께 내 받아갈 게 있어 왔소이다.

육손이 빙글빙글 웃으며 말했다. 가윤의 입이 막힌 채 힘겹게 버둥거렸다.

-무슨 짓이냐?

-그러게 애초에 우리 도련님 말씀을 들었으면 이런 일이 없었을 것 아니오. 이 일을 안 이상 목숨을 내놓든가, 함께 하든가 둘 중 하나지요.

-네놈이 죽고 싶어 환장했구나!

그때 가윤의 버둥거림으로 인해 밧줄이 우물 아래로 움직였다. 도윤의 두 눈이 휘둥그레졌다.

-가윤아! 움직이지 마라!

-가윤 도련님의 목숨은 감찰 나리에게 달렸소.

-원하는 게 뭐냐! 원하는 대로 할 테니 가윤일 풀어라!

육손이 비릿하게 웃었다.

-사주풀이부터 그럴 듯하게 만드시오!

도윤의 두 눈에서 불이 일었다. 하지만 어쩔 수 없었다. 결국 칼을 버리고 말았다.

가윤을 지탱하고 있는 밧줄의 올 가닥이 툭툭 터져나갔다.

이내 먹이 벼루에서 갈리고 도윤이 급하게 화선지를 펼쳐 송화의 사주와 시경의 가짜 사주를 적어나갔다.

귀 중의 상선인 귀, 신지신 삼합. 허나, 부마 사주에 신과 진 모두 있으면, 문무백관이 우러러보는 형세지만, 왕의 운으로 오해를 살 수 있다. 둘 중 하나만 넣어 운이 있기는 하되, 부족하게 만들었다.

사주를 써나가는 도윤의 이마에 땀이 송글송글 맺혔다.

핑핑 가윤을 지탱하고 있는 밧줄의 올이 자꾸 터져나갔다.

궁합을 맞추어 휘갈기는 도윤의 마음이 더욱 급해졌다.

본인이 조사해본 바 사주에 틀림이 없고 합궁이 이루어질 경우 한 마음이 되어 무(無)에서 유(有)를 창출해내므로 큰 성공을 거두고 명성 또한 떨치게 될 것이다.

거기까지 쓰고 도윤이 가윤을 흘끗 보았다.

가윤의 몸이 우물 속으로 들어가 있다. 핑핑 밧줄의 올이 터지고 있다.

도윤의 눈빛이 더욱 조급해졌다.

붓이 화선지 위를 달렸다.

옹주에게는 불이 부족하니, 옹주에게 맞는 기운을 부마 후보 윤시경의 사주에 넣고, 그녀와 같은 기운을 윤시경에게 넣었다. 둘의 부족한 합은 자식으로 채워, 천생연분의 합이 되도록 했다.

도윤은 틀림없는 윤시경의 사주임을 증명하는 서명을 하고, 붓을 내려놓았다. 그리고는 곧바로 가윤을 향해 뛰었다.

그 사이에 육손이 조작한 사주풀이를 집어 들었다. 그 순간, 펑펑 끊어지던 밧줄의 올들이 툭 소리를 내며 끊어졌다. 도윤이 지체 않고 단숨에 달려가 끊어진 밧줄을 잡으려고 했지만 가윤은 그대로 우물 속으로 처박혔다.

-가윤아!

물속으로 가라앉는 가윤을 보며 도윤이 그대로 우물 속으로 몸을 날렸다. 쏜살 같이 몸을 흔들며 밧줄이 흘러내렸다. 도윤이 떨어지며 그 밧줄을 잡으려 했으나 허사였다.

풍덩. 물속으로 떨어지면서 도윤은 다시 한 번 가윤아 하고 불렀다.

-이랴.

도윤이 서명한 시경의 가짜 궁합풀이를 가지고 육손 패들이 시경의 집을 향해 말을 몰았다.

간신히 밧줄을 풀고 일어난 개시가 우물가로 달렸다. 우물 아래를 내려다보며 개시가 펄쩍펄쩍 뛰었다.

질풍 같이 달려온 말들이 시경의 솟을대문 앞에서 멎었다.

육손이 먼저 대문으로 급하게 들어섰다.

마침 툇마루로 나오던 송화가 그를 보고 멈칫 섰다. 육손과 눈길이 마주치자 뿌리치듯 시경의 방으로 급하게 들어갔다. 시경이 달려 나왔다.

-드디어 손을 들었습니다.

육손이 도윤에게서 받은 가짜 사주를 시경에게 내놓았다.

육손이 내민 사주 풀이를 확인하며 시경이 회심의 미소를 지었다.

-수고했다.

시경이 사주 종이에 분명하게 갈겨진 서도윤이란 이름을 다시 한 번 확인했다.

-서도윤! 역시 대가는 대가야. 그 짧은 시간에 사주를 그럴싸하게 지어내 푼 걸 보면…….

송화가 시경의 방에서 그 말을 들으며 자신도 모르게 벌어진 입을 손으로 막았다.

개시가 두레박을 우물 속으로 내렸다. 가윤을 건져 올린 도윤이 그 두레박을 잡았다.

-두레박에다 먼저 태워요. 제가 끌어올릴 테니.

도윤이 축 늘어진 가윤의 몸에 감긴 밧줄을 풀어내고 두레박에다 그의 몸을 억지로 걸쳤다.

-조심해서 당겨봐.

개시가 줄을 당기기 시작했다.

송화는 육손과 시경이 나가는 걸 보고는 살금살금 그의 방 앞으로 다가갔다.

살며시 문을 열고 들어갔다. 빈 방이다. 송화는 두리번거리다가 서상 위의 서찰을 발견하고 달려들었다. 서찰을 펼치자 조작된 사주풀이가 보였다. 시경의 말이 귀에 쟁쟁거렸다.

'서도윤, 대가는 대가야. 그 짧은 시간에 사주를 그럴싸하게 풀어

낸 걸 보면……'

송화가 보니 도윤의 서명이 선명하다. 이럴 수가! 송화의 손에서
서찰이 떨어졌다. 그녀는 비틀거리며 밖으로 나왔다.

마침 시경이 돌아오다가 섬돌로 내려서는 송화를 발견하고 달려
왔다.

-여긴 어쩐 일로?

송화가 겨우 시선을 들어 시경을 쳐다보았다. 경멸의 눈초리다.
시경이 그걸 눈치 채지 못할 리 없다.

-이제 입궁하려고 합니다. 더는 지체할 수가 없어서요.

-그러시다면 곧 준비하겠습니다.

송화가 가려다 뒤돌아보았다.

-서감찰과는 어떤 사이십니까?

-오랜 친구 사이지요.

시경이 얼굴 가득 미소를 머금고 대답했다.

-친구?

송화가 허망한 어조로 되뇌었다. 그리고는 다시 돌아서서 비틀
거리며 걸어갔다. 그 모습을 바라보던 시경의 눈이 점점 커졌다. 혹
시? 시경이 후다닥 방안으로 뛰어들었다.

서상 위에 놓았던 조작된 사주가 방바닥에 떨어져 있었다.

넨장할!

어쩔 바를 몰라 잠시 서성이다가 그는 눈을 가늘게 떴다. 이내 서
랍을 열었다. 서랍 속에서 작은 상자 하나가 나왔다. 붉은 향초. 시
경이 아랫사람을 불렀다.

-옹주마마 어디 계시냐?

-방으로 드셨습니다.

-어떡하고 있더냐?

-궁으로 드시기 위해 차비하고 있는 것 같았습니다.

-그럼 빨리 옹주마마의 시중을 들 애를 하나 불러라.

아랫사람이 나가고 어린 시종이 시경의 앞에 섰다.

-곧바로 옹주마마가 있는 방으로 가 이 향초를 태워라. 불을 밝힐 때가 되지 않았느냐. 내가 주더라는 말은 하지 말고. 혹시 묻거든 특별한 손님이 오실 때 켜는 향초라고만 말하거라.

-그렇지 않아도 불을 좀 밝혔으면 하던데 곧 입궁하시겠다고.

-그러니 빨리 가 밝혀라. 그래야 차비를 하실 것이 아니냐.

어린 시종이 나가자 시경이 초조함을 못 이겨 방안을 오락가락하며 손톱을 물어뜯었다.

어린 시종이 향초를 들고 들어오자 송화가 머리를 매만지다가 말했다.

-불을 좀 밝히라는데 뭐하느냐?

-그렇지 않아도 특별한 분이 오시면 밝히는 향초를 가지러 갔었습니다요.

시종이 초를 빼내고 향초를 대신 꽂았다. 불을 밝히자 향초가 타기 시작했다.

그 아래서 색경을 열어놓고 송화가 머리를 매만졌다.

그 사이에 시경이 붓을 들어 서찰을 쓰기 시작했다. 그리고는 아랫것을 불러 건넸다.

-빨리 가라. 빨리!

하인이 서찰을 받아들고 말을 타고 어디론가 달렸다.

34

왜 이렇게 어지럽지?

송화는 옷고름을 매다가 사방을 둘러보았다. 천장이 빙빙 돌고 벽도 돌았다. 목이 말랐다. 송화는 좀 전의 시종을 불러야겠다고 생각했지만 생각대로 입이 열리지 않았다.

불빛이 일렁거렸다. 송화는 두 눈을 비볐다. 불빛이 희미하다. 물체도 희미하다. 어떻게 된 것일까?

송화는 일어날 수가 없어 기어서 문가로 다가갔다. 저 문을 열어야 해. 만이가 보였다.

만이가 자신을 초조하게 기다리고 있었다.

-뭐라고? 사헌부 감찰 윤시경이 보냈다고?

장내관이 시경이 보낸 서찰을 받으며 하인에게 물었다.

-네, 빨리 전하라고 했습니다.

장내관이 시경의 서찰을 펼쳤다. 읽어 내려가는 그의 동공이 점점 커졌다.

시경은 발소리를 죽이고 송화가 있는 방으로 다가들었다. 이쯤 되면 향초의 효력이 나타났을 것이었다. 옹주마마, 하고 불렀지만 안에서 기척이 없었다.

살며시 문을 열었다. 생각했던 대로 옹주가 엎어져 있다.

-옹주마마?

그제야 송화가 겨우 얼굴을 들고 말했다. 완전히 두 눈이 풀려 있었다.

-목……. 목이 마릅니다.

시경이 고개를 돌리고 음흉하게 웃다가 옹주를 안았다.

송화가 멀어져가는 의식 속에서 본 만이는 청량각의 모퉁이에 숨어 송화를 기다리고 있었다. 저쪽에서 장내관이 빠른 걸음으로 궁인들을 데리고 다가오는 모습이 보였다.

'어쩜 좋아 그래.'

만이가 펄쩍펄쩍 뛰다가 건물 모퉁이로 몸을 숨겼다.

'만이야, 나 좀 살려다오!' 그러나 만이는 소리를 듣지 못했다.

장내관과 궁인들이 청량각 안으로 들어섰다.

그들은 송화옹주의 방으로 다가가, '옹주마마!' 하고 불렀다. 역시 대답이 없다. 장내관이 문을 열었다. 옹주의 모습이 보이지 않자 발을 걷고 안으로 들어갔다.

사색이 된 한상궁이 뒤따라 들어왔다.

-왜 이러시오?

장내관이 한상궁에게 윤시경의 서찰을 내밀었다. 한상궁이 서찰을 읽어 내려갔다.

-이게 무엇이오?

-내가 묻지 않소.

한상궁의 몸이 충격을 받아 휘청거렸다.

-갑시다. 빨리 갑시다.

장내관이 그렇게 말하며 앞장을 서 청량각을 나갔다. 그 뒤를 한상궁이 황급히 따랐다.

그 시각.

-어떻습니까?

진맥을 끝낸 의원에게 도윤이 물었다.

-곧 깨어날 겝니다. 천만 다행이오.

아직도 정신을 못 차리는 가윤을 지켜보다가 도윤이 개시를 돌아보았다.

-이대로 있을 순 없다.

도윤이 칼자루를 움켜쥐고 벌떡 일어났다. 개시가 그를 잡았다.

-왜 이러십니까. 참으세요. 아까 오다 보니 병사들 한 무더기가 아랫마을로 가더이다. 괜하게 얽혀들면 나으리만 똥물 뒤집어써요. 참으세요.

도윤이 어느새 문을 박차고 나갔다.

송화가 향에 취해 무표정한 얼굴로 시경을 올려다보았다. 순간, 시경의 얼굴이 도윤으로 보였다. 도윤이 자신의 옷고름을 풀고 있다.

그녀는 자신의 옷고름이 풀려나가도 반항할 힘이 없었다. 시경이 그녀를 번쩍 안아 침상에 눕혔다.

그때 말발굽 소리가 들려왔다. 시경은 일어나 봉창으로 밖을 살폈다. 도윤이었다. 도윤이 허겁지겁 말에서 뛰어내려 칼자루를 바투어 잡고 담을 뛰어넘어 마당으로 들어섰다.

-이런!

시경이 서둘러 송화의 겉옷을 벗기고 그 곁에 누웠다.

행랑아범이 기겁을 하고 달려 나오자 도윤이 그를 밀어버렸다. 그리고는 마루로 뛰어올라 시경과 송화가 있는 방문을 벌컥 열어젖혔다.

방 안의 광경에 입을 다물지 못하다가 훅 끼치는 향내에 주위를 두리번거렸다. 꺼진 붉은 향초가 송화의 머리맡에 보였다. 도윤이 단박에 그 향초를 알아보고 절망적인 표정을 지었다.

도윤이 달려 들어가 시경의 눈앞에 칼을 겨누었다.

시경이 눈 한 번 깜짝하지 않고 도윤을 올려다보았다.

-네가 사람이냐!

시경이 옆머리를 주먹으로 받치고 눈을 치떴다.

-그러니 좋은 말할 때 내 청을 들어줬어야지.

도윤의 칼끝이 벌벌 떨렸다. 시경이 눈을 감으며 말을 이었다.

-베지 그러나. 나를 베면 마마의 부마를 베는 것일 텐데 그 죄를 어찌 감당하려고…….

도윤이 부드득 이를 갈았다. 그의 눈에서 불이 터졌다.

-쯧쯧, 마마를 연모하느냐고 물었을 때 그렇다고만 대답했어도 내 이렇게 비루한 짓까진 안 했을 텐데. 마마에게 마음이 없다면서 왜 이리 날뛰는지 모르겠구나.

-네놈이 이러고도 살기를 바랐더냐!

도윤이 칼을 치켜들어 내려치려는데 병사들이 집 안으로 몰려 들어왔다.

한상궁이 앞장 선 것으로 미루어 부마 후보들의 집을 조사하다가 이곳까지 들이닥친 것이 분명했다.

한상궁은 방 안의 광경에 어안이 벙벙해 할 말을 잃고 있다가 도윤을 향해 고함을 내질렀다.

-무엄하다! 칼을 거둬라!

금군들이 칼을 뽑아 도윤을 둘러쌌다.

도윤이 든 칼이 서서히 고개를 숙이더니 바닥에 툭 떨어졌다. 뒤이어 힘없이 주저앉았다.

한상궁이 마마, 하고 부르며 달려왔다. '옹주마마! 옹주마마!' 그렇게 불러대다가 병사들을 보며 소리쳤다.

-돌아들 서지 못할까!

겨우 정신을 차린 송화가 소란스러움에 눈을 뜨고 일어났다.

그녀는 자신의 곁에 누운 시경을 발견하고 깜짝 놀란 표정을 지었다. 그리고 주위 사람들을 둘러보며 경악을 금치 못했다.

-어, 어떻게 된 것이오?

한상궁에게 물었으나 거의 무의식적인 물음이었다. 문득 어느 한 순간 시경에게 안기던 모습이 송화의 뇌리를 스치고 지나갔다. 시경이 자신을 이부자리에 눕히던 모습도. 이럴 수가! 한상궁의 부축을 받고 일어서면서도 송화는 정신이 없었다.

그녀는 일어서다가 도윤을 발견하고 멍하니 쳐다보았다. 도윤의 눈에 눈물이 맺혀 있다. 주먹을 쥔 손이 심하게 떨리고 있다.

그제야 송화는 도윤을 원망스러운 눈빛으로 쳐다보며 눈물을 글썽였다.

병사들에게 끌려 나가던 시경이 도윤과 눈이 마주치자 묘하게 웃었다.

정전 가득 찬 햇살이 따사롭다. 그와는 달리 왕의 표정은 어두웠다. 왕은 혀를 찼다.

-아무리 생각해도 너를 이해하기가 힘들구나.

왕의 말에 고개를 조아린 채 송화는 눈물을 흘렸다. 지금쯤 고초를 당하고 있을 아랫사람들이 걱정이었다.

어전으로 들면서도 매타작을 당하고 있는 만이와 한상궁, 장내관의 비명소리를 들었다. 송화 처소의 궁인들이 그렇게 하나 같이 붙들려가 고초를 당하고 있었다.

왕이 다시 혀를 찼다.

-이게 도대체 무슨 망신이란 말이냐!

송화는 말없이 눈물만 흘리다가 겨우 한마디 했다.

-송구하옵니다.

-너를 그리 보지 않았거늘 사내하고 눈이 맞아 감히 신분도 잊고,
출궁을 해?

송화는 고개를 내저었다.

-아바마마, 그것이 아니오라…….

왕이 용상을 쳤다.

-듣기 싫다! 어떻게 이 판국에. 더욱이 어찌 이런 일이!

-아바마마, 소녀의 진심을 알아주옵소서. 어떻게 일이 그렇게 되
었사오나 소녀의 진심은 그게 아니나이다. 어찌 소녀가 마음에도
없는 이에게 스스로 저를 열었겠나이까.

-그게 무슨 소리냐? 이제와 그런 변명을 하다니.

눈물을 흘리며 송화가 체념한 듯 고개를 숙였다.

-아바마마, 일이 이렇게 되었으니 아뢴들 무슨 소용이 있으리까.

왕이 한숨을 쉬었다.

-너에게 백성들의 소중한 바람이 매달린 줄도 모르느냐? 어찌 옹
주의 신분으로 그런 망측함을 보이고도 변명이나 일삼는단 말이냐.
꼴도 보기 싫으니 돌아가라!

왕이 생각하기도 귀찮다는 듯 짜증을 내자 송화는 더 말도 하지
못하고 절망적으로 고개를 떨구었다.

왕이 화를 참지 못하고 벌떡 일어났다.

송화가 돌아가고 난 어전이 더욱 어수선했다.

몰려든 대신들이 한시가 멀다 하고 간하는 바람에 왕은 제정신이 아니었다.

-전하, 아뢰옵기 송구하오나……. 송화옹주께서 윤시경의 집에 있는 걸 목격한 이들이 많아, 소문이 빠르게 퍼지고 있사옵니다.

-그러니 어쩌란 말이오? 그래, 그자는 어쩌고 있소?

도승지의 말에 왕이 물었다.

-윤시경은 옹주마마와 깊은 사이라고 주장하고 있사옵니다. 두 분이 함께 자리에 든 것을 본 이들도 있는지라…….

왕이 어이없어 허허, 웃었다.

-둘이 언제 만나 정분을 쌓았단 말인가?

-전하, 민심을 헤아리셔야 하옵니다. 자칫 가뭄에 지친 백성들의 폭동으로 이어질 수 있사옵니다. 사사로운 구설에 대의를 저버리지 마시옵소서.

왕이 고개를 떨구었다. 내가 너무 믿었도다. 그것을 너무 믿었어.

어디선가 까마귀가 깍깍 울었다. 불길한 징조처럼.

35

어둠 속을 검은 그림자 하나가 달렸다. 도윤이었다.

그는 닥치는 대로 방 안을 뒤졌다. 책장, 탁자 등을 닥치는 대로 뒤졌다.

비로소 책장 밑에서 작은 함을 찾아내고 칼로 내리쳤다. 상자가 갈라졌다. 그 속에서 자신이 써준 가짜 사주가 나왔다.

그것을 움켜쥐고 자리를 뜨려는데 박인이 성큼 모습을 드러냈다.

-지금 무얼 하는 거요?

도윤이 그를 향해 칼을 들었다.

-그건 내가 물을 소리다. 그대가 왜 여기에? 그러니까 이제야 네 놈의 본색이 드러나는구나. 영빈과 짜고 시경을 부마로 올려놓았 다?

-이제야 머리가 돌아가는군 그래.

그렇게 말하고 박인이 뒤를 돌아보며 고개를 까딱했다. 육손 패거리들이 어둠 속에서 모습을 드러냈다.

그들은 한꺼번에 도윤을 향해 달려들었다. 도윤이 그들과 겨루며 박인을 향해 소리쳤다.

-네놈이 윤시경을 조종하는 줄 알고 있었다. 거기다 영빈까지……

숫자가 많아 힘에 부치자 도윤이 마당으로 몸을 날렸다. 그들을 피해 담장에 매어진 말을 발견하고 그쪽으로 달려갔다.

-잡아라.

육손이 소리쳤다. 도윤이 말 등에 뛰어올랐다.

육손 일당이 뒤에서 활을 쏘며 달려왔다. 대문을 향해 막 달려 나가는데 육손이 부하의 활을 뺏어 활시위를 당겼다.

소리를 내며 날아간 화살이 그대로 도윤의 어깨를 꿰뚫었다. 도윤이 말에서 떨어지자 부하들이 달려들었다.

가례청 안의 분위기가 무거웠다.

이미 윤시경과 송화옹주가 정을 통했으니 더 볼 것도 없다고 했지만 그래도 궁합은 궁합이었다. 마지막 결정은 내려야 했으므로 관상감의 우두머리 영사를 비롯해 부정, 주부 박인을 비롯하여 관상감 교수 등이 완성된 네 후보들의 사주를 마지막으로 검토하기 시작했다.

관상감 정 서찬윤은 몸이 아파서이기도 했지만 아들 도윤의 문제로 배제되어 있었다. 그들은 박인이 풀이한 것, 도윤이 풀이한 것 두 개를 나란히 놓고 최종적으로 살펴보고 있었다. 먼저 입을 연 것은 관상감 교수였다.

－그런데 이상하지 않습니까. 서감찰 말입니다. 윤시경의 사주 풀이가 처음과는 완전히 정 반대이니 말입니다.

－잘못 올린 것이라 서감찰이 직접 진술하더이다.

박인이 그럴 줄 알았다는 듯이 나섰다.

－흠, 그리고 보니 서도윤 감찰의 서명이 여기 있구려. 아, 그리고 보니 서감찰이 오늘 회의에 빠졌는데…….

－출타 중이니 우리끼리 취합하라 하였소.

역시 박인이 말했다.

－이게 사실이라면 더 볼 것이 없어 보입니다. 그리고 이미 서로 정을 통하였고…….

－그럼 보고를 하도록 하지요.

－그럽시다.

그들이 일어나 편전으로 향하는 모습을 보며 박인이 눈가에 주름을 모으고 웃었다.

이내 왕과 심사의원들의 대면이 이루어졌다.

정전 안에 침통함이 어둠처럼 떠돌았다. 용상에 앉아 있는 왕의 얼굴이 더욱 어두웠다. 관상감 교수가 먼저 나서서 아뢰었다.

－전하, 간택시험 결과이옵니다. 최종 네 명의 후보 가운데, 가장 높은 점수를 받은 후보는, 사헌부 감찰 윤시경이옵니다.

결과가 적힌 두루마리를 왕이 펼치자 관상감 주부 박인이 나섰다.

－전하, 다음은 옹주마마와 부마 후보 간의 궁합 결과이옵니다.

왕이 두루마리를 살펴보는데 관상감 주부 박인의 말이 이어졌다.

－간택 시험에서 윤시경과 옹주마마의 궁합이 후보들 가운데 단

연 으뜸이옵나이다.

왕은 심기가 불편한 얼굴이었지만 듣고만 있었다.

남치호가 갇힌 감옥 창살 앞으로 여인이 다가들었다.

머리를 풀고 칼을 목에 차고 있던 남치호가 인기척에 고개를 들었다.

천으로 얼굴을 가린 책비가 자신을 노려보고 있었다. 이미 남치호는 그날의 책비가 옹주마마라는 것을 알고 있는 눈치였다.

귀신을 본 것처럼 놀라 사색이 된 그에게 송화가 독기에 찬 말을 내뱉었다.

-네 놈의 종들이 당한 대로 내 꼭 그리 해주리라!

편전 안이 여전히 뒤숭숭했다. 이미 부마는 윤시경으로 굳어진 상황이었다. 둘이 정을 통했다고 하니 왕도 어쩔 것인가.

아무리 생각해도 수긍이 가지 않지만 어쩔 수 없는 입장이었다. 더욱이 영빈이 윤시경 정도라면 괜찮지 않느냐고 했고, 그의 수하 대신들이 끊임없이 간하는 마당이었다.

의혹 따위로 더 이상 간택을 미룰 수는 없다. 결심을 굳힌 왕은 대신들을 둘러보았다. 잠시 후 그의 입이 열렸다.

-이번 혼례는 가뭄으로 흉흉해진, 왕실에 대한 민심을 돌리기 위한 방책이기도 하오. 하여, 예정대로 간택을 치를 것이오. 사헌부 감찰 윤시경을 부마로 내정하고, 간택을 진행하도록 하겠소.

왕의 명이 떨어지기가 무섭게 시경이 집을 나섰다.

이미 예상하고 있었던 시경이 씨익 웃으며 육손에게 물었다.

-서도윤은 어찌 되었느냐?

-잡아다 물고를 내어놓았습니다요.

육손의 부하가 축 늘어져 매달린 도윤의 얼굴로 물을 퍼부었다. 도윤이 힘겹게 눈을 떴다. 어깨에서 피가 흘러내렸다.

시경이 육손을 데리고 들어섰다. 그는 매달린 도윤을 발견하고 가까이 다가오면서 혀를 끌끌 찼다.

-왜 사서 저 모양인지…….

시경이 육손에게서 받은 가짜 사주를 도윤 앞에 확 펼쳤다.

-이것을 가지러 들어왔다고? 하지만 이건 이미 필요가 없게 되었다. 이것은 내가 만일을 위해 사람을 시켜 모사해놓은 것이야. 가례청에 이미 정식으로 들어갔으니까 말이야. 결정이 났다고 해. 자네 꼴이 말이 아니군 그래. 육손이 좀 과했더군. 사주만 받아 오랬더니 가윤이도 자네도 피를 보게 하였으니. 내 사과함세.

도윤이 눈을 치떠 그를 노려보았다.

-내 너와 그리 오래 정을 쌓았어도 몰랐구나. 그것이 분하다. 나와 가윤이뿐만 아니라 마마를 능욕한 죄. 천벌을 받을 것이야.

시경이 같잖다는 듯이 웃었다.

-그게 인생살이지. 그까짓 우정이 뭐라고. 그 옹주 기가 세더라고. 고분고분했더라면 향초까진 피우지 않았을 텐데 말이야. 향에 취하자 그녀도 여자인지라 스스로 피는 꽃처럼 변하더군.

-감히 무엄하게! 그 입, 다물지 못할까!

-부부 연을 맺을 텐데 그게 뭐 부끄러운 일이라고. 하긴 아직 마지막 관문이 남긴 하였지만. 하하하, 그래야 첫날밤이 재미있지 않겠나.

-첫날밤?

-그래. 그 재미를 남겨 놓았다는 말이지. 자네가 들이닥치지 않았나. 그 바람에 그 재미까지 남았으니 말이야. 이래저래 자네는 내 구세주이지 뭔가, 하하하.

-진정으로 충고한다. 지금이라도 늦지 않았으니 관둬.

-허허! 무슨 소릴! 내 긴 세월 공을 얼마나 들였는데.

-더러운 술수를 쓰면서까지…… 그리 부마 자리가 탐이 나더냐?

시경이 단호하게 고개를 끄덕였다.

-물론이지. 전하께 복수할 절호의 기회잖나.

도윤이 깜짝 놀라자 시경이 다시 웃었다.

-어찌 잊을 수 있겠나. 그날 몰려온 왕의 병사들이 우리 집안에, 내 아버지에게 저지른 만행을. 삭탈관직도 모자라 유배라니!

시경의 눈에서 눈물이 흘러내렸다.

-내 부마가 되면 그 여잘…… 살아있는 게 고통일 정도로 불행하게 만들어 우리 집안을 욕보인 왕에게 그 고통을 곱절로 돌려줄 것이야.

도윤이 부들부들 떨며 몸부림치자 가까이 다가간 시경이 도윤의 손을 꼭 잡았다.

-안간힘 쓰지 말게. 집으로 고이 모셔다 드릴 테니. 몸조리 잘 하고 혼례 때나 봄세. 자네 덕에 부마가 되었으니 대접은 해야 하지

않겠나.

그렇게 말하고 시경이 육손에게 눈짓을 했다. 육손이 도윤을 묶었던 끈을 풀고 끌고 나갔다.

-미안하구나. 미안해.

만이의 상처에 약 발라주며 송화가 말했다.

-마마, 이러지 마셔요.

-가만히 있어라.

-결정이 났다고 합니다. 윤시경 어른으로⋯⋯.

눈치를 보며 만이가 말했다. 약을 발라주다가 송화가 멍하니 시선을 들었다.

그래⋯. 그냥 입에서 흘러나온 말이었다. 그녀의 눈에서 이내 눈물이 주르륵 쏟아졌다.

-마마!

만이가 울먹였다. 송화가 어깨를 들썩이며 소리죽여 울기 시작했다.

-마마, 왜 이러셔요!

만이도 따라 울기 시작했다.

36

송화가 무심하게 활복을 입었다. 곁에서 궁녀들이 시침질을 도왔다. 그러다가 실수로 바늘이 송화의 팔뚝을 찔렀다.

비명도 없었는데 붉은 핏방울이 흰색 비단 위로 번졌다. 그제야 사태를 짐작한 궁녀가 그 자리에 무릎을 꿇었다.

-죽여주시옵소서.

비로소 송화가 자신의 팔뚝을 내려다보았다. 팔뚝에 바늘이 찔리는 것도 모르고 있었다.

송화는 여전히 무표정한 얼굴이었다.

시침질을 끝내고 송화가 상의원을 나가자 궁녀들이 고개를 홰홰 내저었다.

-왜 저러시지? 얼마 후 혼인하실 분이. 바늘에 찔려도 그걸 모르니.

처소 앞에 이르러서야 송화는 도윤이 자신을 기다리고 있다는 걸 알았다. 순간 가슴이 덜컹 내려앉았지만 이미 남이었다.

그대로 도윤을 모른 체하고 지나치려는데 도윤의 음성이 그녀를 잡았다.

-죽을죄를 지었소.

송화는 그제야 걸음을 멈추고, 차가운 얼굴로 돌아섰다.

-미안하오.

도윤의 사죄에 송화가 어금니를 물었다.

-이것이 제 운명인가 보지요. 결국 이리 될…….

-운명은 정해진 게 아니오. 선택에 달렸소. 윤시경과는 안 되오.

-이제 와서 이러는 연유가 무엇입니까? 누구와 혼인을 하든 무슨 상관이에요! 감히 사주를 조작한 사람이 누구인데. 왜 날 윤감찰의 집으로 밀어 넣었습니까?

-모든 게 오해요.

-작은 스침도 가슴에 품었을 때 인연이 된다고 하지 않았습니까? 나는 인연이라 여겼거늘.

말하는 송화의 눈에 눈물이 맺혔다. 도윤이 송화의 눈을 그윽하게 바라보다가 흐르는 눈물을 손으로 닦아주었다. 송화가 도윤의 손을 걷어내었다.

-저리 치우세요. 아무리 힘들어도…… 버텼던 건 희망 때문이었는데……. 그걸 짓밟았습니다. 그대의 두려움과 어리석음으로 인해……. 덕분에 난 모든 게 끝입니다.

-제발…….

도윤의 간절함에도 송화가 매섭게 발을 옮겨놓았다. 멀어지는 그녀의 뒤를 도윤의 눈빛이 쫓았다. 그의 눈가에 눈물이 맺혔다.

허망하다. 모든 것이 허망하다. 이 생각도 허망하고 이 세상도 허망하다. 허무하다. 사랑도 허무하고 이별도 허무하다. 그렇게 떠나갈 사람. 이제는 남남이 되어 버린 사람. 바람이라는 생각이 들었다.

그 산등성이. 그날 본 눈. 그 눈빛. 앞서간 백화에게서 그 눈빛을 보았던가. 아니다. 그 눈 속에서 씻을 수 없는 또 다른 사랑을 보았었다. 그랬었다. 허공을 올려다보는 도윤의 눈에 눈물이 맺혔다. 다친 어깨가 쑤셔왔지만 아픔을 느낄 수 없었다.

그녀의 음성이 귓가를 맴돌았다.

'아무리 힘들어도…… 버텼던 건 희망 때문이었는데……. 그걸 짓밟았습니다. 덕분에 난, 모든 게 끝입니다.'

한숨을 내쉬는데 개시의 목소리가 들려왔다.

-스승님, 좀 들어가겠습니다.

개시가 문을 열고 들어왔다. 한손에 작은 보따리가 들려 있었다.

-뭔가?

개시가 보따리를 풀어 서책 한 권을 꺼내 도윤에게 주었다.

도윤이 받아 읽어보다가 눈이 휘둥그레졌다.

-이거 박인의 비리 장부 아닌가?

개시가 씩 웃었다.

-이 개시가 어떤 놈입니까요. 눈치가 백단에 수가 만단이지요. 비리 장부를 옜다 여기 있소, 하고 전부 다 갖다 바칠 내가 아니지요. 집에 들이닥치기 전에 미리 두어 권 빼두었지요. 다 없애면 감췄다고 주리를 틀 게 분명하니까.

도윤이 무섭게 개시를 노려보았다.

-틀림없이 박인 그자의 것이렸다?

-아, 눈 있음 보슈, 거기 낙인이 떡 하니 찍혀 있지 않소. 일 더 키우기 싫어 그냥 조용히 살려 했는데 스승님 처지가 하도 딱해…….
쯧쯧, 그걸로 나쁜 노무 쉬키들 후려치고 매치고 함 해보슈. 사주고 나발이고 재지 말고 걍 맘 내키는 대로 치받고 사는 게 쌍것들의 팔자라. 이리 살면 원한은 없습니다.

개시가 흠흠거리며 도윤의 눈치를 보았다.

장부를 한참이나 내려다보던 도윤이 결심을 굳힌 듯 입을 앙다물었다.

-이대로 있을 수만은 없다!

조용히 되뇌는 도윤을 보며 개시가 눈을 껌벅였다. 무슨 일이 일어나도 크게 일어날 것 같다는 생각이 개시의 뇌리를 스쳤다.

37

　찻잔에서 김이 솟아올랐다. 두 사람은 찻잔을 사이에 두고 한동
안 말이 없었다. 검은 구름장이 북녘으로 밀렸다.
　-비가 올 모양입니다.
　가윤의 말에 도윤이 시선을 떨구고 있다가 밖을 바라보았다.
　-그러게.
　-옹주마마의 혼례가 오늘이지요?
　말을 내뱉고 가윤이 아차, 했지만 도윤이 고개를 끄덕였다.
　-그래.
　-시경 형님 원 푸셨네요.
　도윤이 산등성이로 눈길을 주었다. 산등성이의 그늘이 채양 밑의
그늘 같다.
　산?
　산이라는 말이 떠오르자 무엇인가 번쩍 도윤의 뇌를 스쳤다. 꼭

번갯불 같은 것이. 산? 아! 산이다! 산이야!

도윤이 부르르 떨며 부르짖는데, 이상히 여긴 가윤이 '괜찮으세요?' 하며 제 형의 기미를 살피다가 물었다.

도윤이 응? 하고 뒤늦게 반응하다가 서글프게 웃었다. 그리고는 괜찮아, 하고 말했다. 가윤이 울컥했다.

-거짓말. 눈이 안 보여도 형님 마음은 다 보입니다. 전 형님이 그리 후회하는 게 안타까워요. 그러니 이번엔 늦지 마세요.

도윤이 일어섰다.

-그래, 이번에는 때를 놓치지 않으려 한다. 이보게, 어디 있나?

개시가 담장 밖에서 고개를 들이밀며, '네이이' 하고 달려왔다.

-아니, 도대체 이 곡괭이는 뭐고 가례는 또 뭡니까? 도대체 어딜 가시기에?

-너 저 산 이름이 뭔지 알지?

도윤이 윤시경의 뒷산을 손가락으로 가리키며 개시에게 물었다.

-윤시경 집안의 태봉산 아닙니까?

-맞아. 윤가의 태봉산이지.

언제였던가. 시경과 함께 그들의 조상들이 묻혀 있다는 태봉산에 올라본 적이 있었다. 왕족만 태를 묻는 것이 아니다. 일반 사대부들도 사유화한 집 뒷산을 태봉산이라 이름 짓고 명당에다 태를 묻었다. 그리고는 태실을 지어 만대의 영화를 꾀했다.

산의 중심부에 이르러서야 태반이 태아를 받치고 있는 모습의 윤가네 태실이 나타났다. 태반에서 탯줄이 태아에게 연결되듯이 바로 윤시경의 집이 보이는 명당 중의 명당이었다.

이윽고 낡은 태실이 그 모습을 완전히 드러냈다.

-문을 부셔.

개시가 영문을 모르고 태실의 문을 곡괭이로 부수었다. 그러면서도 겁을 집어먹은 표정을 지었다.

-괜찮을까요?

-책임은 내가 진다.

태실의 문이 열렸다. 썩은 곰팡이 냄새가 코를 찔렀다.

-태를 묻어놓은 위치를 알 수 있도록 태 지도가 어딘가에 있을 것이다.

도윤의 예감은 적중했다. 태실 안 좁은 시렁 위에 황금보자기에 싸여 통 속에 담긴 태 지도가 나타났다. 몇 대조의 태 항아리 묻힌 곳이 자세히 그려졌다.

-흐흠, 여기 있군. 태를 냇가에 깨끗이 씻었다? 그리하여 기름종이로 싼 뒤 태웠다? 나흘째 되는 날 북산(태봉)에 묻는다.

-이게 무슨 소리요?

개시가 그때까지도 영문을 모르고 도윤에게 물었다.

-북산이라? 알 만하군. 북쪽은 오행의 수(水)지?

-그런데요?

맞다는 듯이 개시가 대답했다.

-그럼 사람이 죽어서 가는 곳이 어디냐? 북망산, 북쪽이다. 여기다 여기. 불룩이 봉분처럼 올라온 저거. 그리고 보니 그 형태가 잡혔구나. 젖무덤처럼 생긴 저기 말이다.

-거기 뭐가 있다는 거요?

-윤시경의 골수. 그 골수가 담긴 항아리와 지석. 태어난 연월일시. 그게 분명 있다. 사대부 집안에서는 가산에 꼭 그렇게 묻으니까. 물론 산도 없는 사람은 태워 가루로 내어 바람에 날려 버리거나 물가에 버렸지만……

그제야 말을 알아들은 개시가 윤시경의 태봉으로 다가갔다.

-맞죠, 이거.

-맞아. 여기 분명히 기록되어 있다.

개시가 도윤의 어깨 너머로 확인하고는 태봉을 파기 시작했다. 얼마 파지 않아 흰 항아리 위에 덮인 돌로 된 지석이 나왔다.

-뭔가 나왔소.

도윤이 돌을 드러냈다.

-맞다! 임자년, 계축월, 갑자일, 임자시. 여기 글귀까지 있네. 갑자일 임자시에 세상 빛을 보았으니 천지신명이시여, 이 생명을 보호하소서. 봐라. 무진시가 아니라 임자시가 맞지 않은가.

갑자기 검은 구름이 계속해서 북녘으로 몰렸다. 그토록 화려했던 궁전이 갑작스런 어둠에 싸였다. 바람이 심하게 불었다.

-오늘 따라 날이 왜 이러는지 모르겠소. 정말 천상배필인가? 하늘이 속을 보이는 걸 보니.

송화의 혼례식에 참석한 사람들을 둘러보며 왕이 영빈에게 말했다. 영빈이 미소 지었다.

드디어 모든 이들이 지켜보는 가운데, 활옷 차림의 송화와 시경이 등장했다. 영빈이 그 모습을 보며 흐뭇한 미소를 지었다.

-아름답군요. 저렇게 아름다워질 수가 있다니.

-그러게 말이오.

그때 도윤이 들어섰다. 문득 그 모습을 발견하고 송화가 시선을 떨구었다.

그와는 달리 시경의 얼굴에 비루한 미소가 떠돌았다. 송화의 눈이 점점 붉어졌다.

-다음은 두 분의 궁합 결과입니다.

박인의 음성이 주위로 퍼져나갔다. 박인이 궁합 결과가 든 두루마리를 펼쳤다. 이게 뭐야? 두루마리가 비었다. 빈 내용이다. 박인이 황급히 누군가를 찾았다.

왕 이하 대신들이 왜 저러나 하고 박인을 바라보았다. 관상감 훈도를 찾아낸 박인이 그에게 물었다.

-두루마리가 왜 이래? 비었지 않은가?

-비다니요?

-봐라. 비었지 않느냐. 이 자리를 비운 적이 있느냐? 누가 오지 않았어?

-아침에 이개시가 갑자기 왔더라고요.

-뭐? 그런데 네가 이개시를 어떻게 알아?

-관상감 훈도로 있을 때. 연구할 것이 있다면서 들여보내 달라고.

-그래서 가례청에 들여보냈다? 이놈이 바꿔치기한 거다. 그놈이야.

-예에?

박인이 어쩔 줄 몰라 하는데 별안간 사람들 속에서 쩌렁쩌렁한 음성이 일어났다.

-오늘 혼례를 치르는 두 분의 궁합입니다. 신랑 사헌부 감찰 윤시

경. 임자년, 계축월, 갑자일, 무진시. 신부 송화옹주. 정사년, 을사월, 신미일, 갑오시의 궁합입니다!

　사람들의 시선이 소리 나는 쪽으로 쏠렸다.

　거기 도윤이 서 있었다. 두루마리를 보지도 않고, 소리치며 그가 저벅저벅 앞으로 걸어 나왔다.

　송화가 놀란 얼굴로 도윤을 바라보았다. 시경 역시 충격 받고 그를 바라보았다.

　도윤이 다시 소리쳤다.

　-전체적으로 볼 때도 부마는 목의 기운이 강하며, 옹주마마는 토의 기운을 강하게 가지고 있습니다. 나무와 흙은 어울리는 듯하나, 나무가 존재하기 위해서 흙의 정수가 필요합니다. 자신의 분수를 지키지 못하고 욕심을 부리면 그 자체가 자연의 이치를 역행하는 것이기에 이런 결과가 나온 것입니다. 여인을 이용하여 가장 높은 자리로 오르려는 호승심이 흙의 신열에 갇힌 것입니다. 그리고 무엇보다 날과 시가 문제입니다. 윤시경은 시에 천액이 들었음을 염려해 주부 박인의 힘을 빌려 진시로 헛시를 올렸고, 소신이 그 점을 묵인해 헛궁합을 올렸으나, 임자시에 태어났으니 양자시를 적용해 일주가 바뀌므로 모든 사주의 그릇이 깨어진다 할 것입니다.

　윤시경의 표정이 일그러졌다.

　-감히 여기가 어디라고! 그만두지 못할까!

　윤시경이 소리치자 왕이 고개를 갸웃하며 소리쳤다.

　-아니다. 계속해보아라.

　도윤이 왕을 향해 예를 올리고 다시 소리쳤다.

　-거기다 윤시경의 사주에 있는 소는, 옹주마마에게 있는 말과는

원진살로, 소와 말이 서로 발길질하는 형상입니다. 두 사람의 궁합은, 사람을 잃고 재물을 잃는 축오원진살과 자식과 배우자의 연이 부족하여 흉이 되는 자미원진살로 상극이옵니다.

왕이 도윤의 말을 들어보고는 소리쳤다.

-그대는 서감찰이 아닌가. 이제 와 신성한 혼례식에서 무례를 범하는 이유부터 말하라.

도윤이 왕을 향해 예를 갖추었다.

-전하, 죽여주시옵소서. 신 서도윤은, 부마로 간택된 윤시경의 사주를 받아, 궁합 풀이를 조작하였나이다.

-무엇이?

왕이 벌떡 일어났다. 여기저기서 사람들이 웅성거렸다.

-그럼 사주를 조작했다는 말이 사실이란 말인가?

영빈이 질려 하얗게 넘어갔다. 박인이 부들부들 다리를 떨었다.

사람들 틈에 있던 개시가 삐져나온 두루마리를 얼른 옷 속으로 여몄다. 도윤이 다시 나섰다.

-신이 써 전하께 전해진 궁합 풀이는 윤시경의 사주에 의해 조작된 것이오며…….

-그러니 짐이 본 궁합은, 역시 그대가 만든 가짜다?

-여기 그 증거가 있나이다.

그렇게 말하고 도윤이 손에 들고 있던 윤시경 가의 태봉도와 돌을 높이 쳐들었다.

-전하, 이것은 윤시경의 태실에서 가져온 윤시경의 사주 지석이옵니다. 윤시경이 태어나자 그의 아비가 그 사주를 시까지 정확히 기록하여 태 항아리와 함께 묻은 것입니다. 여기 보시면 그의 사주

가 분명히 기록되어 있사옵니다. 그의 일주, 시주는 갑자일 임자시로 기록되어 있습니다. 이는 전통의 사주 방식대로 갑자일 임자시로 기록했음을 알 수 있고 그 시각을 정확히 기록하고 있사옵니다. 갑자일 임자시. 그러므로 야자시를 적용할 경우 자정을 넘지 않았기에 갑자일이 아니라 계해일(癸亥日)이 되며 갑자시가 되는 것이옵니다. 그럼 천귀가 아니고 천고가 되고 금의 기운을 가진 닭 유금(酉金)을 만나면 살기 흉험하고 불기운을 가진 뱀인 사화(巳火)를 만나면 필망할 것이나이다.

사람들의 웅성거림이 더욱 커졌다. 송화의 놀란 눈과 도윤의 눈이 한순간 마주쳤다. 도윤이 더욱 큰 소리로 다음 말을 이었다.

-하여 이 혼인은 이루어져서는 아니 된다고 생각하옵니다! 더욱이 계축월에 예리한 칼로 모든 것을 베어 파멸하는 백호대살(白虎大殺)까지 끼어 있어 생즉사의 운인즉 피할 길이 없다고 사료되옵니다. 또한 이번 부마 간택에 관상감 주부 박인의 비리가 깊이 연루되어 있사오니, 그자의 죄를 먼저 벗기다 보면 이 혼사의 진실이 드러날 것이옵니다.

박인이 다리에 힘이 풀려 털썩 주저앉았다. 그에 연루된 영빈이 하얗게 질려 자리를 떴다.

-이게 어떻게 된 것이냐?

왕이 시경에게 물었다.

-전하, 모두 저자의 거짓이옵니다.

-거짓이라기에는 서감찰의 말에 일리가 있다. 그가 이 자리에서 왜 거짓을 고하겠는가. 목숨을 걸지 않고서야 그럴 리 없을 터이니. 여봐라, 조사를 해보고 혼례를 진행해도 늦지 않다. 저 둘을 체포해

진상을 밝혀라.

순식간에 아수라장이 된 혼례식장으로 병사들이 몰려들어왔다. 그들은 도윤과 윤시경을 에워쌌다. 도윤과 윤시경이 끌려 나가는데 그때까지도 송화는 도윤에게서 눈을 떼지 못하고 있었다.

갑작스레 차려진 국문장이었다. 천막 안으로 바람이 슝슝 들어왔다. 왕은 임시로 마련된 어상에 앉아 곤혹스런 표정을 짓고 있었다.

그의 앞에 묶인 도윤과 시경. 아무리 생각해도 서감찰의 속내를 모르겠고, 한 번 부마 자리를 사양했던 윤시경이 이제 와 부마가 되겠다고 날뛰었다는 사실이 이해되지 않았다.

더욱이 모든 판을 엎어버린 도윤을 노려보는 시경이란 자의 눈빛. 그 눈빛이 예사롭지 않다.

-미친놈! 네놈을 애초에 죽여 놓았어야 했다.

-윤시경, 무슨 소리를 하는 것이냐? 입을 닫으라.

도윤에게 하는 말이 들리지는 않았으나 시경의 살기어린 눈빛은 왕이 보기에도 섬뜩해 한마디 했다.

왕의 명령에 시경이 음성에 눈물을 담았다.

-억울하옵니다, 전하. 신이 왜 이런 짓을 벌이겠사옵니까? 서도윤은 지금 왕실을 능멸하고, 신을 모함하고 있사옵니다.

-저자가 왜 그랬다는 것인가?

왕이 시경에게 물었다.

-부마가 된 신을…… 질투하기 때문이옵니다.

-질투?

-서도윤은 평소 부마가 되기를 꿈꾸었으나 하필 삼재가 들어 부마 후보로 나설 수가 없었사옵니다. 부마가 되고 싶어도, 후보 자격조차 없으니 말이옵니다. 그러니 부마가 된 신을 볼 때마다 미움이 커졌을 것이옵니다. 하여, 사주 조작이란 허튼 소릴 꾸며낸 것이옵니다.

왕의 시선이 도윤에게로 향했다.

-서도윤이 말해보아라. 정녕 질투에 눈이 멀어, 이 같은 일을 벌인 것이냐?

-전하, 신에게는 밝힐 수밖에 없는 이유 두 가지가 있나이다. 그중 하나는 감찰로서의 양심 때문이옵고……. 또 하나는 인간으로서의 양심 때문이옵니다. 제 불찰로 인해, 누군가의 인생이 불행해질 수 있다는 것을 깨달았기 때문이옵니다.

왕의 눈이 가늘어졌다.

-그게 무슨 말인가? 누구라니?

-송화 옹주마마이옵니다.

-방금 송화옹주라고 하였느냐?

-그러하옵니다, 전하.

왕이 고개를 갸웃했다.

-참으로 이상한 일이로다. 송화옹주라니? 그게 무슨 소리냐?

도윤이 다음 말을 하기 위해 입을 열려는데 도승지가 달려오더니 읍하고 아뢰었다.

-전하, 급히 아뢰올 것이 있어 이렇게 달려왔나이다.

-그래?

-전하, 편전으로 들었으면 하옵니다.

왕이 잠시 생각하다가 일어났다.

-그럼 서도윤의 말은 갔다 와서 듣겠다. 도승지는 편전으로 들라.

-알겠사옵니다, 전하.

왕이 일어나 국문장을 나가 편전으로 향했다.

-그게 무슨 말인가?

왕이 도승지의 보고를 받고 놀란 음성으로 물었다.

-한상궁의 말로는, 옹주께서 입궁하신 날 약에 취해 있었다 하옵
니다.

왕의 표정이 일그러졌다.

-그날 약에 취한 옹주마마를 본 것이 한둘이 아니라고 하옵니다.

-이게 무슨 말인가? 그러니까 윤시경이란 자와 정을 통한 그 자
리에 한상궁 일행이 당도했을 때 송화옹주가 약에 취해 제정신이
아니었다?

-그러하옵니다, 전하.

-뭔가 예사롭지가 않구나. 자세히 말해보라.

-전하, 소신도 더 이상은…….

-당장 그 일에 대해 알아보고 바로 보고토록 하라!

왕의 명이 떨어지기 무섭게 금군위가 금군들을 데리고 윤시경의
집으로 말을 몰았다. 윤시경과 옹주가 있던 방을 수색하기 위해서
였다.

윤시경의 집이 순식간에 포위되고 육손을 포함한 하인들이 체포
되기 시작했다.

금군들이 닥치는 대로 윤시경의 집을 뒤졌다. 상자를 발견한 금군이 상자를 열자 붉은 향초가 나왔다. 금군위가 그 향초를 받아 냄새를 맡아 보고 육손을 불러 하문하기 시작했다.

　-옹주마마가 이곳에 머물렀다고 하는데 그 방이 어디냐?

　육손이 손가락으로 옹주가 머물던 방을 가리켰다. 금군위가 그 방으로 갔다. 여기저기를 확인하다가 붉은 향초를 발견하고 육손을 다시 불렀다.

　-옹주마마께서 여기 있을 때 시종이 누구냐?

　-동이입니다.

　하인들 틈에 끼어 있던 시종 아이가 앞으로 나섰다.

　-제가 동이입니다.

　금군위가 보니 아직 어린아이다.

　-방을 뒤져보니 이것이 꽂혀 있었다. 이 향초는 중국에서 들여온 환각 향초다. 알고 있었느냐?

　시종 아이가 고개를 내저었다.

　-윤시경 어른이 제게 주면서 초를 갈고 불을 붙이라고 했습니다.

　시종 아이의 말을 들은 금군위가 말을 몰아 궁으로 향했다.

　금군위장의 보고를 받는 왕이 용상을 쳤다.

　-그놈을 당장 끌어내 물고를 내라.

　윤시경이 옥에서 끌려나왔다. 그 곁에 육손과 박인까지 있었다.

　-저놈들이 바른대로 실토할 때까지 고신을 멈추지 말라.

　왕이 명하자 여기저기서 비명소리가 흘러나왔다.

38

송화가 담 밑에 핀 이름 모를 꽃 머리를 쓰다듬었다.

-예쁘기도 하구나.

바람이 불어와 송화의 옷자락을 흔들었다. 송화가 일어나 옆의
궁녀에게 물었다.

-도대체 만이는 어디 간 게냐?

-국문장 동태를 살펴보고 오겠다면서…….

송화가 나직이 한숨을 쉬었다.

그때 만이가 바람처럼 달려오며 호들갑을 떨었다.

-마마, 마마…….

송화가 보고 있다가 한마디 했다.

-웬 방정이냐?

-마마, 윤시경이 관직에서 박탈당하고, 유배령을 받았다고 합니다.

-그럼 서감찰은?

만이가 고개를 갸웃했다.

-서감찰은……. 알아보고는 있는데……. 아무도 모르는 듯합니다.

-그래?

송화가 어두운 표정을 짓자 만이가 돌아서 달려가며 고함을 질렀다.

-마마, 다시 가 알아보고 오겠나이다.

-이리 오너라. 이리 와.

그러나 이미 만이는 저만큼 달려 나가고 있었다. 송화가 그를 서글프게 바라보았다.

그 시각.

가윤과 개시가 옥으로 면회를 왔다.

-형님!

-스승님!

가윤의 눈에 눈물이 맺혔다. 도윤이 가윤이를 아프게 바라보다가 개시를 쳐다보았다.

-가윤이를 부탁하네.

-스승님, 그런 걱정 마시오.

득달같이 달려 나갔던 만이가 다시 득달같이 달려와 송화에게 서찰을 하나 내밀었다.

-마마, 서찰이옵니다.

송화의 표정이 환해졌다.

-으아리에게서 온 것이구나!

서찰을 읽어나가는 송화의 얼굴에서 점점 미소가 사라졌다.

-왜 그러셔요? 마마.

송화가 금세 어두운 낯빛으로 바뀌자 만이가 심상치 않음을 느끼고 다가섰다. 고개를 드는 송화의 두 눈에 눈물이 가득 고였다.

-만이야……. 으아리가…….

만이가 서찰을 향해 시선을 던졌다. 그러나 글을 알 리 없는 만이가 내용을 알 리 없다. 눈을 멀뚱멀뚱 하며 다시 송화를 쳐다보았다.

-아이고, 팔짝 뛰겠네. 검은 것은 글씨고 흰 것은 종이니 당최 뭐라는 소린지 알 수가 있나.

한숨을 쉬면서 송화가 서찰을 내렸다.

-만이야, 아바마마를 좀 뵈어야겠다.

잠시 생각에 잠겼던 송화가 말했다. 만이가 큰일인 줄 알고 펄쩍 뛰었다.

-전하를요?

-으아리가 죽었다는구나.

-예?

만이가 말을 되받고 멍하게 고개를 절레절레 흔들었다.

-으아리가 죽다니요? 그게 무슨 말이어요?

송화가 대답하려다가 방으로 들어갔다.

-으아리가 죽다니요?

만이가 멍하게 말하고는 송화에게 달라붙었다.

-마마, 저도 가렵니다.

-그래, 아바마마에게 허락부터 얻자구나.

어전에 들어 송화가 올린 서찰을 내려다보는 왕의 표정이 굳어졌다.

송화옹주의 눈물자국으로 번진 서찰이 분명하다. 자신에게 젖을 물리던 으아리를 못 잊는 송화옹주의 마음이 느껴져 왕은 가슴이 아팠다.

으아리를 한 번만 보게 해달라던 송화옹주의 청을 거절해야만 했던 건 자신이다. 영빈이 말했다. 송화를 망치는 것은 으아리를 싸고 있는 사람들의 기운이 사악해서라고. 그래서 만나지 못하게 했는데.

왕이 서찰을 내리고 송화를 보자 울어서 부은 얼굴을 하고 눈물을 흘리고 있었다.

-너의 어미가 일찍 세상을 버려 그 사람의 품에서 자랐는데 네 마음이 오죽하겠는가. 그리하라. 늦은 감이 있다만 충분히 위로하거라. 때가 좋지 않다만 옹주의 출궁을 허락하노라.

송화가 절을 올렸다.

-아바마마의 은혜 하해와 같사옵니다.

홀홀단신의 초가였다. 궁에서 쫓겨나 이런 집에 살고 있었다니.

벽지도 바르지 않은 황토벽 그대로였다. 장롱 하나 없었다. 검은 이불과 무명베 요가 아무렇게나 구석에 포개어져 있었다.

송화는 으아리를 모시고 살았다는 조카를 뒤로하고 가마에 몸을 실었다.

죽는 순간까지도 옹주마마의 행복을 빌었다는 으아리. 눈물이 앞을 가렸다.

가마가 서미동 삼거리를 돌아내렸다.

-여기가 서미동이어요.

만이가 젖은 음성으로 가마 밖에서 말했다.

-그렇구나. 그럼 서감찰의 집으로 가자.

으아리에 대한 감상을 떨쳐버리듯 송화는 똑똑한 어조로 분명하게 말했다.

-괜찮겠습니까요?

만이가 걱정스러운 얼굴을 했다.

송화의 가마가 서감찰의 집 앞에 이른 것은 해가 뉘엿거릴 무렵이었다.

따스한 햇살이 온 집 안에 가득하다. 사랑채에 이르러 이곳저곳을 둘러보는데 오동나무 아래 저 멀리 강줄기를 바라보고 있는 남자의 뒷모습이 보였다. 도윤이었다.

가슴이 뛰었다. 송화는 그 자리에 멈춰 섰다. 도윤이 천천히 돌아섰다. 아! 도윤이 아니다. 그런데 도윤과 많이 닮았다. 그가 송화 가까이 다가왔다. 순간, 송화는 이 사내가 눈이 멀지 않았는가 하는 생각이 들었다.

-도윤 형님을 뵈러 오셨지요? 소리를 들었습니다.

분명히 눈이 먼 사람이었다. 동생이 있다더니 그 사람이구나.

-죄송하지만, 가까이 와주시겠어요?

가윤이 얼굴 가득 미소를 머금고 말했다.

송화는 그에게 가까이 다가들었다. 그래도 사이가 느껴지자 가윤이 그녀가 당황스러울 정도로 바싹 다가들었다. 그리고는 비로소 자신을 밝혔다.

-처음 뵙겠습니다. 도윤 형님의 동생 서가윤입니다. 실례가 안 된다면, 제가 한번 맞춰보겠습니다.

-네?

-그러면 실례하겠습니다.

가윤이 두 손으로 송화의 얼굴을 더듬으려고 팔을 올렸다. 송화가 멈칫했으나 가윤이 부드럽게 미소 지었다. 예쁘장한 소년이 웃고 있다. 도윤과 닮았지만, 더 따뜻한 느낌이다. 그제야 송화가 그에게 얼굴을 내맡겼다. 가윤이 환하게 웃었다.

-누군지 알겠습니다. 옹주마마시지요?

-어찌 맞추셨습니까?

송화가 놀라며 물었다.

-맞군요. 꼭 만나 뵙고 싶었습니다.

-네?

-손을 좀 주세요.

송화가 손을 내밀었다. 가윤이 그 손을 더듬어 잡았다.

-손이 따뜻하군요. 이리로 오세요.

가윤이 그녀를 천천히 이끌었다.

송화가 따라가 보니 별채에 마련된 가윤의 작업장이다.

-여기가 어딘가요?

그림으로 꽉 들어찬 작업장을 둘러보다가 송화가 놀란 음성으로 물었다.

-제 공방입니다.

-대단하군요!

그림 하나에 송화의 시선이 멎었다. 두루미 그림이다. 두루미가 하늘을 나는 그림이다.

-두루미군요?

-맞습니다.

가윤이 송화의 찻잔에 차를 따르다가 대답했다.

-형님께서 해주신 얘기가, 하도 엉뚱하여 그리기 시작하였는데…….

-엉뚱하다니요?

-며칠 전, 두루미가 형님께 날아와서는, 눈물을 뚝뚝 흘리더랍니다. 더 엉뚱한 건, 그 두루미에게서 박하향이 났다더군요. 보고 있자니, 빛이 나서 눈을 뗄 수 없다 했습니다.

-어디 계십니까?

-형님께 유배령이 떨어졌어요. 내일 아침 떠나신답니다. 한동안 돌아오지 못할 거라고 했습니다.

가윤이 목이 메여 말을 못 맺고 고개를 숙였다가 말을 이었다.

-저도 어찌 버텨야 할지 모르겠습니다.

송화의 눈이 금세 젖어왔다.

서감찰에게 유배령이 떨어졌다고? 윤시경에게 떨어진 것이 아니고?

송화는 어쩔 줄을 몰라 방 안을 서성거리며 자꾸 뇌까렸다.

어떡해야 하는 것일까?

창호지에 저녁 석양이 붉게 물들었다. 어둠이 서서히 내려앉았다.

만이가 들어와 등불을 켰다. 이윽고 결심을 굳힌 송화가 만이를 돌아보았다.

-만이야, 등룡을 좀 밝히거라.

-네? 어디 가시게요?

-아바마마의 침전에 들어야겠다.

-아니 마마, 왜 하필 지금?

-더 기다리지 못하겠구나. 어서 등이나 밝혀라.

만이가 등룡에 불을 밝혔다. 송화는 만이를 앞세우고 왕의 침전으로 향했다.

왕은 어이없는 얼굴로 송화를 쳐다보았다.

-도대체 무슨 말을 하는 것이냐? 서도윤을 사면해 달라니? 제정신으로 하는 말이냐!

-아바마마, 부탁드리옵니다. 모든 것이 소녀의 잘못이옵니다. 윤시경이란 자가 저와 인연을 맺었다고 하나 아니옵니다.

-아니라니?

왕이 놀란 음성으로 되물었다.

-아바마마, 제가 저의 순결을 모르겠사옵니까. 아니옵니다. 아무 일도 없었사옵니다. 그자가 권력에 눈이 멀어 향초로 제 정신을 유린하고 저와 동침을 했다고 주장하는 것이옵니다. 저를 구한 분이 바로 서감찰이옵니다.

-서감찰이라고?

-아바마마, 저는 궁에서 외로웠습니다. 하지만 외로우면 외로운

대로, 아프면 아픈 대로, 불행은 제게 당연하다 여겼습니다. 그런데 저는 누구보다 행복을 원하는 사람이었습니다. 그래서 출궁을 감행했던 것이옵니다.

-흐흠, 내 눈치는 채고 있었다만……

-옹주라서 결혼하려는 자가 아닌, 같이 사랑하고 평생 함께 할 수 있는 그런 사람을 만나고 싶었습니다. 출궁한 동안, 저는 생각지도 못한 곳에서 저의 어두운 면을 많이 보았습니다.

그렇게 말하는 송화의 눈앞으로 조유상이 손톱을 물어뜯는 눈물겨운 모습이 스쳐 지나갔다.

-겉모습이 아름다워도, 불안한 내면의 상처가 사라지지 않는 걸 보았고.

화장을 하고 춤을 추던 강휘의 모습이 조유상의 뒤를 이었다.

-제가 옳다 생각한 일이, 타인에게는 용납할 수 없는 일이 되기도 하였으며…….

하인을 폭행하는 남치호의 악에 받친 표정이 뒤를 이었다.

-명예와 재복에 눈이 멀어, 소중한 것을 외면하는 것도 보았습니다.

붉은 향초의 향에 취하게 해 자신의 잇속을 채우려는 윤시경의 야비한 모습이 다가왔다.

-언제 어떻게 바뀌고, 변할지 모르는 게 소녀가 본 인생이었습니다. 하여 사는 동안 용기내서, 저를 지키고, 사랑하고, 행복해지고 싶습니다. 아바마마, 간절히 부탁드리옵니다. 제발 서도윤을 보내지 말아주시옵소서.

-서도윤을, 마음에 두고 있었더냐?

-그는, 옹주가 아닌 저를 구하기 위해 달려온 유일한 사람입니다.

-언젠가도 너를 마다한 윤시경의 유배를 풀어달라 하더니. 사람이 그리 마음이 약해서야.

-아바마마, 그와는 다르옵니다. 그때는 저로 인해 상하는 인생이 싫어 그리하였지만 사랑은 아니었나이다. 그러나 서도윤 감찰은……

-왕실을 능멸한 자다. 죽어 마땅한 놈을 간신히 살려준 것이야.

-소녀가 아니었으면, 죄를 짓지도 않았을 것이옵니다.

-그만하거라. 너는 옹주다. 왕실의 체통을 위해서라도 그자는 마땅히 벌을 받아야 한다.

-그렇다면 소녀, 신분을 내려놓을 테니 서도윤 감찰을 용서해주옵소서.

왕이 부르르 떨다가 호통 쳤다.

-감히 내 앞에서 무슨 소릴 하는 게냐! 넌 왕실의 핏줄이다. 많은 걸 누리지만 가질 수 없는 것도 있다. 어디서 어리석게 사랑 타령이나 하느냐!

송화의 눈에서 눈물이 흘러내렸다. 그녀의 음성이 울먹이고 있었다.

-인생에서 사랑을 빼면 무엇이 있사옵니까?

왕이 멍하니 송화를 쳐다보다가 고개를 홰홰 내저었다.

-너를 문책하는 대신들의 상소가 줄을 잇는 마당에 이 일을 어찌하면 좋단 말이냐?

송화를 내보내고 왕은 문가로 다가갔다.

그는 이내 내관을 데리고 밖으로 나섰다.

달이 밝았다. 휘황한 달빛에 궁궐이 휘감겼다. 연못에 핀 연꽃들이 곱다. 연잎 사이사이로 수면 위로 올라온 잉어 떼가 저마다 입을 벙긋거리는 모습이 달빛에 보인다.

이내 사당이 나왔다. 마음이 번잡할 때면 언제나 찾아오던 곳이었다. 거기 오래전에 떠나보낸 원빈이 있었다.

내관에게 문을 열라 명하려다가 멈칫했다. 문이 잠겨 있지 않았기 때문이었다.

내관이 문을 열려고 하자 왕이 그를 막았다. 왕이 친히 사당의 문을 살며시 소리 나지 않게 열었다. 한 여인이 어깨를 들먹이며 원빈의 영정 앞에서 울고 있다. 자세히 보니 송화옹주다. 그의 아랫것도 그녀 곁에서 훌쩍이고 있다.

잠시 바라보던 왕이 그대로 돌아섰다.

밤사이 잠을 이루지 못한 왕의 눈이 붉었다. 용안이 푸석푸석하니 부었다.

장내관이 내미는 박인의 비리 장부들을 펼쳐보며 왕이 경악했다.

-이건 뭔가?

장부와 함께 동봉된 서찰 한 통. 살펴보니 서도윤의 것이다. 속의 서찰을 빠르게 왕의 시선이 읽어 내려갔다.

소인이 증좌를 뒤늦게 내어놓음은 지키고 싶은 자들이 있어서이옵니다. 우선 제 혈육이나 마찬가지인 친구 윤시경을 지키고 싶었사옵니다. 그가 스스로 죄를 자복할 때까지 기다려 중죄를 면케 하고 싶었으나, 이는 소인의 오만이었음을 깨달았사옵니다.

또한 영빈 마마와 전하를 지키기 위함이었사옵니다. 영빈 마마가
수치를 당함으로써 곤경에 처하시게 될 전하를 걱정하는 마음이 앞
섰고, 전하의 걱정은 곧 이 나라의 걱정이 되겠사오니 소신이 삼가
조심하지 않을 수 없었사옵니다…….

서찰과 장부를 확인하고 난 왕이 벌떡 일어섰다.

-내금위장은 앞장서라.

내금위장이 앞장서서 왕을 호위했다.

검은 구름장이 빠르게 북녘 하늘로 흘렀다.

양의문을 들어서자 정면 9칸, 측면 7칸 규모의 교태전이 나타났
다. 영빈의 처소였다. 왕이 빠른 걸음으로 교태전으로 들어갔다. 그
의 표정이 사납게 일그러져 있었다.

그의 뒤를 내금위장과 장내관이 종종 걸음으로 뒤따랐다.

-내 일찍이 알고는 있었다. 주부 박인의 비리를 확인하면서…….

모든 죄상이 밝혀지자 영빈이 왕 앞에 납작 엎드렸다.

-죽을죄를 지었사옵니다.

-세자를 위하는 그대의 마음을 모르는 것이 아니다. 그렇다고 나
라가 이런 마당에 관상감을 흔들고 주부 박인과 사헌부 윤시경을
이용하여 옹주를 사지로 내몰았으니 참으로 통탄할 일이 아니고 무
엇인가!

왕이 호통 치며 부들부들 떨었다.

상황을 이해하지 못하고 뚱하게 보고 있던 세자가 울기 시작했다.

세자를 물끄러미 바라보던 왕이 획 돌아섰다. 영빈까지 흐느끼자

왕은 그대로 교태전을 나섰다. 왕은 생각하고 있었다. 서감찰의 서
찰에서 본 그 글귀.

감히 아뢰옵기 황송하오나 명리학을 좋아하시는 전하께서 헤아
려주셔야 함은 사주와 궁합을 아는 자는 사람을 깊이 이해하는 자
이어야 하옵니다. 사람을 깊이 알게 되면 그리 살 수밖에 없는 그
사람의 운명을 불쌍히 여겨 용서할 수 있는 것이옵니다.
　세자저하의 병약함을 안타깝게 여겨 방도를 찾다 잘못된 길로 들
어선 영빈마마를 용서하여 주시옵고 부디 그 깊은 아픔을 살펴주시
기 바라옵니다. 불쌍히 여기는 마음이 하늘에 닿으면 하늘이 열리
고 천과 지가 합하여 뜻이 이루어지니 이것이 곧 사람이 하늘을 움
직이는 큰 비밀임을 소인 감히 아뢰옵니다.

왕이 깊은 한숨을 내쉬는데 어느새 박석 위로 뚝뚝 빗방울이 떨
어졌다.
　왕은 믿기지 않는 듯, 멍한 표정으로 하늘을 올려다보다가 내관
에게 일렀다.
　-사당으로 가자.
　비가 더 거칠어졌다.
　-전하, 안 되겠사옵니다. 날이 거치오니 다음에 발길을 잡으시옵
소서.
　-아니다. 사당으로 가자.
　비가 점점 더 거칠어졌다.
　-아! 드디어 비가 온다. 비가 와.

여기저기서 환호성이 들려왔다. 서서히 왕의 눈시울이 붉어졌다. 그의 입가에 미소가 번졌다. 점차 결연한 표정이 그의 얼굴에 어렸다.

송화는 사당 안에 그대로 있었다.

송화는 두 손을 모으고 엎드려 기도하고 있는데 울다 지친 만이는 곁에서 코를 골았다. 툭툭툭, 송화의 귓가에 빗소리가 들렸다.

송화는 그제야 몸을 일으켜 밖을 내다보았다. 눈물이 다시 흘러내렸다.

비가 오는구나. 내 기도가 하늘에 닿았어.

사당 밖으로 뛰어 나온 송화가 먹먹한 하늘을 올려다보았다. 그의 얼굴로 비가 쏟아졌다.

호위병들에게 둘러싸여 산길을 걸어가던 도윤이 하늘을 올려다보았다. 비가 오는구나. 드디어 비가 오는구나.

사방을 둘러보자 울창한 숲속, 나뭇잎마다 타닥타닥 빗방울이 뛰어 다니고 있다.

왕의 발길이 어느 사이에 사당 앞에 이르렀다. 사당 앞에 송화가 울면서 비를 반기는 모습이 보였다. 왕의 얼굴에 미소가 번졌다.

왕의 발걸음이 빨라졌다. 송화와 왕의 시선이 마주쳤다.

-아바마마!

왕이 송화 앞으로 다가섰다.

-비가 오는구나.

-예, 비가 옵니다.

-하늘이 감복한 모양이다. 네가 한 말, 후회 안 할 자신 있느냐?

송화가 놀라 멍하니 왕의 얼굴을 쳐다보았다 그리고, '네?' 하고 되물었다.

-네 발로 나가는 거니, 다시는 발 들이지 못한다. 그래도 괜찮으냐?

-그럼요, 아바마마.

왕이 다가들어 웃으며 송화를 안았다.

-아바마마.

왕의 눈에서 눈물이 흘러내렸다.

-아바마마, 소녀 이렇게 한 번만 아바마마를 안아보고 싶었사옵니다.

-내 딸 송화야.

어린 날 자신의 손가락을 잡고 잠이 들었던 딸의 모습이 왕의 뇌리를 스치고 지나갔다.

-가거라, 어서. 서도윤은 지금 포구로 갔을 것이다. 내 당장 파발을 보내 취소하도록 하마.

송화의 눈에서 계속해서 눈물이 흘러내렸다.

-뭐하느냐! 가지 않고!

왕을 향해 눈물을 흘리면서도 활짝 웃는 송화가 빗속에서 절을 올렸다.

-아바마마, 내내 강녕하시옵소서.

-어서 가거라. 어서.

송화가 가자 장내관이 나섰다.

-전하, 아니 되옵니다. 저리 보내시면 아니 되옵니다! 왕실의 법
도를 생각하셔야 하옵니다!

왕이 장내관에게 버럭 고함을 질렀다.

-거참! 하늘을 보아라. 비가 오지 않느냐!

장내관이 찔끔해서 물러났다. 뒤늦게 깬 만이가 이게 무슨 일인가
하고 '마마, 마마'하고 부르는 소리가 들려왔다.

갈라진 밭과 논바닥 위로 비가 내렸다. 빗물이 고랑을 타고 흘러
내렸다. 먼 산의 초록이 점점 선명하게 보였다. 나무에 날아든 새들
이 젖은 몸을 털어댔다.

송화를 태운 가마가 빗속을 뚫고 나아갔다.

가마 안의 송화가 초조한 얼굴로 아랫입술을 깨물며, 밖을 내다보
았다. 왜 이렇게 더딘 거야. 옆에서 걷는 호위병이 더 답답해 보인다.

마음이 급한 송화가 도저히 안 되겠다 싶어 소리를 질렀다.

-멈추어라!

송화의 명령에 가마가 섰다. 뒤따르던 만이가 가마 속을 들여다
보려고 하는데 송화가 발을 들치고 가마 밖으로 나왔다. 기겁을 한
만이가 일산을 씌웠다.

-왜요? 마마.

-이렇게 느러터져서 어느 세월에 가겠느냐.

송화가 급한 마음에 치맛자락을 걷어들고 뛰기 시작했다. 화들짝

놀란 만이가 서둘러 일산을 들고 함께 뛰기 시작했다.

　만이가 송화에게 일산을 씌우기 위해 비틀거리다 넘어졌다. 얼굴이 진흙투성이다. 푸푸 입속으로 들어온 흙을 내뱉었다.
　마마…….
　말이 잘 나오지 않자 만이는 손만 허우적거렸다. 진흙이 흘러내려 눈이 잘 보이지 않는다. 눈을 닦으며, '마마, 같이 가셔야 하옵니다. 아이고' 그러면서 털버덕 다시 미끄러졌다. 그녀는 울면서 진흙을 한 줌 쥐어 던졌다.
　―마마! 아니 되옵니다! 체통을 지키시옵소서!
　하다가 또 엉엉 울었다. 가마꾼들이 보고 있다가 킥킥거리며 웃었다. 송화는 뒤도 돌아보지 않고 앞만 보고 숨 가쁘게 달렸다.

　포구에 이른 도윤이 비가 쏟아지는 바다를 멀거니 바라보았다.
　주위의 숲들이 몸을 흔들었다. 물새들이 낮게 비행하는 모습이 보였다.
　물 위로 쏟아지는 빗줄기가 더욱 거칠어졌다.
　도윤이 자신이 승선할 배를 바라보았다.

　만이가 비틀거리며 달려왔다.
　에고고……. 만이가 또 미끄러져 앞으로 꼬꾸라졌다.

일산이 굴러가자 그것을 잡으려 하다가 다시 에고고……. 킥킥거
리던 가마꾼들이 대놓고 웃기 시작했다.

-마마. 마마…….

만이가 다시 일산을 들고 일어나 뒤따랐지만 도저히 송화의 잰
걸음을 따라 잡을 수가 없다.

결국 송화도 털버덕 진구렁 속에 미끄러지고 말았다.

처박힌 송화의 얼굴에도 진흙이 주먹처럼 붙었다.

그때 말발굽이 가까워지는가 했더니 파발마들이 순식간에 달려
지나갔다.

송화가 멍하니 그들을 바라보았다. 파발마가 분명하다고 생각되
자 벌떡 일어나던 송화가 다시 미끄덩하고 넘어졌다. 어머머, 쿵. 아
이고.

그때 만이가 일산을 질질 끌고 달려와 퍼질러 앉은 송화를 보고
는 킥킥거리며 웃었다.

-볼 만하옵니다, 마마.

송화가 눈을 흘겼다.

-이것이…….

그러다가 송화도 웃음을 참지 못하고 호호호, 하고 웃었다.

-너도 볼 만하다.

왕이 황급히 대전으로 들어서자 영문도 모르고 등청한 대신들이
머리를 조아렸다. 모두들 무슨 일인가 하는 눈빛이었다.

-이 야밤에 그대들을 부른 것은…….

계속해서 왕의 명이 흘렀다.

─……고로 감찰 서도윤에게는 죄가 없다 할 것이다. 그의 유배령을 거두노라. 송화옹주는 왕실의 법도를 어기고, 궐 밖을 나가 기행을 일삼았다. 이는 묵과할 수 없는 중죄이므로, 직첩을 거두고 폐위 서인 됨과 동시에, 궐 밖으로 추방을 명하노라.

왕의 강경한 명령에 놀란 대신들이 웅성거렸다.

─이후 누구도 이 일에 대해서 더는 거론치 말라.

왕이 확실하게 못을 박자 웅성대던 대신들이 하나 같이 부르짖었다.

─성은이 망극하옵니다. 전하의 은혜가 하해와 같사옵니다.

그제야 장내관의 입가에 미소가 물렸다.

달려 나가던 파발마의 말들이 다시 되돌아왔다. 그들이 가까이 다가오더니 말에서 뛰어내렸다.

─송화옹주가 아니시옵니까?

그때 만이가 나섰다.

─치, 파발마가 그것도 모르고 지나쳐. 전하께 다 이를 거야. 진흙탕이나 튕기고. 씨이.

─마마, 죄송하옵니다. 빨리 가야 하기에…….

─함께 갑시다. 두 사람이니 한 필의 말은 내게 주오.

─그러시옵소서. 이보게. 이 금위가 여기 있게. 내가 옹주마마를 모실 테니.

─알겠습니다, 내금위장님!

송화가 말 위에 오르자 달리기 시작했다.

-마마, 저도 같이 가요.

만이가 소리쳤지만 이미 송화는 멀어지고 있었다.

저 멀리 빗속의 포구가 송화의 눈에 보이기 시작했다.

엉망이 된 행색으로 겨우 도착한 송화가 말에서 뛰어내려 여기저기를 훑어보았다.

이리저리 주위를 살펴도 도윤이 보이지 않는다. 내금위장의 어명이오, 하는 소리가 들렸다. 유배 명령이 취소된 왕의 서찰이 책임자에게 전해지는 모습이 보였다.

도윤이 보이지 않자 송화는 허탈하게 그 자리에 주저앉아버렸다. 눈물이 솟구쳤다.

그때 도윤이 송화를 발견하고 천천히 다가들었다. 송화가 고개를 들어 상대를 쳐다보자 도포 자락만 보였다.

웬일인가 하고 올려다보자 도윤이 한 팔을 들어 도포 자락으로 비를 막아주고 있다. 도윤을 확인한 송화의 눈에서 왈칵 눈물이 쏟아졌다.

-여기서 뭐하시오?

의아한 표정으로 도윤이 물었다.

-보고…… 싶었습니다. 보고 싶었습니다.

송화가 도윤을 향해 외쳤다. 서러움과 반가움에 한번 터진 눈물은 멈추질 않았다.

일산을 들고 오던 만이가 에 에 에 에취, 하고 재채기를 했다. 그제야 송화가 울음을 멈추고, 만이를 돌아보았다.

배를 타려고 모인, 수십 명의 사람들이 송화와 도윤을 바라보다가 웃어대기 시작했다.

밀려오는 낭패감에 도윤을 올려다보던 송화가 슬그머니 그의 뒤로 몸을 숨겼다. 도윤의 얼굴에 미소가 일었다.

에 에 에 에이취……. 다시 한 번 만이의 재채기 소리가 들려왔다. 사람들이 저것 보라며 우하하 하고 웃어댔다. 줄기차게 쏟아지는 비 뒤로 슬그머니 해가 비치기 시작했다.

어느새 비가 그친 푸르른 숲속.

이슬이 보석처럼 햇살에 영롱하다.

걷고 있는 두 사람의 몸 위로 이슬이 빗물처럼 떨어졌다. 커다란 느티나무 아래에 이른 도윤이 주위를 둘러보았다.

송화가 도윤 앞에 섰다. 아무 말 없는 도윤을 뒤따르던 그녀였다. 송화는 괜히 서운한 마음을 달래듯 도윤을 쳐다보았다.

-저는…… 서감찰에게 무엇입니까?

망설이던 송화가 용기를 내어 도윤에게 물었다. 도윤이 송화의 눈을 가만히 들여다보았다. 송화의 눈 밑이 천천히 젖어 왔다.

-제가 여인이었던 적이 있습니까?

그녀의 음성에 물기가 배었다. 도윤이 대답 없이 지켜보기만 하자 송화는 도저히 더는 볼 수가 없어 돌아섰다.

그 순간, 도윤이 그녀의 팔을 잡고 돌려세웠다. 그리고는 송화의 입술에 입을 맞추었다.

-단 한 번도 그대가 여인이 아니었던 적이 없었소.

도윤의 목소리가 수줍게 떨렸다. 눈물이 글썽해진 송화가 미소 지은 채 도윤의 눈을 바라봤다. 도윤이 싱긋 웃었다.

후두두……

마주선 두 사람 위로 이슬이 떨어져 내렸다.

어디선가 나비가 날아와 송화의 어깨에 살포시 내려앉았다.

그들 주위로 눈부신 햇살이 비치며, 여우비가 내리기 시작했다.

(끝)